研究叢書64

続　英雄詩とは何か

中央大学人文科学研究所　編

中央大学出版部

まえがき

本書は、中央大学人文科学研究所の研究会チーム「英雄詩とは何か」第二期（二〇一二年度から二〇一六年度）の研究成果をまとめたものである。

この研究会チームは、中世スペイン文学を専門とする故福井千春先生と、中世フランス文学を専門とする渡邉浩司が二〇〇七年度に立ち上げたチームである。その研究目的は、東西のいかなる文明も例外なくその揺籃期に擁した「英雄詩」という言語芸術を多角的に分析するところにあった。研究会チーム第一期（二〇〇七年度から二〇一一年度）の成果は、『英雄詩とは何か』というタイトルで中央大学出版部から二〇一一年一二月に刊行された。この論文集では、古代オリエント最大の文学作品『ギルガメシュ叙事詩』、古代インドの大叙事詩『マハーバーラタ』、イギリス最古の英雄叙事詩『ベーオウルフ』、ドイツ中世の英雄叙事詩『ニーベルンゲンの歌』、スペイン最古の叙事詩『わがシッドの歌』、中世フランスの武勲詩およびアーサー王物語が、執筆者それぞれ独自の視点から分析されている。『続　英雄詩とは何か』では、前回と同じく古代メソポタミアから西欧中世までを視野に入れながらも、前回取り上げることのできなかった資料や作品群にも焦点を当てた。本書では、分析対象となった地域と時代に留意し、三部構成とした。

第一部「古代メソポタミア・古代ギリシア」では、アッカド語の『ギルガメシュ叙事詩』や『アトラ・ハシース叙事詩』、『ネルガルとエレシュキガル』、『イシュタルの冥界下り』、また、シュメール語の『ビルガメスの死』や『イナンナの冥界下り』などの古代メソポタミアの文学と、古代ギリシアのホメロスの叙事詩『イリアス』と『オデュッセイア』や古代ローマのウェルギリウスの叙事詩『アエネイス』などが、様々な視点から議論されている。

松島英子氏は、長年にわたり古代メソポタミアの宗教関係文書、とりわけ神殿儀礼や神話・伝説を中心に研究してこられた。ここでは、これまであまり議論されてこなかった二点、つまり神話・伝説に時折出てくる数「七」と「女性の役割」に注目され、論じておられる。数「七」に関しては、二〇一三年三月にパリで開催された日仏共同研究集会「神話・儀礼・情動」（Mythes, rites et émotions）におけるご発表「生者から死者へ、あるいはメソポタミア神話における存在論的変化」（"Des vivants aux morts ou la mutation onthologique dans les Mythes mésopotamiens"）（加筆修正の上、二〇一六年に同じタイトルで、パリのオノレ・シャンピオン Honoré Champion 出版から刊行されたアンナ・カイヨゾ Anna Caiozzo 責任編集による論文集に掲載）をもとに、フランス語版では紙幅の関係で言及できなかった点に触れておられる。「女性の役割」に関しては、別の日仏共同研究「古代メソポタミアにおける女性の経済的役割」（REFEMA）における五回の研究集会のうち、一回目から三回目で発表された内容をまとめ、整理・加筆されたものである。これは、松島氏がメソポタミアにおける「神の婚礼儀式」についての研究過程で注目されたことの一つ、つまり女神が夫である男神に対し、信者のための取りなし役を果たしていることが着想の原点になっている。

古代メソポタミアのシュメール語とアッカド語文書の研究を専門とする唐橋文は、二〇一一年に刊行された『英雄詩とは何か』では「『ギルガメシュ叙事詩』とギリシア文学」で、ギルガメシュによるイナンナ／イシュタル女神の愛の拒絶とヒッポリュトスの悲劇に共通するいくつかのモチーフに焦点を当て、それをギリシアにおけるオリエント文化の影響の枠組みの中で論じた。今回は、古代メソポタミアの文学テキストと経済文書の融合を試みた。シュメール語版のギルガメシュの物語を中心に、ギルガメシュの死と埋葬・葬儀および冥界における役割が文学テキストにどのように描かれているか、また、紀元前三千年期後半（初期王朝時代とウル第三王朝時代）の日常的な物品支出記録文書を用いて、支配者階級の葬儀および死者の供養が実際にどのように行われたかを概観することを意図した。性質が異なるものの互いに補い合う二種類の文書を用いることで、当時の支配階級が死とどのように向き合ったか、ある程度具体的に想像できるのではないだろうか。

西洋古典学がご専門で、古代ローマの詩人ウェルギリウスの『牧歌・農耕詩』の邦訳（京都大学学術出版会、二〇〇四年）や、『ウェルギリウス研究――ローマ詩人の創造』（京都大学学術出版会、一九九四年）などの著書で知られる小川正廣氏は、古代ギリシア文学にもご造詣が深く、ここではホメロス受容の問題を古代から現代まで丁寧に辿って下さった。ホメロスの叙事詩は、社会的・民族的アイデンティティーへの関心と結びつきながら、その評価は常に問題を内包してきた。まず古代・中世の東方ギリシア語圏では、「蛮族」トロイアに対するギリシア民族の優越性が過大評価され、叙事詩における両民族の対等性がゆがめられた。次に古代・中世の西方ラテン語圏では、ローマの歴史伝承に基づくウェルギリウスの叙事詩のトロイアの英雄像に文化的正統性が求められ、その傾向はルネッサンスまで続いた結果、ホメロスの詩は古典の伝統の始祖とされつつも、社会と文明の自己検証の場からは遠ざけられた。そして近現代の西欧では、古代と近代の比較論争からホメロス詩の再検討が始まり、作品生成の解明のために「ホメロス問題」が広く論じられたが、その学術的議論は歴史的探求に傾斜し、叙事詩の文化的な価値評価を保留した。最後に、近現代の西欧世界の内部から、こうした評価の傾向を根本的に見直す動きが、十九世紀のニーチェと二十世紀のシモーヌ・ヴェイユの新たなホメロス解釈として現れてくる。

第二部「古英詩」では、古英語で著された「英雄詩」が話題になる際に『ベーオウルフ』に次いで必ず名前のあがる、『モールドンの戦い』に焦点が当てられている。この古英詩は、イングランド南東部のモールドンで九九一年八月十日、もしくは十一日に実際に起こった、アングロ・サクソン軍とヴァイキング軍の戦いについての詩である。ここでは原田氏と唐澤氏が、それぞれの視点からこの英雄詩に迫った。

古英語期・中英語期における英雄詩がご専門の原田英子氏は、『アングロ・サクソン年代記』を始めとした史料にも記録されている、エセックスの州長官ビュルフトノース率いるアングロ・サクソン軍と侵略者ヴァイキングたちとの戦いを語ったこの詩の英雄性を検討する上で、必ずと言ってよいほど問題提起される八九行目の'ofermod'という名詞の解釈について、トルキーン（最近の慣例ではトールキン）の作品や伝統的な英雄観などと比較して再検討を試み、そのうえで『モールドンの戦い』の英雄が誰なのかについて論じた。原田氏は、白百合女子大学言語・文学研究センター『言語・文学研究論集』第七号（二〇〇七年）に発表された論考の中で、『モールドンの戦い』におけるビュルフトノースの英雄性と家臣たちの反応について考察されており、本稿はその内容を増補・修正したものである。『ベーオウルフ』については、原田氏が『「ベーオウルフ」とその周辺―忍足欣四郎先生追悼論文集』（春風社、二〇〇九年）に寄稿された論考「*Beowulf* における三つの葬式――英雄の死と名声」を参照されたい。原田氏は現在、中英語期・古英語期の作品の口承性、世俗の詩（伝承バラッド、世俗抒情詩）に関心を寄せておられる。

古英詩と英語史の専門家で、『アングロ・サクソン文学史』韻文編・散文編（東信堂、二〇〇四年・二〇〇八年）、『英語のルーツ』（春風社、二〇一二年）、『世界の英語ができるまで』（亜紀書房、二〇一六年）などの著書で知られる唐澤一友氏は、古英語による他の英雄詩も参考にしながら、詩人が『モールドンの戦い』により伝えようとしたのは何かを考察した。一般に、この戦いではアングロ・サクソン軍がヴァイキング軍に大敗を喫したと考えられており、この詩にもその様子が描かれていると解釈されることが多い。さらに、アングロ・サクソン軍の大将ビュルフトノースは、敗北の原因を作った張本人として批判的に描かれていると考えられることが多い。しかし、この詩に色濃く反映されていると考えられる英雄詩の伝統に照らして考えた場合、この詩をアングロ・サクソン軍の大敗北を記録し、それを引き起こした大将を批判しようとしたものと読むことは難しいと、唐澤氏は指摘している。唐澤氏は現在、古英語期の格言を集めた古英詩『格言詩Ⅰ』(*Maxims I*)および『格言詩Ⅱ』(*Maxims II*)についての研究に着手され、両作品のエディションの作成と出版を目指しておられる。

第三部「中世フランス文学・中世ドイツ文学」では、西欧中世のフランス語・ドイツ語圏で書かれた、叙事的な英雄が登場する作品群に焦点を当てた。このうち十三世紀前半の作と推測される『双剣の騎士』(中世フランス語)と『カールマイネット』(中世ドイツ語)は、本邦では未紹介の作品である。

比較神話学を専門とし、『マハーバーラタの神話学』(弘文堂、二〇〇八年)で知られる沖田瑞穂氏は、フィリップ・ヴァルテール氏が二〇一三年にフランス語で発表した『太陽騎士ゴーヴァン』(パリ、イマゴ出版)から着想を得て、アーサー王伝承で重要な役割を果たしている騎士ゴーヴァン(英語名ガウェイン)の様々な神話的要素を比較神話学的な観点から検討した。ゴーヴァンを想起させる太陽英雄としては、インドの悲劇の英雄カルナおよび曙の神アルナ、日本の古い太陽神と考えられているヒルコが比較項としてあげられた。ゴーヴァンとチェスとの密接な関連については、世界各地の神話において盤上遊戯が世界と宇宙の運行、運命を表していることが指摘されている。さらにゴーヴァンの話の中で鹿が担う重要な意味に関して沖田氏は、インドの神話から鹿の登場する事例を多くあげ、それが共通して「境界の徴」としての意味を担うことに注目している。『世界女神大事典』(原書房、二〇一五年)に編者の一人として参加した沖田氏は現在、世界の神話の類似について新たな分析方法を模索するとともに、現代の文学の神話性について考えておられる。

中世フランス語の韻文や散文で書かれたアーサー王物語群に関心を寄せる渡邉浩司は、十三世紀前半（おそらく一二三〇年から一二五〇年にかけての時期）に中世フランス語韻文で書かれた作者不詳の『双剣の騎士』の分析を試みた。中世ヨーロッパで「アーサー王物語」と呼ばれるジャンルを創り出したのは、一二世紀後半に創作活動を行ったクレティアン・ド・トロワであるが、『双剣の騎士』はクレティアンに始まるアーサー王文学伝承を強く意識しながらも、テーマやモチーフ群の扱いの点で新機軸を打ち出している。「双剣の騎士」という異名を持つ主人公メリヤドゥックは、作中の一時期には三本の剣を携えているが、それぞれの剣には異なる来歴があり、剣と英雄の密接なつながりを明らかにしてくれる。渡邉は二〇一六年三月に中央大学出版部から刊行された『アーサー王物語研究——源流から現代まで』の編集を担当する機会に恵まれたが、近い将来これに勝るとも劣らぬ独創的な論文集を世に問いたいと考えている。

中高ドイツ語文学を専門とする渡邊徳明氏は、二〇一一年に刊行した『英雄詩とは何か』には「『ニーベルンゲンの歌』の舞台裏——エッツェル王の二人の后とベルネのディエトリーヒ」と題する論考を寄せて下さったが、今回はフランク王国のカール大帝の生涯を描いた中世ドイツの物語集『カールマイネット』の分析に取り組んで下さった。六部構成を持つこの物語集のそれぞれの部は、独立した詩文と考えられている。渡邊氏が注目したのは、王カールとトレドの異教の王の娘ガリエが結婚するまでを描いた第一部『カールとガリエ』に続く第二部である。第二部『モーラントとガリエ』では、カールの后ガリエと重臣モーラントが不義密通を犯したという奸臣の訴えによって嫌疑をかけられ、その無実を証明するためにモーラントが奸臣の筆頭ルーハルトを決闘で破り、名誉を回復する。渡邊氏は、『モーラントとガリエ』の原物語が成立したとされる一二二〇年代におけるドイツ語圏の文学環境を踏まえ、とりわけ類似した物語素材（不倫・神明裁判など）を用いていたゴットフリートの

『トリスタン』などにも言及しながら、『モーラントとガリエ』の文学作品としての位置づけを論じた。渡邊氏は現在、中高ドイツ語の宮廷叙事詩における愛の内面性と物質性の関係、さらにはドイツ文学に描かれる人物の心身と世界の意味的連環に関心を寄せておられる。

われわれの研究会チームではこの五年間、意見交換を重ねながら共同研究を進める一方で、公開研究会や公開講演会を数回開催し、主として古代メソポタミアに関する知見を深めてきた（その詳細については、巻末の「研究活動記録」をご参照いただきたい）。本書の刊行にあたり、中央大学人文科学研究所の百瀬友江氏と、中央大学出版部の編集スタッフ、中でも髙橋和子氏には大変お世話になった。ここに特記して厚くお礼申し上げたい。

本書を、研究会チーム「英雄詩とは何か」の生みの親であり、第二期開始の時期（二〇一二年四月）に亡くなられた福井千春先生のご霊前に捧げたい。

二〇一七年三月

研究会チーム「英雄詩とは何か」

唐　橋　文

渡　邉　浩　司

目　次

第二部　古英詩

第三部　中世フランス文学・中世ドイツ文学

第一部　古代メソポタミア・古代ギリシア

時間と仲介者
――古代メソポタミアの神話・宗教解釈についての若干の視点――

松島英子

はじめに

古代メソポタミアの宗教・神話と一口に言っても、足掛けおよそ二千数百年にわたって繰り返し筆写された膨大な数の文字記録が原資料であって、これらを対象として分析や考察を行うことになる。加えて文字記録に残っていないもの、例えば文字が用いられる以前に口承されてはいたもののすでに忘れ去られ記録対象にならなかったもの、文字が通用している時期に口伝で知られていたが、記録はされなかったもの、記録されても残らなかったもの、記録に残されても発見されていないもの、等々が実際には存在する。私たちに伝わっている資料は様々な幸運が重なった結果の賜であって、失われた、あるいは未発見の事柄は数知れない。ましてや、神話・伝説・神話的叙事詩・神話のモティーフを背景にした、あるいは組み込んだ文学作品を、古代の人々が客観的態度で捉えていなかった、つまりは現実と切り離して理解していた訳ではなかったことは事実であり、それを現代人のわれわれがどのように見分けるのか、取り扱うのかという、古くて新しい神話研究上の問題が常につきまとうこととなる。

それでも楔形文字の解読に近代人が成功して以来、多くの発見があり、研究の積み重ねがあった。これらを網羅的に語ることは、無論個人では不可能である。しかし近年次々と新しい研究が発表され、テクスト編集のみならず、その解釈について、様々な議論が交わされている(1)。この状況の中で、古代メソポタミアの神話・宗教に関心を抱いてきた一人として、独自に気になっていた若干の視点について、紹介と分析を試みたいと思う。以下に述べるのは、オーソドックスな研究界ではあまり注目されてこなかったことであるが、この機会にあえて私／試論として提示したい。

一　メソポタミアの神話に見る「数」

これまで様々な神話的作品に目を通してきた中で、七ないしは七と六との組み合わせが、大きな状況の変化との絡み合いの中で現れることが私には気になった。以下に気付いた範囲で実例をあげる。

1　「イナンナ／イシュタルの冥界下り(2)」

現在われわれには、シュメール語による「イナンナの冥界下り」と、アッカド語による「イシュタルの冥界下り」の二つの神話が伝わっている。どちらも紀元前二千年紀前半に文字に書きとめられたものと推定される。シュメール語ヴァージョンとアッカド語ヴァージョンの話の筋はほぼ同様で、どちらのヴァージョンが古いのか断定できない。無論、テクストの元になる話は、記録された時期を相当に遡る時期に成立した口承版であったことは間違いない。

（1）　シュメール語版「イナンナの冥界下り」

天の神の娘イナンナはある日、自らの本来の居所である天界を出立して冥界に下ることにした。その意図は神話には語られていないが、おそらく冥界の女王エレシュキガルの地位を奪い、そこに君臨することにあったと思われる。エレシュキガルは、元来イナンナと同様に天の神々の王の娘で、冥界が領分であったためそこに居住しているが、神々の中での地位は非常に高かった。なお冥界は、この神話をはじめ様々な文献に散見する記述を見る限り、大地（人間の住処）を挟んで天界と対称に位置する下方世界と理解されていたことがわかる。[3]そこは死者の世界であり、暗く陰鬱でもの悲しく、原則として一度入ったら二度と出てくることができない世界であった。[4]

イナンナは冥界に旅立つにあたって、自身の身の安全と神性を守るために役立つ様々なものを身につけた。エレシュキガルが住む冥界の宮殿は七重の壁に囲まれ、その出入り口には護衛が控えていた。エレシュキガルはイナンナが最初の壁の門に到着したことを知って、その目的を怪しいとにらみ、門衛に命じて、イナンナが頭上に戴いていた被り物「草原の冠」を取り上げさせた。第二の門で彼女はラピスラズリのビーズを、第三の門で一対の卵形ビーズの胸飾りを、第四の門で胸当てを、第五の門で金のブレスレットを、第六の門でラピスラズリの物差しを、第七の門で王族が身にまとう高貴な衣パラを、それぞれ門衛に取り上げられた。こうしてイナンナは裸のままエレシュキガルの面前に出ることとなり、冥界の女王の怒りを買ったためその場で死を宣告され屍骸となってしまった。イナンナが天界を出立する際に身につけた七つの品々は、単に身を美しく飾るばかりでなく、それぞれが特別な力を持ち護身の役を担っていたのである。それらを失ったイナンナは、力なくエレシュキガルに屈してしまった。

話は続く。天空の偉大な娘イナンナを救うため神々は強く介入する。イナンナの行為に激怒していたエレシュキガルもついに折れて、イナンナ自身が身代わりを差し出すことを条件に解放に応じた。イナンナが見つけた身代わりは、彼女の留守を楽しんでいた愛人の牧神ドゥムジであった。シュメールに伝わる伝説によれば、ドゥムジの姉妹ゲシュティナンナは彼の運命を深く悲しみ、ドゥムジを救うため代わりに冥界に下ることを申し出た。こうしてドゥムジとゲシュティナンナは、それぞれが一年の半年を冥界で過ごすこととなった。ドゥムジとゲシュティナンナの悲話をめぐっては、多くの哀歌が残されている。このことについては後に再び取り上げたい。

(2)　アッカド語版「イシュタルの冥界下り」

イシュタルはアッカド／セム世界におけるイナンナの呼称である。実際にイナンナとイシュタルのつながり・関わり・性格の差異は単純ではなく、多くの議論があるが、今は敢えてこの問題に深入りしない。(5) さて物語の大筋はシュメール語版とほぼ同一である。若干の違いのうち目立つのは、イシュタルが冥界の七重の壁に設けられた門を入る際に、護衛から取り上げられる衣服・装身具である。第一の門では頭上に戴いた冠を、第二の門ではイヤリングを、第三の門では卵形のビーズのネックレスを、第四の門では衣服の留め金を、第五の門では貴石を連ねたベルトを、第六の門では足の飾り輪とブレスレットを、第七の門では高貴な上着を奪われ、冥界の虜となった。イシュタルが姿を消してしまったため、地上では性の営みが行われなくなり、新しい生命の誕生もなくなった。この事態を憂いた神々は冥界に使者を送り、策略を用いてイシュタルを救出しようとする。エレシュキガルはそれに気づき怒りを新たにするが、結局はイシュタルの解放に応じる。天上に戻ることとなったイナンナが、帰路冥界の七つの門を通り、その度に往路で奪われていた衣服・装身具を取り戻す様子が記述されている。貴重な品々を再び身に付けるたびに、彼女は高貴な神性と生命とを取り戻していくのである。アッカド語ヴァージョンでは、イシュタルの帰還後にドゥムジの身代わりについての短い言及があり、突然物語が終結する。現代のわれわれにはやや唐突な感が残るが、メソポタミアの人々にとってイナンナ／イシュタルとドゥムジの話はよく知られていたため、特に違和感はなかったのかもしれない。

以上二つのヴァージョンが存在する物語において、少なくとも以下の点を指摘することができる。

第一は、天上界、言い換えれば生者の世界と、冥界、すなわち死者の世界の間には、七重の壁があると考えられていたことである。生の世界と死の世界は全く質が異なっている。この二つの世界の間は単純な一重の仕切りではなく、七重の仕切りで隔てられている。ある存在から異なる別個の存在へと移るためには、七回に渡って隔壁を通らなければならない。すなわち存在形態を変えるためには、幾重にも設けられた境界線を越えるという段階と、それを通過する時間が必要なのである。ここに「七」という数字が出てくることに注目しておきたい。

第二は、衣服・装身具は単に身を飾るばかりでなく、それぞれが具体的な機能を持っていることである。実用上の機能のみならず、それぞれが持つ「呪力」があって、それが生、存在の属性、神聖さなどを保証するものだったと理解できる。

2　「アトラ・ハシース叙事詩」

アトラ・ハシース叙事詩は、古バビロニア時代に、その頃口承で伝わっていた二つの物語をもとに構成されたと考えられる。文字テクストが成立した時期に二つの物語モティーフが合体した口承版が成立していたのか、あるいは最初に口伝を文字で記述した折に、書記が編纂の意図を働かせた結果、現在見るような形になったのか、どちらかは不明である。(6) 少なくとも紀元前一七世紀に作られた写本を見る限りでは、叙事詩前半のテーマは「人類創造」であり、後半のテーマは「大洪水」である。

前半の物語はまだ人間が存在せず、神々のみが世界を構成していた時期を舞台としている。高位の神々だけが裕福で安穏な生活を享受し、下位の神々は高位の神々の生活を支えるためつらい労働に喘いでいた。日々の苦役が我慢の限界を越えたため、労働者階級の神々はついにストライキを起こし、農具を焼いて仕事を放棄してしまった。高位の神々は生活物資に事欠く事態に直面し困惑するが、このとき神々の知恵者エアは、労働を代替する存在を新たに創造することを提案する。粘土に反乱者の神一人を処刑して得た「血液」を混ぜ湿り気を持たせ、神々の姿をまねた男の人形七体、女の人形七体を整形して、儀礼を行いつつ待機していたところ、九日後に人形は動き出して「人間」となり、神々の生活を支えるための物資を生産する活動を始めた。このエピソードの中に、男の人形七体、女の人形七体、すなわち七という数字が出てくることに、注目しておきたい。

さて物語の後半は人類全体を襲った「大洪水」についての物語である。人類は誕生の直後から労働に励み生産性を上げ、神々を扶養したばかりでなく人間そのものの数を大きく増やしていった。しかし多くの人々の労働には騒音が伴うため、神々の王エンリルは安眠を妨げられた。身勝手で浅薄なエンリルは騒音を発する人類の殲滅を決意し、疫病を起こすなど幾つかの方策を試みた。しかしいずれも成功せず、ついに地上に大洪水を起こして、神々以外のすべてを滅ぼすことにした。人類がいなくなれば、神々は生活の糧を失い窮地に陥るはずだが、浅はかなエンリルには想いが及ばない。再び神々の知恵者エアが動いた。エアは行い正しく最も賢い人物を一人選び、この最高賢者（アトラ・ハシース）に方舟を作らせ、彼とその家族、および地上の動物それぞれにつきひとつがいを乗せ、入り口を閉じることを示唆した。大洪水は七日七晩続いた。(7) 嵐がおさまった後、アトラ・ハシースとその一行は水が引いた地上に降り立ち、その後の新しい世代の人類・動物の始祖となった。

この大洪水の物語が旧約聖書・創世記の「ノアの洪水」物語の最古のモデルであることは、広く知られている。(8) 創世記では大洪水は四十日四十夜続いたとされているが、アトラ・ハシース叙事詩では七日七晩である。大洪水の前と後では、世界も人類も質的に大きく変化した。このような本質の変容が成就するためには、七日七晩という時間が必要であった。

3　「ネルガルとエレシュキガル」(9)

この神話は主として時代が異なる三つの写本によって知られている。中バビロニア期に位置づけられる写本は、現エジプトのエル・アマルナ出土の文書類に含まれていた。もう一つの写本は、スルタンテペから出土した、前八世紀の文書の中に含まれていた。さらに時代が下る新バビロニア版テクストはウルクから発見された。これらの写本の間には時間的に大きな隔たりがあるが、文献的な事柄に今は深入りせず、物語を追ってみよう。

先の「イナンナ／イシュタルの冥界下り」でも見たように、エレシュキガルは天の王の娘であるため神々の中での位は高いが、冥界の女王として、地下の宮殿に住んでいる。さてある日、天上の神々は宴を催すことにした。高位のエレシュキガルは当然招かれなければならないが、冥界の女王が天上界に上るわけにはいかないので、代理の神が派遣された。エレシュキガルの代理は天上で主人と同様の扱いを得て神々の丁重な挨拶を受けたが、ただ一人若者神のネルガルがそれを怠った（あるいはわざとしなかった）。代理出席者から帰着後の報告でネルガルの失礼な行為を聞き激怒したエレシュキガルは、天の神々に強く抗議して、場合によっては冥界の女王の任務を破棄するとさえ宣言した。神々はエレシュキガルの怒りを鎮めるため、この若者を冥界に下した。イナンナ／イシュタルの時と同様、ネルガルは冥界の宮殿を取り巻く七重の壁を通過してエレシュキガルの前に姿を現した。ところが怒りに震えていたはずのエレシュキガルは、ネルガルを一目見たとたんその姿の美しさに魅了され、寝所に誘った。ネルガルは六晩をエレシュキガルの床で過ごしたが、七日目の朝彼女のもとを離れ、巧妙に七つの門の守衛を騙してとうとう天に戻ってしまった。

エレシュキガルは悲嘆にくれ、ネルガルを自分のもとに返してくれるよう天の神々に懇願した。神々の知恵者エアは、ネルガルに天の神の護身用の品々を身につけさせ送り出すが、ネルガルが冥界の七つの門を通過するたびに、護身物は一つ一つ取り上げられてしまう。このあたりの描写は、アッカド語版「イシュタルの冥界下り」

とほぼ同様の文章が使われている。冥界に到着したネルガルはエレシュキガルと再び床をともにし、今度は七夜を過ごしてしまった。彼はもはや天に戻ることがかなわなくなり、以降はエレシュキガルの夫として、また冥界の王として、この世界に君臨することとなる。

この神話は、冥界の王ネルガル誕生のいきさつを物語っていると理解できる。だが目下のわれわれには、「本質の変容」の観点から若干の事柄が気にかかる。本来は天の神であったネルガルが冥界の存在となったことについては、三つの要素が絡み合っている。第一に、二度目に冥界に下った際に、その神性を保証するための護身物を一つまた一つと失ったこと、第二に、七晩を冥界で過ごしたこと、そしてエレシュキガルつまりは女性と性的な関係を結んだことである。それも六回まではまだ十分有効ではなかった。しかし七回におよぶ関係の積み重ねによって、彼の本性は変容した。

所持物を失ったこと、一定時間の経過、七という数、そして異性との性的関わり、これらが存在の変容に作用したことになる。

4　「ギルガメシュ叙事詩」における若干のエピソード

古代メソポタミアの文学作品として広く流布し、また現代人に最も良く知られている「ギルガメシュ叙事詩」は、様々な時代にいくつも写本が作られた。それらをもとにした「編纂版」すなわち「スタンダード版」は、紀元前十二世紀頃成立したとされる。われわれにとって最も身近なテクストは、ニネヴェのアッシュルバニパルの図書館から発見された十二枚のタブレットからなる写本である[10]。多くの物語モティーフがこの長大な叙事詩に含まれているが、ここでは本論の視点から見た若干の要素のみを取り上げる。

(1)　エンキドゥの死の描写を巡って[11]

叙事詩の主人公ギルガメシュは、荒野の存在から本性を変えてギルガメシュの親友となったエンキドゥとともに冒険に出かけ、怪物フンババ退治に成功する。凛々しい英雄の姿に一目惚れしたウルクの女神・天界の王の娘イシュタル女神は彼に様々なプレゼントをちらつかせながら求愛するが、ギルガメシュは女神に激しい軽蔑の言葉を返して拒絶する。激怒した女神は懲らしめのため天の雄牛を送り出すが、エンキドゥはこれを倒してしまい、結果として神々の怒りを買い重い病にかかり間もなく死去してしまった。親友エンキドゥを失ったギルガメシュは、深い悲しみに沈むと同時に、人の死は逃れがたい運命であるのか、永遠の生命を得ることは不可能なのかという重い疑問を抱くこととなった。彼はかつて地上を襲った大洪水を生き延び、人間でありながら永遠の生を得て妻とともに遠い地に住むウタ・ナピシュティを訪ね、永遠の生命の秘密を聞き出すことを決心する。[12]長く苦しい旅の末にこの世の果ての海辺に辿り着いた彼は、そこで不思議な女性・酌婦シドゥリのもとを訪れる。シドゥリは初めギルガメシュの到来を警戒するが、ギルガメシュは強引にシドゥリに会い、自分の過去の運命を語り、永遠の生の秘密を知るウタ・ナピシュティの住処へ辿り着く方法を尋ねる。古バビロニア版によれば、ここでギルガメシュはシドゥリに向かい、エンキドゥの死の様子を物語る。


「私が深く愛したエンキドゥ、私とともにあらゆる困難に立ち向かった彼。

彼は（人間が向かう）運命に行ってしまった。私は昼夜泣き続けた！

私は彼を埋葬にさえ出さなかった。もしかしたら私の号泣で再び起き上がるかも知れないと思って！六日七晩私は彼のために泣き続けた。その鼻から蛆虫がわき出すまで！」

（古バビロニア版タブレット、コラム二、一'‐九'／スタンダード版タブレット一〇、五六―六〇、一三二―一三七行）

この表現を通して、ギルガメシュがようやく七日目にエンキドゥをあきらめ、埋葬したことが分かる。それは生者であった者が完全な死者になるために要した時間でもあった。生から死へと存在の本性を変えるためには、やはり七日という時間がかかったのである。

(2)　ウタ・ナピシュティが語る大洪水のエピソード[13]

シドゥリはウタ・ナピシュティの渡し守の存在をギルガメシュに教え、彼の案内によって、ギルガメシュはついに永遠の生命の持ち主に会うことができた。この若者の沈痛な表情を見て、ウタ・ナピシュティはその訳を尋ねる。これに答えギルガメシュは再びエンキドゥの死について語り、続けて彼が抱えている重い疑問すなわち生と死、永遠の生命についてウタ・ナピシュティに問う。短い議論の後、ウタ・ナピシュティは大洪水の経験を物語る。話の大筋は先に見た「アトラ・ハシース叙事詩」の大洪水とほぼ同様である。[14]ただしここでは、大洪水の継続時間を「六日七晩」（タブレット一〇、一二八行）として、わずかながら数のずれがある。

(3)　永遠の生命を得るための試練と失敗（タブレット一一、二〇九―二四一行）

あくまでも永遠の生命の獲得を切望するギルガメシュに根負けしたウタ・ナピシュティは、彼に試練を課した。六日七晩眠らず目を覚ましていることである。ギルガメシュは直ちに挑戦するが、間もなく睡魔に襲われ寝込んでしまった。彼が寝ている間、ウタ・ナピシュティは一晩ごとにパンを一つ、妻に焼かせ枕許に置いた。ようやく目を覚ましたギルガメシュは、枕許に七つのパンを見つけた。彼は死すべき運命を背負った自分の存在形態を変えることができなかった。

ギルガメシュは失意のうちに立ち去りかけたが、その意気消沈ぶりに同情したウタ・ナピシュティの妻が、この若者を助けるよう夫に翻意を促した。ウタ・ナピシュティはついにもう一つの手段、すなわち地下に広がる水（アブズ）底深くにある「生命の植物」を入手するようギルガメシュに示唆する。ウタ・ナピシュティの妻の助言に関しては、後に再び考察することにしよう。ついでに話の続きを述べると、ギルガメシュはこの「生命の植物」を手に入れるのだが、故郷のウルクの町を目の前に身を清めようと池に水浴に入り、その間に水辺に置いた生命の植物を、蛇に奪われてしまった。蛇は生命の植物を食べて脱皮し新しい姿に変わり、ギルガメシュは永遠の生命の獲得に失敗した。

(4)　エンキドゥと遊女シャムハト（タブレット一、一七八行以降）

話は前後するが、もう一つ重要なエピソードに言及しておきたい。

ギルガメシュはウルクの若い王であったが、若さ余って強引な振舞いに走り、市民を苦しめた。人々の嘆きに耳を傾けた神々は、彼に親友を与えれば乱暴な素行が改まると考え、エンキドゥという野生の存在を創り荒野に送り出した。次に、獣同様の生活を送っていたエンキドゥに「文明」を教えるため、遊女シャムハトが派遣された。彼女はエンキドゥに近づき、六日七晩に渡って性の歓びを経験させた。その後まず彼に衣服を着せ、次に彼をウルクの町に連れ出した。道中エンキドゥは生ではなく火を入れた食物（パン）を食べること、加工飲料（ビール）を飲むことなどを覚え、野の存在から文明世界の人間へと変容して行く。こうしてウルクに着いたエンキドゥはギルガメシュと出会い、親友として冒険旅行に同行することになるのである。

遊女との六日七晩にわたる性的関わりは、エンキドゥの存在形態を変えた。野に生きる動物同然の本性から、人間が形成する文明社会の一員への移行である。

考察

メソポタミアの神話に見る数への言及例を見てきた。ここから言えることを簡潔にまとめてみたい。

これまで見てきたエピソードには、共通して七という数が登場する。「イナンナ／イシュタルの冥界下り」

の場合は、冥界に到達するための七重の壁とそれぞれの壁に設けられた合計七つの門である。これらを通過するには七つの段階を踏むわけで、無論それには時間がかかる。その度に天上の存在は本性を少しずつ変える。またそれぞれの段階で一つずつ本来の属性を保証していた持ち物を失っていく。これは「ネルガルとエレシュキガル」にも見られることである。

その他のエピソードでは、七日七晩、または六日七晩という時間の経過が問題になっている。七日七晩と六日七晩では一日の時間差があるが、もし時間のカウントを朝からではなく夜から始めるとすれば、本質的にあまり大差はない。問題は七晩の経過であり、その間に天の存在から冥界の存在へ、生者から死者へ、大洪水以前の「先史」から大洪水以降の現実の世界へ、野の存在から文明世界に生きる存在への移行が行われる。いずれの場合も一定時間の経過の後に、存在形態の変容が実現する、言い換えればある者の存在形態を変容させるためには、これだけの時間経過が必要なのである。

七というのはメソポタミアだけを見ても様々な場面に登場する。例えば前八世紀の制作とみなされるこの地では最も新しい神話的叙事詩「エッラとイシュム」では、戦闘的な神エッラ（ネルガルの別名）に従ってバビロニア各地を蹂躙する七人の神々の集団が登場する。これも、日常の平穏な世界から破壊された非日常的な世界へ変化をもたらす要素と考えられないことはない。しかし議論が抽象化しすぎる恐れがあるので、これ以上深入りすることは避けたい。

二　メソポタミアの神話に見る女性の役割――若干の視点から

ところでこれまで紹介してきたエピソードの中に、ある存在がその形態や属性を変える際に女性と性的関係を経験する場面が含まれていた。また、女性が重要な局面で助言を行う場面もあった。

メソポタミアの神話や神話的叙事詩の中で、女性を主人公としているものは、イナンナ／イシュタルをめぐる一連の作品群のほか、先に見た「ネルガルとエレシュキガル」をあげることができる。イナンナ／イシュタルをめぐる一連の作品群は、紀元前三千年紀から二千年紀初頭に流布していた説話をもとに、多くはシュメール語で書かれたものである。先に見た「イナンナ／イシュタルの冥界下り」もこの一連の作品群の中に数えることができるが、「冥界下り」のモティーフがやや暗い趣をもっているのとは対照的に、多くの作品は若い娘イナンナの恋愛・結婚を題材にした詩的作品であり、明るく華やいだ雰囲気を漂わせている。これらについては現在まで数多くの研究が発表され、あまたの議論が繰り返されているため、ここでは敢えて取り上げることはしない。とりわけイナンナ／イシュタルはメソポタミアの歴史を通じて高い人気を保持した女神であり、極めて複雑な要素を含んでいる(15)。また「ネルガルとエレシュキガル」については先に一瞥した。ここではエレシュキガルがヒロインとして登場するが、作品自体の主要なテーマは、ネルガルが冥界の王になった経緯の説明付けである。この二つの場合を別にすれば、女性が主要な登場人物となる物語は、私の知る限り多くはない(16)。

しかし男性をヒーローとする神話・神話的叙事詩の中に出てくる女性の言動や役割は、一見目立たないようだが、注意深く観察すると決して小さくない。むしろ物語の流れを変えるきっかけとさえなっている。その観点から神話や神々の世界における女性の役割について、いくつか注目に値する点をあげて検討してみることとしよう。

1　「ギルガメシュ叙事詩」の中の女性たち

「ギルガメシュ叙事詩」には数人の女性が登場し、節目節目で物語の展開に大きく寄与している。そのうちイシュタルについては既述のように複雑な要素が絡まっているためここでは省略することにする。他に注目すべき女性を列挙してみよう。

⑴　エンキドゥと遊女シャムハト（タブレット一、一七八行以降）(17)

先にも述べたように、神々はギルガメシュに親友を与えるため野生の存在エンキドゥを創り荒野に送り出した。獣同様に振る舞うエンキドゥの恐ろしい姿に驚いた狩人の訴えを聞いたギルガメシュは、遊女シャムハトをエンキドゥのもとに送り込むよう示唆する。狩人は遊女を探し出してエンキドゥに近づかせる。シャムハトは言われた通りエンキドゥのもとに赴き、肌を見せて誘惑し六日七晩にわたって性の歓びを経験させた。その後彼女はエンキドゥに衣服を身に着けることを教え、ウルクの町に誘う。道中に立ち寄った牧人の宿営地でエンキドゥは火を入れた食物（パン）を食べ、加工飲料（ビール）を飲み、野の存在から文明世界の人間へと変質して行く。遊女との六日七晩にわたる性的関わりは、エンキドゥの存在形態を本質的に変えた。そればかりでなく、彼女は文明社会の一員となるため不可欠な事柄を教えた。すなわち衣服を身に着けること、火入れ・醸造など人の手を加えた食物を摂取することである。

既述のように、エンキドゥはギルガメシュとともに冒険に出かけた後、神々に対する不遜な振舞いの代償として、（ある意味ではギルガメシュの身代わりに）重い病に罹る。その死の床で、彼は自分の運命を変えた二人、狩人と遊女シャムハトに呪いの言葉を放つ。とりわけシャムハトに対する恨みは深く、数々の不運を宣告する（タブレット七、一〇二―一三一行）。なぜなら、

「無垢であった私をお前が弱き者にしたのだから、
そして荒野にあって無垢であった私を、お前は弱き者にしたのだから！」

た。

（タブレット七、一三〇―一三一行）

遊女は都市文明のエッセンスを凝縮して体現する存在であり、同時に社会から攻撃の標的にもされる存在であった。

（2）　ギルガメシュの母ニンスン女神(18)

ギルガメシュは父・ウルクの王ルガルバンダと「野生の雌牛の主」と称される女神ニンスンとの間に生まれ、「その三分の二は神、三分の一は人間」であった。ある夜彼はたて続けに二度不思議な夢を見て、その意味を母のニンスンに尋ねる。彼女は夢の意味を直ちに解明する。

「我が息子よ、お前が（夢に）見た斧は人間なのだよ。／お前は彼を愛し、妻のように愛撫するだろう。／そして私は彼をお前に匹敵する者にするだろう。／強き仲間、友を救う者が（お前のもとに）やって来る。／彼はこの国にあって最も強い。／天の重石のように彼は強力なのだ。」

（タブレット一、二八八―二九三行）

間もなく遊女シャムハトに感化されたエンキドゥがウルクの町に到着する。二人は出会い頭に格闘するが、すぐさま互いの力を認めて友人同士となる。そして神々の王エンリルによって糸杉の森の番人に任じられている怪獣フンババを退治する旅に出かけることにする。ニンスンは息子が企てた無謀な冒険を何とか断念させようとするが、制しきれないと悟ると、太陽神シャマシュに長い祈りを捧げ、エンキドゥを自分の「養子」としてギルガメシュと兄弟の契りを結ばせ、冒険旅行に送り出す（タブレット三、四三行以降）。

一連のエピソードの中でニンスンが担っているのは、一つには抽象的な夢の意味を読み解く特別な技能を有する者としての役割であり、もう一つは母として息子のために神に祈り、その安全のために様々な方策を準備する者としての役割であろう。とりわけ前者について注目したい。古代世界ではしばしば見られ、メソポタミアでも顕著な事象だが、夢の解釈者として女性は重要な存在であった。

(3)　酌婦シドゥリ(19)

既述のように親友を失い、死と生の問題に苦しんだギルガメシュは、永遠の生を求めて長旅に出て、この世の果ての海辺に住む不思議な酌婦シドゥリのもとに辿り着く。先に数の問題を扱った際引用したエンキドゥの死の場面の描写は、ここに出てくる訳だが、その後ギルガメシュとシドゥリの対話が続く。スタンダード版に欠損しているシドゥリの台詞の一部を、古バビロニア版で見てみよう。

「何処へさまよって行くのか、ギルガメシュよ？
お前が探し求める終わりなき生命を、
お前は決して見つけることはないのだ。
神々が人間を創った時、
彼らは人間に死を割り当て、
生命を自分たちの手中に収めたのだ。
お前は自分の腹を満たしなさい。
昼も夜も自分を喜ばせなさい。
毎日宴を催しなさい。

昼も夜も踊りを楽しみなさい。
清潔な衣服を身に着けなさい。
身体を洗い水浴びをしなさい。
お前の手にすがる子供を優しく眺めなさい。
お前に身体を寄せる妻を歓ばせなさい。
なぜならこうしたことが、人間の定めなのだ！」

（古バビロニア版、コラム三、一―一四行）

シドゥリのこの言葉は、人生の意味をめぐる興味深いもので、しばしば旧約聖書の「伝道の書」の一節と比較される。(20)

シドゥリはギルガメシュを様々に説得するが、ウタ・ナピシュティに会うという彼の固い決意に押され、この世の果ての海の対岸に住む大洪水の生き残りに仕える船頭ウル・シャナビのことを教える。船頭に会って説得に成功したギルガメシュは、ついに目指す人物のもとに辿り着くこととなる。

シドゥリは酌婦、つまり酒類を醸造し訪れる客に振る舞う仕事をする女性で、この仕事自体がいわゆる境界に置かれたもの、すなわち市民社会と部外者との接点に位置するものとなる。その点では１⑴で見た遊女シャムハトと似たような境遇に属する。シドゥリの場合はこの世の果ての海辺に住んでいるので、半ば人間の世界の外に身を置いていると言えるかもしれない。いずれにせよ、彼女が語る言葉は、人間の生の意味を考えさせる深い含蓄に富んでいる。そしてギルガメシュに、その運命が変わるかもしれない場面に踏み出す機会を与えている。一見目立たないが、叙事詩の流れを大きく展開させる重要な役割を担う存在なのである。

(4)　ウタ・ナピシュティの妻

先にも見たように、ギルガメシュはウタ・ナピシュティに会い、懇願して永遠の生命を得るための試練に挑んだ。結果は失敗である。六日七晩目を覚ましていなければならなかったのに、七日目に目覚めたギルガメシュは、枕許に七つのパンを見た。パンはウタ・ナピシュティが一晩ごとに妻に焼かせたものだった。

こうして不死を得られず失意の中ギルガメシュは立ち去りかけるが、その姿にウタ・ナピシュティの妻は深く同情する。彼女は気の毒な若者の願いを叶えるように、夫に強く意見する。ついにウタ・ナピシュティはもう一つの手段、つまり地下に広がる水（アブズ）の深い底に生えている「生命の植物」を得ることをギルガメシュに教え、この困難な挑戦に自分の船頭ウル・シャナビを連れて行くように言う。この後の物語については既述した。

ウタ・ナピシュティの妻の役割は、目立ったものではない。その名さえここでは言及されていない。しかし夫といわば同格の妻として、夫に意見を述べ、考えを変えさせている。この例に限らないが、メソポタミア世界において妻は、必ずしも世間に表立って姿を現さない場合でも、夫に意見を言うことができ、一定の存在感を持っていた。宗教文書の中にも、主要な神々の妻の地位にある女神が、夫に進言することを期待する表現がしばしば見られる。(21) ウタ・ナピシュティの妻の言動は、このような女性の役割あるいは存在感を物語る一例と理解することが可能ではなかろうか。

「ギルガメシュ叙事詩」はメソポタミアの文学作品として最も良く知られたものの一つであり、さらにメソポタミア世界を越えて広く影響を及ぼした。長大な作品であると同時に、そこに込められた様々な問題意識が、多くの人々の心を打つ。ここでとりわけ留意しておきたいのは、作品の主要人物、つまりギルガメシュ、エンキドゥ、イシュタル、ウタ・ナピシュティの他にも、節目節目で物語を大きく展開させる契機を作る人物（女神を含む）が登場していて、そのほとんどが女性だということである。

2　ドゥムジとゲシュティナンナ

先に数字の問題を検討した際扱った例の一つに、シュメール語版「イナンナの冥界下り」があったが、そこでイナンナが自身の身代わりとして冥界に送ったのは、愛人の牧神ドゥムジであった。ドゥムジの姉／妹ゲシュティナンナは兄／弟の運命を深く悲しみ、彼を救うため代わりに冥界に下ることを申し出たが、その結果ドゥムジとゲシュティナンナは交代で一年の半分を冥界で過ごすこととなった。ゲシュティナンナは元来葡萄を象徴する女神で、ドゥムジとゲシュティナンナの半年ごとの交代は、植物の生育や一年の気候のサイクルを説明する話と理解することが可能である。それはともかく、シュメール文学にはドゥムジとゲシュティナンナの悲話をモティーフとした、多くの哀歌が残されている。とりわけ有名なのは、古バビロニア時代の作品「ドゥムジの夢」である。(22)

ある晩ドゥムジは不可思議で恐ろしい夢を見た。彼は急ぎゲシュティナンナを呼び寄せる。「ドゥムジの夢」二〇―二四行に明記されているように、彼女は彼にとって、姉／妹であり、タブレットを読み解く書記であり、夢の解釈者であり、英知の持ち主であって、是非とも気がかりな話を聞いてもらいたい相手であった。

ゲシュティナンナは夢がドゥムジの間もない死を意味することを告げ、自身の友人（女性）の助言を得て追っ手の魔物の目をくらましドゥムジを何とかかくまうことを試みるが、ついに彼は見つかり捕まってしまった。最後にゲシュティナンナは、自らが兄／弟の身代わりになることを申し出る。

この神話的哀歌のなかに、シュメール社会において女性が果たしていた役割の一端を見ることができる。まずは兄弟姉妹の結びつきが強かった社会で、姉妹が大きな存在感を持っていたことである。古代社会ではしばしば見られる現象である。また一部の女性は文字の読み書きの能力を備え、夢の意味を読み解き、適切な対応を示唆する有能なアドバイザーであった。シュメールの書記の女神は、穀物の象徴でもあるニサバである。多くの男性書記がいたことはむろん疑いの余地はないが、女性にも文字や文学を知るインテリが少なくなかった。

考察

以上見てきた事柄から、メソポタミア世界の女性たちの間に、次のような側面、あるいは役割を演じた人々がいたことが分かる。

われわれ現代社会に身を置く人間を含めて、女性の存在を考えるときにはまず「妻・母」としての役割を思い起こす人は多い。この点から見れば、メソポタミア世界の女性たちは、ただ受け身であるばかりでなく、ときにある種の能動性を見せた。

ウタ・ナピシュティの妻の場合、いわば同格のパートナーとして夫に意見を述べ、その行動を変えさせた。メソポタミア世界では一般に女性の地位は男性に比べ低かったと考えられる。しかし妻は表向き夫の陰に位置していたにしても、夫に意見を言うことができ、一定の存在感を持っていたことが、神話の中に散見する記述から垣間見られる。先にも述べたように、主要な神々の妻の地位にある女神が、夫に進言することを期待する表現が、宗教文書の中にしばしば見られることも、その傍証と言えよう。

母の立場で現れるのは、ギルガメシュの母ニンスンである。彼女は息子の夢の意味を読み解き、助言者として振る舞う。また息子が冒険に出発するに際して、神に加護を祈り、また安全のために様々な方策を用意する。ニンスンに限らないが、夢の解釈者として女性は技能者であり、また将来を予測する能力を備えた重要な存在であった。同様の事柄は、母としてではないが、姉／妹として登場するゲシュティナンナにも言える。

すなわち、ある種の特別な技能を持ち、アドバイザーあるいはインテリとして、将来を見据えつつ行動する女性がいたことを、神話の端々から読み取ることができるのである。ギルガメシュに応対するシドゥリの中にも、そのような側面が見られる。

さらに今一つあげておきたいのは、ある者の存在形態に及ぼす女性の影響である。これは遊女シャムハトがエンキドゥを、性的関わりを通じて変容させ、感化したエピソードから読み取ることができる。それは、「数」の議論の際に取り上げた、「ネルガルとエレシュキガル」の場合でも同様であった。シャムハトの場合は市民社会の周縁に位置する「遊女」であった。エレシュキガルの場合は女神なので同様には扱えないが、しかし天の神の王女でありながら冥界に住むことを運命づけられている存在として、ある意味で神々の世界の「周縁」にいると解釈できないわけではない。(23)

おわりに

以上膨大な数に及ぶ古代メソポタミアの神話・伝説の中から、二つの視点すなわち「数と時間」「女性の役割」に絞って、いくつかの例を見ながら論じてきた。これらの例は様々な神話の中に散見する小さなエピソードを拾い集めたものである。さらに多くの神話を丹念に見ていけば、より多くの例を見いだすことができるかもしれない。あるいは全く反対の、異なった見解の導入が必要となる例が出てくるかもしれない。しかし忘れてならないのは、メソポタミアは多様な文明・文化が交錯した複合世界であり、神話はおのずからその多様性・複合性を反映することである。神話のエピソードに見られる若干の要素を、かつてこの世界に生きた人々が思い巡らしたことの一端、あるいは彼らの生活の中ではぐくまれた感性や事象の一端としてとらえ、この世界をより良く理解するための一助とすることが、肝要なのではあるまいか。

（1）メソポタミアの神話・伝説・叙事詩を網羅的に集めた書籍としては、やや以前の出版になるが以下のものがあげられる（出版年の後に（　）内で表示しているものは、出版物の略号である）：J. Bottéro et S. N. Kramer, *Lorsque les dieux faisaient l'homme, Mythologie Mésopotamienne*, Paris (Gallimard), 1989 (=*LDFL*), B. R. Foster, *Before the Muses, An Anthology of Akkadian Literature*, Bethesda, 1993 (3rd ed. Bethesda) 2005, (=*BM*)。個別の作品については一般読者向けの現代語訳からテクスト編集を主体とした研究書レベルにいたるまで様々な出版物が公刊されているが、ここですべてを列挙することは、紙幅の都合および私自身の力不足を勘案し省略したい。ただ、ヘルシンキを拠点とするState Archives of Assyria 出版プロジェクトの一環として、State Archives of Asyria Cuneiform Textsシリーズが進行しており、そのなかで、S. Paopola, *The Standard Babylonian Epic of Gilgamesh* (1997), J. R. Novotny, *The Standard Babylonian Etana Epic* (2001), A. Annus, *The Standard Babylonian Epic of Anzu* (2001), P. Tallon, *The Standard Babylonian Creation Myth Enūma Eliš* (2005), P. Lapinkivi, *The Neo-Assyrian Myth of Ištar's Descent and Resurrection* (2010), S. Pontichia and M. Luukko, *The Standard Babylonian Myth of Nergal and Ereškigal* (2013) がこれまでに出版された。いずれも楔形文字テクスト（著者により編纂されたもの）と現代語訳および参考文献一覧を含む。それぞれの神話の紹介部（Introduction）には作品解説が含まれるが、その内容はごく簡潔なものからある程度詳しいものまで様々である。またシュメール語の多くの文学作品（神話・神話的叙事詩・その他）は一九九八年以降デジタル化され検索できるようになった：*The Electronic Text Corps of Sumerian Literature*, http://etcsl.orinst.ox.ac.uk

（2）先の注（1）に記したJ. Bottéro et S. N. Kramer, *LDFL*, pp. 275 ff., B. R. Foster, *BM*, pp. 305 ff., およびP. Lapinkivi, *The Neo-Assyrian Myth of Ištar's Descent and Resurrection*, SAACT vol.6, Helsinki, 2010 参照。なおアッカド語ヴァージョンの最も保存状態の良い写本は、七世紀に記されたアッシリア版（ニネヴェのアッシュルバニパルの図書館から発見された）である。

（3）ジャン・ボテロ著・松島英子訳『最古の宗教』（新装版第一刷）法政大学出版局、二〇一三年、一二八頁参照。

（4）「イシュタルの冥界下り」（アッカド語版）冒頭は次のように記述している：「冥界へ、「帰還なき国」へ、シーンの娘イナンナは心を向けた。（中略）／（そこへ一度）入った者は（再び）外へ出ることのかなわぬ館へ、／（中略）／

（そこへ）入った者は光を（見）失う館へ（と）。／そこは埃が（人々の）飢えを（満たし）、土がパンである所。／（そこでは）人々は光を見ることなく、暗闇の中にじっととどまっている。」（ニネヴェ写本一―九行）

（5）イシュタルはイナンナの単なるアッカド語名ではない。ウルクの女神イナンナをベースに、様々な地域を出身地とした複数の女神が習合されたものである。アッカド語では、イシュタルは時に「女神」を意味する一般名詞として使われることがある。

（6）この叙事詩を記した楔形文字タブレットの編纂と研究・翻訳に初めて本格的に取り組んだのは、W. G. Lambert and A. R. Millard, *Atra-hasīs, the Babylonian Story of the Flood*, Oxford, 1970である。また注（1）で紹介した以下の書物にも現代語訳がある。J. Bottéro et S. N. Kramer, *LDFH*, pp. 527 f., B. R. Foster, pp. 227 ff. 現存最古の写本は古バビロニア時代に見習い書記ク・アヤにより記された。第一タブレットの奥付はバビロン第一王朝六代目の王アンミツァドゥカの治世一二年すなわち紀元前一六三五年一月二一日の日付を記している。

（7）*7 ūmi 7 mūšâtim illik rādu mehû abūbu*「七日七夜暴風・暴雨・洪水が続いた」（タブレット三、コラム四、二四行）。

（8）大洪水の継続日数は異なるが、その他のエピソード、とりわけ洪水後の地上の様子を知るために、主人公が方舟の窓を開けて、三回にわたり鳥を飛ばし、三度目に放した鳥が船に戻らず飛び去ったことを地面が復活した証と考え下船の支度をした話は、双方に共通している。創世記の話が「アトラ・ハシース叙事詩」をモデルにしていることの動かぬ証拠として、十九世紀以来有名になった。

（9）注（1）にあげた書籍のほか、以下も参照。Lishtar, "Nergal and Ereshukigal, Re-Enchanting the Mesopotamian Underworld", http://www.gatewaystobabylon.com/religion/(September 7th 2000).

（10）この有名な叙事詩に関しては、二十世紀前半以来様々な研究が発表されてきたが、最も新しくまた総括的な研究書は以下である：A. R. George, *The Babylonian Gilgamesh Epic, Introduction, Critical Edition and Cuneiform Texts*, Vol. I, Vol. II, Oxford 2003 (= George 2003). 同書には詳しい参考文献一覧がついている。なお本論文執筆に際しては、ギルガメシュ叙事詩についていくつかの視点を論じたT. Abusch, *Male and Female in the Epic of Gilgamesh*, Indiana (Eisenbrauns), 2015 (=Absuch 2015) も参考にした。

（11）「スタンダード版」タブレット一〇、一三二―一三七、二三二―二三七行。

（12）永遠の生は神々のみが保有する特権であった。これは先に一瞥した「アトラ・ハシース叙事詩」に明言されており、死は人間が逃れることが出来ない運命であった。

（13）「スタンダード版」タブレット一一、一―二〇四行。

（14）ウタ・ナピシュティは前述のアトラ・ハシースと同一人物であり、「ギルガメシュ叙事詩」第一一タブレット四九行、一九七行には事実アトラ・ハシースの名で呼ばれている。

（15）例えば比較的最近の研究書として限られた数の範囲で抜粋すると、1）P. Lapinkivi, *The Sumerian Sacred Marriage in the Light of Comparative Evidence*, SAAS vol. XV, Helsinki 2004, 2）M. W. Chavalas (ed.), *Women in the Ancient Near East*, Routage Groupe, New York 2014に含まれる若干の論文、3）D. T. Sugimoto (ed.), *Transformation of a Goddess Ishtar-Astarte-Aphrodite*, OBO vol. 263, Fribourg and Göttingen, 2014 に含まれる若干の論文をあげることができる。私自身も3）に論文を発表している：Eiko Matsushima, "Ištar and Other Goddesses of the So-Called "Sacread Marriage" in Ancient Mesopotamia", pp. 1-14.

（16）シュメールの神話の中には、「エンリルとニンリル／エンリルとスド」、「エンキとニンフルサグ」「エンキとニンマフ」など、主役の男神と対をなすパートナーとして女神が登場するものはある。注（15）前掲書2）、A. Gadotti, "The Feminine in Myths and Epic", pp. 28-58 参照。

（17）Šamhat：George 2003, p. 148 参照。

（18）Ninsun：George 2003, pp. 147-148 参照。

（19）Šiduri：George 2003, pp. 148-149, Absuch 2015 (*op. cit.* note 10), pp. 58-88 参照。

（20）細かい議論は省略するが、「伝道の書＝コヘレトの言葉」九章五―十節に文意がそっくりな部分が出てくる。これは「伝道の書＝コヘレトの言葉」の作者が、「ギルガメシュ叙事詩」をよく知っていた可能性を強く示唆する。

（21）注（15）に言及したEiko Matsushima, Ištar and Other Goddesses of the So-Called "Sacread Marriage" in Ancient Mesopotamia を参照。

（22） B. Alster, *Dumuzi's Dream, Aspects of Oral Poetry in a Sumerian Myth*, Copenhagen, 1972, D. Kats, *The Image of Netherland in the Sumerian Sources, Bethesda*, CDL Press, 2003.

（23） なお神話などに現れる女性の役割に関しては、K.Nemet-Nejat, "The Epic of Gilgamesh", *in* M. W. Chavalas (ed.), 2014（注（15）参照）, pp. 175-194, K. Nemet-Nejat, "The Descent of Ishtar to the Netherworld Compared to the Nergal and Ereshukigal", *op. cit.*, pp. 195-204. も参照。同書は古代中近東における女性たちについて様々な視点から論じた十二編の論文集であるが、それぞれの論文は比較的短い。

〈追記〉

本稿において言及する神話伝説の題名は、筆者の判断ですべて単純かぎ括弧に入れた。メソポタミアの神話伝説にはときに時代が異なるいくつものヴァージョンがあること、現在使われている作品の呼称は、研究者が用いている所謂通称であることを考慮し、一般の書物と区別するためである。バビロニア世界では、文学作品のタイトルはタブレットに記された冒頭の一行で呼ばれることが一般的であった。

ギルガメシュの死と死者供養

唐橋文

はじめに

ウンベルト・エーコ（Umbert Eco）[1]は、「虚構の物語を読むことを、わたしたちはけっしてやめないでしょう」と言う。「なぜなら、わたしたちが自分の生活に意味をあたえてくれる方策を捜しもとめるのは、ほかでもない虚構のなかなのですから。結局、わたしたちは生涯を通じて、なぜ生まれ、そしてなぜ生きたのかを語ってくれる、わたしたち自身の起源の物語を探しているのです。[2]」

都市国家ウルクの伝説上の王を主人公とする『ギルガメシュ叙事詩』が、数千年を経て今なお私たちをひきつけて止まないのも、それが、この永遠の問いの周りに物語を紡いでいるからであろう。特に、杉の森への遠征や天の牡牛殺しなどの冒険をともにしてきた無二の親友エンキドゥ（Enkidu）の死に直面し、自分もいずれはその運命を辿ることに恐れおののき、永遠の命を希求するが、結局のところ、永生は人には許されない神の領域と悟るギルガメシュに、私たちは共感する。

一般に知られている『ギルガメシュ叙事詩』はアッカド語で記されている。[3] そこでは、先に触れた杉の森への遠征や天の牡牛殺し、エンキドゥの死の他、いくつかの出来事が一連のストーリーとして展開していく。[4] 他方、アッカド語版に先立って、シュメール語でもビルガメス（＝ギルガメシュ）を主人公とする比較的短い物語がいくつか作られていた。[5] それらは、アッカド語版のような「一つの大きな物語」ではなく、個々に独立した物語だったと考えられている。その中には、アッカド語版『ギルガメシュ叙事詩』に組み入れられた物語『ビルガメスとフワワ』、『ビルガメス（とエンキドゥ）と冥界』、『ビルガメスと天の牡牛』と、組み入れられなかった物語『ビルガメスの死』、『ビルガメスとアッカ』がある。[6] 本稿では、シュメール語版のギルガメシュの物語を中心に、ギルガメシュの死と埋葬・葬儀および冥界における彼の役割が文学テキストにどのように描かれているか、また、紀元前三千年紀後半（初期王朝時代後半とウル第三王朝時代）の日常的な物品支出記録文書を用いて、支配者階級の葬儀および死者・祖先の供養が実際にどのように行われたかを見ていきたい。シュメール語ではこの英雄の名前は「ビルガメス」（Bilgames）と発音されたが、[7] 本稿では、シュメール語テキストへ言及する箇所以外では、慣例となっている「ギルガメシュ」（Gilgameš）の表記を用いる。

一　『ビルガメスの死』

アッカド語版『ギルガメシュ叙事詩』で死の床に臥せるのは兄弟分のエンキドゥである（第七書板）。先に、ギルガメシュの母親であるニンスン（Ninsun）女神がエンキドゥを養子にしている（第三書板一二五―一二八行）。ギルガメシュは、冒険をともにしてきたエンキドゥの死に直面して嘆き悲しみ、自分も同じ運命を辿るのかと恐れる。しかし、アッカド語版『ギルガメシュ叙事詩』が全くギルガメシュの死に触れていない訳ではない。ギルガメシュとエンキドゥが杉の森へ遠征するのに先立って、ニンスン女神がシャマシュ（Šamaš）神にギルガメシュを託すのだが、その時女神は、ギルガメシュがニンギシュジダ（Ningišzida）神（冥界の神々の一人）とともに「そこからは戻れない国」に住むようになるとほのめかしている（第三書板一〇六行）[8]。

これに対し、ギルガメシュ（ビルガメス）の死を主題としているのが、『ビルガメスの死』と呼ばれるシュメール語の物語である[9]。ストーリーは、ビルガメスが死の床に横たわっている描写で始まる。彼は、立つことも、座ることも、食べることも、飲むこともできず、ただ呻きながら、罠に捕まったガゼルのように横たわり、二度と立ち上がれない。その瀕死の床で、ビルガメスは、自分が神々の集いの場に居合わせる夢を見る。神々はビルガメスにどのような運命を与えるかを話し合っているのであった。アン（An）神とエンリル（Enlil）神はビルガメスの偉業を考慮し、彼を死の運命から救い出そうとする。これに対し、エンキ（Enki）神は、女神の子とは言え、人間の部分を有するビルガメスはその運命から逃れられないと主張する[10]。彼は、その代わり、ビルガメスを冥界で重要な役職――冥界の知事、すなわち死霊たちの頭領――に就け、その言葉をニンギシュジダ神とドゥムジ（Dumuzi）神の言葉と同じように重要にすると譲歩する。しかし、偉大な神々に次ぐ第二の地位も、ビルガメスの慰めにはならない。近づく死に絶望し嘆き悲しむビルガメスは、葬儀には親類縁者等が大勢やって来るであろうと告げられたところで、夢から覚める。

そして、夢が現実になる。

ビルガメスは死んで、ウルクから集められた人々がユーフラテス川をせき止め、その真中に石墓を建造する[11]。ビルガメスの愛する妻子、楽士、執事、理髪師、家来たちが、死後も彼のお供をするため一緒に墓の中に入る[12]。ビルガメスは、冥界に受け入れてもらえるように、エレシュキガル（Ereškigal）女神をはじめ冥界の神々や亡き祭司たちに贈り物を携え、心穏やかに冥界に下る。

本稿では、『ビルガメスの死』の興味深いモチーフ・エピソードの中から、次の四つ、（ア）冥界でギルガメシュに与えられる重要な役職、（イ）盛大な葬儀、（ウ）ユーフラテス河の真中に造られた石墓、（エ）冥界の神々および亡き（王たちや）祭司たちへの贈り物を携えての冥界下り、に焦点を当てる。（ア）は、第二節「ギルガメシュと冥界の関わり合い」で、（イ）（ウ）（エ）は、第三節「死者供養」の枠組みの中で考察したい。

二　ギルガメシュと冥界の関わり合い

冥界の王・裁判官

『ビルガメスの死』において、ビルガメスは、冥界の知事（**šaĝina kur-ra**）、すなわち死霊たちの頭領（長官）（**palil ĝidim**）の地位を与えられ、彼が発する言葉は、冥界で重要な役割を担うニンギシュジダ神とドゥムジ神の言葉と同じ重要性を持つと約束され、それが現実となる（八〇―八三／／一七〇―一七三、一二二―一二五／／二一三―二一六行）。これと同じ伝統が、歴史上の人物であるウル第三王朝の創始者ウルナンム（Urnammu）の死を主題とする作品『ウルナンムの死』に反映されている[13]。『ウルナンムの死』では、「冥界の主神」（**^{d}en-lil$_2$ kur-ra**）であるネルガル（Nergal）に次いで「冥界の王」（**lugal kur-ra**）としてビルガメスが言及され、ウルナンムは、自分の「最愛の兄弟」（**šeš ki-aĝ$_2$-ĝa$_2$-ni**）であるビルガメスとともに裁判を行い、判決を下す（一四三―一四四行[14]）。また、『つるはしの詩』（*Poem of the Mattock*）あるいは『鍬の詩』（*Song of the Hoe*）と呼ばれる作品では、ビルガメスは「ネルガルの弟」（**šeš ban$_3$-da ^{d}Ne$_3$-eri$_{11}$-gal**）と位置づけられている（七六行[15]）。

井戸掘り人

アッカド語版『ギルガメシュ叙事詩』の出だしに列挙されたギルガメシュへの賛辞の一つ、山裾に井戸を掘ったことへの言及（第一書板三九行）や、ギルガメシュとエンキドゥが、杉の森への遠征途中で野営する度にシャマシュ神に向かって井戸を掘るというエピソード（第四書板）は、ギルガメシュと井戸掘りを関連づけている。A・ジョージは、野営地の井戸というのは、地下水脈に到達するまで掘った穴のことで、シャマシュ神に冷たい水を献げ注ぎ、同時に喉の渇きをいやすためのものであったと考えている(16)。

都市国家ウルクの王ビルガメスと都市国家キシュ（Kiš）の王アッカの争いを題材にしたシュメール語の作品『ビルガメスとアッカ』でも、三行にわたる井戸掘りについての言及が三回繰り返されている（五―七／／一一―一三／／二〇―二二行）(17)。M・シヴィルによるこれら三行の訳をまとめると、「浅い井戸から深い井戸まで、国中の井戸が完成されるべきだ！」ということになるであろう(18)。彼は、この文言の背景に地理的状況の変化があったことを仮定し（同じようなことは十九世紀にも観察されているが）、ユーフラテス川が流れを変えてウルクから遠ざかり、住民たちは水を確保するために、とりわけキシュとの戦いに先立って、井戸を掘らざるをえなかったのではないかと説明している(19)。

ギルガメシュの井戸掘り人としての役割は、W・G・ランバートがすでに指摘したように、他のテキストからも明らかである(20)。とりわけ、紀元前一千年紀の井戸掘りのためのアッカド語の儀礼指示文書は、「井戸を掘る時は（中略）良質のビールを地に注ぎ、ギルガメシュの井戸と唱え、そして井戸を掘りなさい。井戸に水が見つかったら、その水をシャマシュ神とアヌンナキ（Anunnaki）神およびあなたの親族の死霊に献げなさい」という示唆に富む文言を含んでいる(21)。ここから、A・ジョージは、ギルガメシュは井戸掘りに成功した原型と伝統的に見なされていて、彼の名前を唱えることで井戸掘りの作業がうまく行くと考えられていたことを指摘している(22)。新しい井戸からくみ上げた水でまず、シャマシュ神[23]とアヌンナキ神および親族の死霊に灌奠を施すということが、井戸が冥界との接点であることを示すと考えられる[24]。水源自体、地下、すなわちギルガメシュの領域にあり、したがって、井戸が冥界の支配者としてのギルガメシュの権限に属したのであった。

三　死者供養

『ビルガメスの死』で、ビルガメスに盛大な葬儀が約束・遂行され（一一六—一一九／／二〇七—二一〇行）、彼は、エレシュキガル、ナムタル（Namtar）、ニンギシュジダ、ドゥムジ、アヌンナ（Anunna）等の神々と亡きエレシュ・ディンギル（**ereš-dingir**）祭司や他の祭司たちへの贈り物を携えて（N_3 八—一八行）冥界に下って行く。『ウルナンムの死』でも、大掛かりな葬儀と贈り物の描写が見られる。ウルナンムは冥界の七人の主な門番や、すでに亡き有名な王たちと亡きエレシュ・ディンギルを含む祭司たちにも贈り物を贈り（七六—七八行）、多数の牡牛と羊を屠り、彼らを盛大な宴の席に着かせた（八一—八二行）。すなわち、膨大な数の無傷で完璧な牡牛や山羊、太らせた羊を冥界への供犠としたのであった（八六—八七行）。さらに「冥界の主神」ネルガル、「冥界の王」（**lugal kur-ra**）ギルガメシュ、「ニンアズ（Ninazu）神の母」エレシュキガル[25]、「イナンナ（Inanna）女神の最愛の夫」ドゥムジ、「全ての運命を握る」ナムタル、「ナムタルの妻」フシュビサグ（Hušbisag）、「若い英雄」ニンギシュジダなどの冥界の神々が、ウルナンムからの贈り物とともに順位の高いほうから列挙されている（八八—一二八行）。そして、葬儀では、妻子を含む参列者たちがウルナンムの死を嘆き悲しんだ（一九三—一九四行）。

このような『ビルガメスの死』や『ウルナンムの死』などの文学テキストに描かれた王族の葬儀を含む死者供養が実際どのようなものであったか、日常の経済活動を記録した文書に基づいて、私たちはある程度（すなわち、数の上から）想像することができる。

葬儀

初期王朝時代ラガシュ（Lagaš）の支配者ルガルアンダ（Lugalanda）の妃バラナムタラ（Baranamtara）の葬儀に関する文書二点は、二日にわたる葬儀の参列者延べおよそ六百人に配られた飲食物の配給と支出の合計を記録している。(26) その内訳を見てみると、葬儀の第一日目は、哀歌を歌うガラ祭司（**gala**）七十二人、(27) 長老たちの妻（**dam ab-ba**）七十人、**šeš-tu**（意味不明）十人、女奴隷（**geme**$_2$）百四十八人（TSA 9 = P221370）、第二日目は、ガラ祭司九十二人、長老たちの妻四十八人、女奴隷百七十七人（VS 14 137 = AWL 66 = P020152）となっている。(28) 他の参列者たちとともに嘆きの儀式に加わった女奴隷たちは織工と明記されてはいないが、女織工たちの監督官の中にガラ（**gala**）を兼任していた人物がいたことから、その可能性は高いと思われる。(29) 後者のテキスト（VS 14 137）にギルス（Girsu）（ラガシュの一地区）のガラ祭司長（**gala-mah Gir**$_2$**-su**^{ki}）への言及があり、この人物が葬儀と参列者を取り仕切っていたと推測される。『アガデの呪い』（一九八―二〇一行）では、ガラ祭司長が、太鼓の類いと推測されるバラグ（**balag̃**）と呼ばれる楽器を七つ立て置き、七日七晩それを雷のように叩き鳴らしたことが記されている。(30) また、グデアの碑文（Gudea St. B 五欄三―四行）(31) からも、ガラ祭司がバラグを叩きながら哀歌（**er**$_2$）を歌っていたことが読み取れる。(32) バラナムタラは、二日間の葬儀を経ておそらく三日目に埋葬されたと推測される。

ウル第三王朝時代の一文書（BM 18352 = P102380）は、ギルスのババ（Baba）女神に仕えたエレシュ・ディンギル祭司ゲメラマ（Gemelama）の葬儀に関して、副葬品のための支出と供え物の品目および量を記している。(33) 彼女の葬儀の再構成を試みるB・ヤヘルスマによると、一日目の（悲しみの気持ちを表す）哀悼の儀式（**a-**^{še}**šer**$_7$）は彼女の住居で、二日目の哀悼の儀式は彼女のチャペル（**ki-a-nag**）で執り行われ、三日目に埋葬がなされ、食物が彼女の墓に供えられた（**ki-mah ereš-dingir-ra-ka ba-an-ğar**）[34]。また、ヤヘルスマは、キ・ア・ナグ（**ki-a-nağ**）について再考し、各々の **ki-a-nağ** は各自の墓所に隣接した祭儀用建造物（チャペル）で、そこに、水やビール等の液体ばかりでなく、肉類や果物、小麦粉などの食物が供えられ、祭司や哀歌の歌い手、楽士、門番、陶工等、独自の人員が配置されていたと結論づけている[35]。

ガルシャナ（Garšana）文書からは、ウル第三王朝の王シュシン（Šusin）の娘婿の葬儀と定期的な供養について知ることができる。王女スィマットイシュタラン（Simat-Ištaran）の夫シュカブタ（Šukabta）が、シュシン第八年に亡くなり、彼のために盛大な葬儀が催された時、胸を叩いて嘆き悲しむ哀悼の儀式に、女織工百十二人と女紡績工（数不明）が九日半の間雇われた（CUSAS 3 252 = P324729）[36]。

テキスト YBC 4190（= P200532）は、ウル第三王朝の第四代王シュシンの葬儀の支出記録である[37]。葬儀は、動物供犠が集中して行われた最初の三日を含めて二週間にわたったが、前述のバラナムタラとゲメラマの例を参考に、シュシンの埋葬もやはり三日目に行われたと考えられる。文書は、「シュシンの霊の木製の祭壇」（^{ğiš}**ğiš-a-nağ ğidim** ^{d}*Šu*-^{d}*Sin*）のために用意された十頭の牛と百四十二頭の（山羊を含めた）羊（裏面五欄二七―二九行）が葬儀の何日目に、どのような神々（ニンアズ、エレシュキガル、シャマシュ、ビルガメスなど）、あるいはどのような場所（水路の中、王の門など）や物体（シュルギ王の玉座など）に献げられたかを記している（裏面一欄一七―四欄二六行）。ここでビルガメスは、王家のメンバーと関連する神々の中にあげられているので、冥界の神というよりは、王朝の守護神として扱われている可能性があることをD・カッツは指摘している[38]。D・カッツの儀式の再構成によると[39]、最初の三日間に行われる四つの儀式のうち、三番目は、夕方シャマシュ神の監督のもと、川堤で行われる清めの儀式で、川堤のシャマシュ神へ山羊一頭が献げられ、水路の中に羊一頭が放り込まれた。次の、真夜中に行われる最も重要な四番目の儀式では、六十七頭の牛と山羊・羊が水路に、その他およそ四十頭が死霊の祭壇や様々な神々に供えられた。葬儀の中心地点が川（水路）あるいは川堤にあったことは明らかである（この点については、後にもう一度取り上げる）。

定期的な死者・祖先供養

古代メソポタミアにおいて、葬送の儀の後、死者の供養が定期的に行われた[40]。もちろん、前述のバラナムタラも、ゲメラマも、シュシンも例外ではないが、わかりやすい文書記録の例として、ガルシャナ文書のシュカブタのケースがあげられるであろう。彼の場合、「定期的な供え物」（**sa$_2$-dug$_4$ ki-a-nag** *Šu-kab-ta$_2$*）として、動物の供犠が月の一日、十日、十五日、二十日、二十八日に施され、彼のチャペルに、子豚、山羊、羊、鳩などが一頭あるいは一羽供えられた[41]。他に青銅の器や皮革等の品々が供されることもあった[42]。『ウルナンムの死』は、主人公ウルナンムが冥界で犠牲を献げ盛大な宴を催したのは、「冥界の食べ物は苦く、冥界の飲み物は塩辛い」ためであったとしている（八一―八三行）。実際にウルナンムは毎日動物の供犠を施されていたことが、当時の動物の支出記録から明らかである[43]。瀕死の床につくエンキドゥは、冥界に下った夢を見て、冥界では「塵が彼ら（死者）の食糧、粘土が食物」であることをギルガメシュに語る（『ギルガメシュ叙事詩』第七書板一八八行）が、これも死者に飲食物を供給することの必要性を示唆している。さらに、シュメール語による『ビルガメスと冥界』とそれが組み入れられた『ギルガメシュ叙事詩』の第十二書板でも、祖先の供養の大切さが強調されている。太陽神が作った「冥界の窓」（**ab-lal$_3$ kur-ra**；*takkap erṣeti*）――すなわち冥界から地上に通ずる穴――から上ってきたエンキドゥの死霊が（『ビルガメスと冥界』二四〇―二四三行[44]／『ギルガメシュ叙事詩』第十二書板八二―八七行）、ビルガメス／ギルガメシュに冥界の様子を尋ねられて、子孫の数が多くて手厚く供養されている死者は幸福であるが、子孫のいない死者は、誰も供養してくれる者がいないので不幸せであるということを語っている[45]。

文学テキストも日常的な物品の支出を記録する文書も、死者の安寧には定期的な供犠・供養が必要であったことを証言する。[46] さらに、これらの証言に、ウル第三王朝時代の王墓で発掘された考古学上の遺物——実際に墓の中に灌奠の液体を流し入れる陶製の管（**a-pa**$_4$ = *arūtu*）を加えることができるであろう。[47]

「ビルガメスの川堤」での供犠

初期王朝時代ラガシュでは、ババ女神の祭りやルガルウルカ神（Lugaluruka）とルガルウルバラ神（Lugalurubara）の祭りなど、神々とともにラガシュの王族・エリートたちの死霊を祀る祭儀があった。いくつかの文書は、その際に犠牲が献げられた場所の一つとして「ビルガメスの川堤」に言及している。[48] ラガシュ王ウルカギナ（Urukagina）の妃ササ（Sasa）による、ババ女神の祭りの支出記録DP 54（= P220704）は、一日目に、ニンギルス（Ningirsu）、ババ、ニンアズなどの神々と故バラナムタラの像およびササ自身の像それぞれに小麦粉、ビール、油、ナツメヤシの実、ワイン、チーズ、魚、羊、山羊などが供され、四日目（祭り最終日）に、ビルガメスとニンフルサグシェダ（Ninhursagšeda）女神に同じような供え物が「ビルガメスの川堤」で施されたことを伝える。[49] VS 27 85（= P020398）に記されたルガルウルバラ神の祭りの支出からは、一日目に、エンエンタルジ（Enentarzi）、ルガルアンダ、バラナムタラおよび他の王族たちに供犠があげられ（表面四欄七—裏面一欄四行）、最終日の四日目にビルガメスに山羊が一頭献げられた（裏面三欄一一、四欄七—九行）ことがわかる。[50] これらの祭儀におけるビルガメスの役割が何であったかについて、A・ヴェステンホルツは、神格化されたラガシュの祖先というよりは、冥界の住人たちの支配者としてのそれであったと考えている。[51] これに対し、先に触れたようにD・カッツは、シュシンの葬儀テキストで言及されるビルガメスは冥界の神というより、王朝の守護神であったと考えている。[52] 両者の解釈に整合性を持たせるならば、ギルガメシュがウル第三王朝の王たちの兄弟とされた時点で、その役割と立ち位置が微妙に変化したと説明することができるかもしれない。[53]

すでにＤ・カッツがシュシンの葬儀における川の重要性を指摘したが、初期王朝時代に遡るラガシュの死者供養と「ビルガメスの川堤」の組み合わせも、ギルガメシュの墓がユーフラテス川の中に造られたとする伝統——その伝統が文学作品『ビルガメスの死』のモチーフの一つとして文字化されるのはそのずっと後のことであるが——を反映していると思われる。Ａ・ジョージは、「ビルガメスの川堤」がギルス町の郊外で、バドティビラ（Badtibira）とウルクへ至る道筋に沿った、おそらくイドヌン（Idnun）運河にあったと考えている。[54] この場所が町の外にあったことは、「ビルガメスの外の家」（**e$_2$-bar ^{d}Bil$_3$-gi$_{11}$-mes**）や「ビルガメスの門」（**ka$_2$ ^{d}Bil$_3$-gi$_{11}$-mes**）という表現から推測されるであろう。[55] 冥界への入り口が川の中にあるとする伝統は、フブル川を渡って冥界に行くという伝統となんらかの関連があるのかもしれない。[56] Ｗ・Ｇ・ランバートは、『ギルガメシュ叙事詩』の「死の水」（*mê*^{meš} *mūti*）（第一〇書板八四、八六、一〇三、一七二、一七五行）を渡って渡し守ウルシャナビ（Uršanabi）が舟でギルガメシュをウタナピシュティ（Utanapišti）のもとに連れて行くエピソードに触れ、「死の水」がこの川を指しているのかもしれないと述べている。[57]

祖先の像

ババ女神の祭礼で、様々な種類の布や着物が、ラガシュ王朝の一員グニドゥ（Gunidu）やウルカギナの母親ギシュリ（Gišri）や彼の姉妹ガンババ（Ganbaba）など亡くなった親族に与えられている（VS 14 163 = AWL 167；VS 14 164 = AWL 168）。そして、興味深いことに、それらの品々は、一括して「死霊たちのための衣類」（**tug$_2$ gidim-e-ne-kam**）と呼ばれている。[58] DP 73 は、同様にグニドゥやエンエンタルジなどへの衣類の奉納を記録するが、ここではそれらの品々は「祖先たちの衣類」（**tug$_2$ en-en-ne$_2$-ne**）と呼ばれている。バラナムタラの像に供え物が施されたことは先に触れたが、これらの布類や着物類はそのような故人の像を飾るためのものであった。『ギルガメシュ叙事詩』は、ギルガメシュが亡きエンキドゥの像を様々な高価な材料を用いて造らせたことを語っている（第八書板六五―七二行）[59]。また、ギルガメシュの像が儀式に用いられ、新しくされていたことがアッカド語文書によって伝えられている[60]。初期王朝時代ラガシュの文書には、前述のバラナムタラの像や生存中のササ自身の像の他に、亡きラガシュの王たちウルナンシェ（Urnanše）やエンメテナ（Enmetena）、ルガルアンダの像、エンメテナの妃ニンヒリス（Ninhilisu）の像、アラドクヌンナ（Aradkununna）という人物の像、および神殿内の八体の像（**alan e_2-ša$_3$-ga 8-ba-kam**）に言及がある[61]。死者は像に乗り移ったと考えられ[62]、供養の儀式はそのような像の前で執り行われたのであった[63]。

おわりに

人間の最大の関心事の一つ「死」をそのテーマの一つとするギルガメシュの物語は、ギルガメシュのような英雄でさえも死を恐れ絶望することを伝えて躊躇《ためら》わない。そして、最終的に自分の死を受け入れたギルガメシュのためにユーフラテス川底に墓が作られ、盛大な葬儀が営まれる。ギルガメシュは冥界に下り、冥界と冥界に関わる営みは彼の領域となる。日常の生活を物品と数量で記す経済文書は断片的ではあるが、それらによって文学テキストが現実味を帯び、当時の人々がどのように死と向き合ったのかを垣間見ることができる。

略号表

AWAS:　G. J. Selz, Altsumerische Wirtschaftsurkunden Sammlungen, FAOS 15/2, 2 vols., (Stuttgart, 1993)

AWEL： G. J. Selz, Die Altsumerischen Verwaltungstexte aus Lagash, Teil 1：Die Altsumerischen Wirtschaftsurkunden der Eremitage zu Leningrad, FAOS 15/1 (Stuttgart, 1989)

AWL： J. Bauer, Altsumerische Wirtschaftstexte aus Lagasch (= StPohl 9, 1971)

CDLI： Cuneiform Digital Library Initiative <http://cdli.ucla.edu/> (Los Angeles/Berlin)

CUSAS： Cornell University Studies in Assyriology and Sumerology (Bethesda, Maryland, 2007 ff.)

DP： M. F. Allotte de la Fuÿe, Documents présargoniques (Paris 1908–1920)

ETCSL： The Electronic Text Corpus of Sumerian Literature <http://etcsl.orinst.ox.ac.uk> (Oxford)

Nik 1： M. V. Nikol'skij, Documenty chozjajstvennoj otčentnosti drevnejšej ěpochi Chaldei iz sobranija N. P. Lichačeva：Drevnosti Vostočnyja. Trudy Vostočnoj Komisii Imperatorskago Moskovskago Archeologiceskago Obščestva 3/II (St. Petersburg, 1908)

P：CDLI number

RTC： F. Thureau-Dangin, Recueil des tablettes chaldéennes (Paris 1903)

TSA： H. de Genouillac, Tablettes sumeriennes archaiques (Paris 1909)

VS： Vorderasiatische Schriftdenkmäler der (Königlichen) Museen zu Berlin (Berlin 1907 ff.)

（1） 括弧の中のローマン体は固有名詞のローマ字表記、太字はシュメール語、斜体はアッカド語の翻字、もしくは作品の英語名。固有名詞の読み方は、日本オリエント学会編『古代オリエント辞典』、岩波書店、二〇〇四年に従う。

（2） ウンベルト・エーコ『エーコの文学講義—小説の森散歩』和田忠彦訳、岩波書店、一九九六年、一〇三頁。

（3） 『ギルガメシュ叙事詩』のテキストと行数はGeorge, A. R. (2003), *The Babylonian Gilgamesh Epic：Introduction,*

Critical Edition and Cuneiform Texts. 2 vols. Oxford : Oxford University Press, 2003（以下 George, *The Babylonian Gilgamesh Epic* と略す）に従う。

（4）『ギルガメシュ叙事詩』のエピソードについては、たくさんの参考文献があげられるが、最近の日本語のものから、月本昭男「『ギルガメシュ叙事詩』の可能性」、「イシュタルの誘惑」『古代メソポタミアの神話と儀礼』岩波書店、二〇一〇年（以下『神話と儀礼』と略す）、二二三―二四一頁、二四三―二五八頁（元の論文は、それぞれ「『叙事詩』の主題をめぐって」月本昭男訳『ギルガメシュ叙事詩』岩波書店、一九九六年、三一三―三三九頁／「イシュタルの誘惑―『ギルガメシュ叙事詩』の周辺」聖心女子大学キリスト教文化研究所『宗教文学の可能性』、春秋社、二〇〇一年、一〇五―一一八頁／渡辺和子「メソポタミア神話にみる死の受容と悲嘆―エンキドゥとギルガメシュの場合―」（東洋英和女学院大学生死学研究所編『生死学年報2006』二〇〇六年）二三―四二頁／渡辺和子「ギルガメシュの異界への旅と帰還―「英雄」と「死」」（東洋英和女学院大学生死学研究所編『生死学年報2011』二〇一一年）一三五―一六四頁／渡辺和子「『ギルガメシュ叙事詩』における夢とその周辺―予知・夢解き・冥界・幻視・無意識」河東仁編『夢と幻視の宗教史』下巻（宗教史学叢書一八）リトン、二〇一四年、五九―一〇六頁／渡辺和子「『ギルガメシュ叙事詩』の新文書―フンババの森と人間―」（東洋英和女学院大学生死学研究所編『生死学年報2016』二〇一六年）一六七―一八〇頁。また、本叢書に収められた松島英子氏の論文参照。

（5）アッカド語版は前二千年紀前半の古バビロニア時代に遡る。シュメール語版のほうは前三千年紀末のウル第三王朝時代のものとされる断片がいくつかある（George, *The Babylonian Gilgamesh Epic*, p. 7）。

（6）これら五つの物語 *Bilgames and Huwawa*, *Bilgames and the Netherworld*, *Bilgames and the Bull of Heaven*, *The Death of Gilgames*, *Bilgames and Akka* のあらすじについては George, *The Babylonian Gilgamesh Epic*, pp. 7-17／岡田明子・小林登志子『シュメル神話の世界』（中公新書一九七七）、中央公論新社、二〇〇八年、二二三―二六二頁参照。なお、これらで示された解釈のいくつかは、必ずしも本稿のそれとは一致しない。

（7）George, *The Babylonian Gilgamesh Epic*, pp. 71―90.

（8）George, *The Babylonian Gilgamesh Epic*, p. 127. また、ギルガメシュの母としてのニンスン女神の役割については、本叢書に収められた松島英子氏の論文を参照。

(9) 『ビルガメスの死』のテキストと行数は Veldhuis, V. (2001), "The Solution of the Dream: A New Interpretation of Bilgames' Dream," *Journal of Cuneiform Studies* 53, pp. 133–148 に従う。テキストは ETCSL 1.8.1.3でも参照可。

(10) ギルガメシュは「三分の二が神、三分の一が人間」(『ギルガメシュ叙事詩』第一書板四八行)。

(11) 「ギルガメシュの死」と「ギルガメシュの墓の建造」のシーンがアッカド時代の円筒印章に見て取れるとする研究がある(Frayne, D. (2010), "Gilgameš in Old Akkadian Glyptic," in Steymans, H. U. ed., *Gilgamesch: Ikonographie eines Helden*. Orbis Biblicus et Orientalis 245. Fribourg: Academic Press, and Göttingen: Vandenhoeck & Ruprecht, pp. 197–199)。

(12) これは、ウルの初期王朝時代の王墓から出土した多数の殉死者(例えば、PG 789から六十三遺体、PG 1237から七十四遺体が出土している。殉死者がどのように死を迎えたかについての新しい研究は、Baadsgard, A., J. Monge, and R. L. Zettler (2012), "Bludgeoned, Burned, and Beautified: Reevaluating Mortuary Practices in the Royal Cemetery of Ur," in Porter, A. M. and G. M. Schwarts, eds., *Sacred Killing: The Archaeology of Sacrifice in the Ancient Near East*. Winona Lake, Indiana: Eisenbrauns, pp. 125–158 参照)を彷彿させる(Cavigneaux, A. and Farouk N. H. AL-Rawi (2000), *Gilgameš et la Mort. Texts de Tell Haddad VI, avec un appendice sur les textes funéraires sumériens*. Cuneiform Monographs 19. Groningen: Styx Publications(以下 Cavigneaux and Al-Rawi, *Gilgameš et la Mort* と略す)、p. 7)。ウルの王墓に見られる埋葬が何を表象しているかについては、Selz, G. J. (2004), "Early Dynastic Vessels in 'Ritual' Contexts," *Weiner Zeitschrift für die Kunde des Morgenlandes* 94, pp. 185–223(以下 Selz, Early Dynastic Vessels と略す); Porter, S. (2007), "Death of Household," in Laneri, N., ed., *Performing Death: Social Analyses of Funerary Traditions in the Ancient Near East and Mediterranean*. Chicago: The Oriental Institute, pp. 209–222 参照。殉死はそれ自体複雑なトピックなので、ここでは、初期王朝時代ラガシュ文書 DP 75(= P220725)が、王族の女性の副葬品の中に一人の女奴隷をあげていること(小野山節「ウル0—I王朝5代の王墓と王妃墓」(『西南アジア研究』五六号、二〇〇二年)四頁)とウル第三王朝のシュルギ王の二人の妻たちの殉死の可能性(Michalowski, P. (1977), "The Death of Šulgi," *Orientalia* 46, pp. 220–225;

Michalowski, P. (2004), "The Ideological Foundations of the Ur III State," in Meyer, J-W. and W. Sommerfeld, eds., *2000 v. CHR. : Politische, wirtschaftliche und kulturelle Entwicklung im Zeichen einer Jahrtausendwende.* Colloquien der Deutschen Orient-Gesellschaft 3. Berlin : Saarbrücker Druckerei und Verlag, p. 231）に触れるにとどめ、議論は別の機会に譲りたい。

（13）ウルナンムの死については、Michalowski. P. (2011), "Early Mesopotamia," in Feldherr, A. and G. Hardy, eds., *The Oxford History of Historical Writing, Vol. I : Beginnings to AD 600.* Oxford : Oxford University, pp. 17-18 参照。『ウルナンムの死』（Urnamma A）のテキストと行数は、Flückiger-Hawker, E. (1999), *Urnamma of Ur in Sumerian Literary Tradition.* Orbis Biblicus et Orientalis 166. Göttingen : Vandenhoeck & Ruprecht, pp. 101-142に従う。テキストはETCSL 2.4.1.1でも参照可。

（14）ウルナンムは、「ニンスン女神の息子」（六三行）とされ、ギルガメシュと同じ母を持つ。ギルガメシュを王の兄弟と位置づけるウル第三王朝の政治的イデオロギーについては、Michalowski, P. (2008), "The Mortal Kings of Ur : A Short Century of Divine Rule in Ancient Mesopotamia," in Brisch, N., ed., *Religion and Power : Divine Kingship in the Ancient World and Beyond.* Chicago : The Oriental Institute, pp. 33-45 参照。

（15）George, *The Babylonian Gilgamesh Epic*, p. 107 ; ETCSL 5.5.4. その他の文学テキストにおけるギルガメシュと冥界への言及については、Lambert, W. G. (1960), "Gilgameš in Religious, Historical and Omen Texts, and the Historicity of Gilgameš," in Garelli, P., ed., *Gilgameš et sa legend.* Comptes Rendus de Rencontre Assyriologique 7. Paris : Librairie C. Klincksieck（以下 Lambert, Gilgameš と略す）, pp. 39-56 ; George, *The Babylonian Gilgamesh Epic*, pp. 128-130 参照。

（16）George, *The Babylonian Gilgamesh Epic*, p. 94

（17）『ビルガメスとアッカ』のテキスト行数は、Diana Katz, *Gilgamesh and Akka.* Groningen : Styx, 1993 に従う。テキストはETCSL 1.8.1.1でも参照可。

（18）**tul$_2$ til-le-da tul$_2$ kalam til-til-le-da**
tul$_2$ nig$_2$ ban$_3$-da kalam til-til-le-da

tul$_2$ buru$_3$-da eš$_2$ la$_2$ til-til-le-da

これまで多くの研究者が、動詞の不定形（ここでは、**til** あるいは **til-til**）に付けられた **-da** を **-de$_3$** と同様な意味で解釈してきたが、M・シヴィルは **-da** と **-de$_3$** の違いを構文と意味の上から明らかにしたうえで、次のように訳している（Civil, M. (1999–2000), "Reading Gilgameš." *Aula Orientalis* 27–28（以下 Civil, Reading Gilgameš と略す）、p. 181 with n. 6）：

"(Oh) there are many wells that have to be finished, many wells of the land are yet to be finished.

Many shallow wells of the land have yet to be finished.

Many deep wells (and their) windlasses are yet to be finished."

（19） Civil, Reading Gilgameš, p. 182.

（20） Lambert, Gilgameš, pp. 179–189.

（21） Caplice, R. (1971), "Namburbi Texts in the British Museum. V," *Orentalia* 40, p. 150, ll. 27'–35'.

（22） George, *The Babylonian Gilgamesh Epic*, pp. 94–95.

（23） 太陽神シャマシュと冥界が深く関連することについては、月本昭男「古代メソポタミアにおける埋葬儀礼と死者供養」『神話と儀礼』一七三―一七四頁（元の論文は、「古代メソポタミアにおける死生観と死者儀礼」『西アジア考古学』第八号、二〇〇七年、一―十頁）／渡辺和子「メソポタミアの太陽神とその図像」松村一男・渡辺和子編『太陽神の研究』下巻、リトン、二〇〇三年、三二頁参照。

（24） Lambert, Gilgameš, p. 43. また、井戸を掘ることで、冥界の支配者たちや住人たちが機嫌を損ねないよう宥めるために、灌奠がなされたのかもしれない（George, *The Babylonian Gilgamesh Epic*, pp. 94–95）。

（25） DP 51（= P220701）では、ニンアズとエレシュキガルは、親子ではなく、むしろ夫婦の関係にあり、ニンアズの男性祭司とニンアズの女性祭司（**ereš-dingir**）も言及されている（Selz, G. J. (1995), *Untersuchungen zur Götterwelt des altsumerischen Stadtstaates*. Occasional Publications of the Samuel Noah Kramer Fund, 13. Philadelphia : The University of Pennsylvania Museum, p. 213 ad 3）。ニンアズと他の冥界の神々については、Lambert, W. G. (2016), "The Theology of

Death," in George, A. R. and T. M. Oshima, eds., *Ancient Mesopotamian Religion and Mythology.* Tübingen：Mohr Siebeck（以後 Lambert, The Theology of Death と略す）, pp. 122–133 (First published in Alster, B., ed. (1980), *Death in Mesopotamia：Papers Read at the XXXVI Rencontre Assyriologique Internationale.* Copenhagen, pp. 53–66）参照。エレシュキガルとネルガルについては、本叢書に収められた松島英子氏の論文参照。

（26）Jagersma, B. (2007), "The Calendar of the Funerary Cult in Ancient Lagash," *Bibliotheca Orientalis* 64（以下 Jagersma, The Calendar と略す）, pp. 293–294；Katz, D. (2007), "Sumerian Funerary Rituals in Context," in Laneri, N., ed., *Performing Death：Social Analyses of Funerary Traditions in the Ancient Near East and Mediterranean.* Chicago：The Oriental Institute（以下 Katz, Sumerian Funerary Rituals と略す）, p. 167 n. 3.

（27）ウル第三王朝時代の著名なガラ祭司ダダ（Dada）については、Michalowski, P. (2006), "Love or Death? Observations on the Role of the Gala in Ur III Ceremonial Life," *Journal of Cuneiform Studies* 58, pp. 49–61 参照。なお、初期王朝時代ラガシュのガラ祭司を含む音楽関係者については場所をあらためて議論したい。

（28）DP 159（= P220809）は、ウルカギナ王妃ササによって食べ物と飲み物が「神の女子供たち」（**geme$_2$-dumu-dingir-ne**）—ガラ祭司百七十六人、ウディ（**u$_{18}$-di**）と呼ばれる哀歌の歌い手十八人、ウンマエル（**um-ma-er$_2$**）と呼ばれる哀歌の女性歌い手五人、神々に仕える女奴隷（**geme$_2$**）百七十四人とその子供たち六十八人—に配られ、彼女の管理する家組織「妃の家」（**e$_2$-MI$_2$**）で食された際の記録である。文書には何の祭儀か明記されていないが、TSA 9と VS 14 137の内容に似ているので、ゼルツが提案するように、ババ女神の祭儀（死者供養）であったと思われる（Selz, Early Dynastic Vessels, p. 205）。

（29）Karahashi, F. (2016), "Women and Land in the Presatgonic Lagaš Corpus," in Lion, B. and C. Michel, eds., *The Roles of Women in Work and Society in Ancient New East.* Studies in Ancient Near Eastern Records 13. Boston and Berlin：De Gruyter, pp. 57–70. ウル第三王朝時代のシュカブタの哀悼の儀式に女織工が参加したことについては、下記参照。

（30）テキストと行数は Cooper, J. S. (1983), *The Curse of Agade.* Baltimore/London：The John Hopkins University Press に従う。テキストは ETCSL 2.1.5でも参照可。

（31）テキストと行数は Edzard, D. O., 1997. *Gudea and His Dynasty*. The Royal Inscriptions of Mesopotamia, Early Periods 3/1. Toronto：University of Toronto Press に従う。

（32）Cooper, J. S. (2006), "Genre, Gender, and the Sumerian Lamentation," *Journal of Cuneiform Studies* 58, p. 42.

（33）Maeda, T. (1987), "Some Ur III Texts in the British Museum," *Acta Sumerologica* 9, pp. 325–326, Text 1. ゲメラマは、広大な耕地、果樹園、林、多数の家畜、多数の労働者と人員を自分の管理下に置いていた（Maekawa, K. (1996), "The Governor's Family and the 'Temple Households' in Ur III Girsu," in K. R. Veenhof, ed., *House and Households in Ancient Mesopotamia：Papers read at the 40^{e} Rencontre Assyriologique Internationale, Leiden, July 5–8, 1993.* Istanbul：Nederlands Historisch-Archaeologisch Instituut, pp. 171–179）。この論文で、前川氏は、ギルス（ラガシュの一地区）のエレシュ・ディンギル祭司は、初期王朝時代から土地の支配者の妻が務め、ウル第三王朝時代もそうであった可能性を指摘している。C・スーターは、ゲメラマが所有した円筒印章に見られる、女祭司特有ではない、彼女の描写がその提案を支持しているとする（Suter, C. E. (2007), "Between Human and Divine：High Priestess in Images from the Akkad to the Isin-Larsa Period," in Jack Cheng and Marian H. Feldman, eds., *Ancient Near Eastern Art in Context：Studies in Honor of Irene J. Winter by her Students*. Leiden：Brill, p. 328.）

（34）Jagersma, The Calendar, pp. 292–294；Katz, Sumerian Funerary Rituals, pp. 181–182.

（35）Jagersma, The Calendar, pp. 294–298.

（36）Kleinerman, A. and David I. Owen, (2009), *Analytical Concordance to the Garšana Archives*. CUSAS 4（以下 CUSAS 4と略す）, pp. 575–576 ad 10.2 "Craftswomen to Mourn for Šu-Kabta."

（37）Sigrist, M. (1999), "Livraisons et dépenses royales Durant la Troisième Dynastie d'Ur," in Chazan, R., William W. Hallo, and Lawrence H. Schiffman, eds., *Ki Baruch Hu：Ancient Near Eastern, Biblical, and Judaic Syudies in Honor of Baruch A. Levine*. Winona Lake, Indiana：Eisenbrauns, pp. 111–149.

（38）Katz, Sumerian Funerary Rituals, p. 183 n. 75. 初期王朝時代ラガシュ文書における祖先供養の中のギルガメシュの立ち位置については本稿三八頁参照。

（39）Katz, Sumerian Funerary Rituals, pp. 174–180.

（40）アッカド語でキスプと呼ばれる死者供養については、Tsukimoto, A. (1985), *Untersuchungen zur Totenpflege (kispu(m)) im alten Mesopotamien*, Alter Orient und Altes Testament 216, Münster：Ugarit-Verlag 参照。

（41）Owen, D.（印刷中）, "Šu-kabta," *Reallexikon der Assyriologie und vorderasiatischen Archaologie* 13, p. 199.

（42）供え物については、CUSAS 4, pp. 576 ad 10.3 "Regular Offerings of the Funerary Libations of Šu-kabta" 参照。

（43）Katz, Sumerian Funerary Rituals, p. 169 n. 13.

（44）テキスト行数は Gadotti, A. (2014), *'Gilgamesh, Enkidu, and the Netherworld' and the Sumerian Gilgamesh Cycle*. Untersuchungen zur Assyriologie und Vorderasiatischen Archäologie 10. Boston and Berlin：De Gruyter に従う。テキストは ETCSL 1.8.1.4でも参照可。

（45）冥界から上ってきたエンキドゥとビルガメスは抱き合って喜ぶ。これは、I・L・フィンケルが指摘するように、明らかに降霊術の例である（Finkel, I. L. (1983-84), "Necromancy in Ancient Mesopotamia," *Archiv für Orientalforschung* 29-30, p. 1.）。また、ギルガメシュが野営地で井戸を掘り、その晩に見た夢をエンキドゥに解釈させていることも、ギルガメシュと降霊術を関係づける要素になるかもしれない。時代と場所は異なるが、古代ギリシアにおける夢占いのために夢を見ること（incubation）と川辺や井戸の関連（Ogden, D. (2001), *Greek and Roman Necromancy*. Princeton：Princeton University Press）と比較され得るのではないだろうか。

（46）死者供養の社会的機能については、Beld, S. G. (2002), "The Queen of Lagash：Ritual Economy in a Sumerian State," Ph. D. dissertation. The University of Michigan, 2000；月本昭男『神話と儀礼』一七四―一八一頁参照。

（47）Groneberg, B. (1990), "Zu den mesopotamischen Unterweltsvorstellungen：Das Jenseits als Fortsetzung des Diesseits," *Altorientalische Forschungen* 17, p. 257 n. 99；George, *The Babylonian Gilgamesh Epic*, 132 n. 171. ウルのウル第三王朝時代の王墓からウルナンムが「エンネギのビルガメス」に奉納した器が出土している（Frayne, D. R. (1997), *Ur III Period (2112–2004 BC)*. The Royal Inscriptions of Mesopotamia, Early Period 3/2. Toronto：University of Toronto Press, pp. 82–83）。そして、このエンネギの町は、『神殿讃歌』（一七九行）で「太い管、エレシュキガルの地下の管」（**a-pa$_4$ gal**

a-pa$_4$ ki-a ^{d}Ereš-ki-gal-la）と表現されている（Sjöberg, Å. and E. Bergmann (1969), *The Collection of the Sumerian Temple Hymns*. Texts from Cuneiform Sources 3. Locust Valley, NY : J. J. Augustin Publisher, p. 27）。また、古代ローマにおいても似たような灌奠用の管が出土していることについては、Maureen, C. (2006), *Spirits of the Dead : Roman Funerary Commemoration in Western Europe*. Oxford : Oxford University Press, p. 72 Fig. 24 参照。エンキドゥの霊が上ってきた「冥界の窓」（**ab-lal$_3$ kur-ra**）と灌奠用の管 **a-pa$_4$** の関係が問題になるが、M・シヴィルは両者が異なるものかどうか明らかではないとしている（Civil, M. (1987), “Sumerian Riddles : A Corpus,” *Aula Orientalis* 5, p. 33）; **ab** “opening, hole, window (opening)” については、Stol, M. (2008), “*kispu* in Lagaba,” *Nouvelles Assyriologiques Brèves et Utilitaires*, 2008/1 も参照。

（48） DP 222 = P220872 ; DP 54 = P220704 ; DP 218 = P220868 ; VS 14 74 = AWL 155 = P020089 ; VS 14 172 = AWL 165 = P020183 ; VS 27 85 = P020398.

（49） ササや王たちの像については、Selz, G. J. (1989), “Eine Kultstatue der Herrschergemahlin Šaša : Ein Beitrag zum Problem der Vergöttlichung,” *Acta Sumerologica* 14, pp. 245–268 ; Marchesi, G. and N. Marchetti (2011), *Royal Statuary of Early Dynastic Mesopotamia*. Eisenbrauns, Winona Lake, Indiana, pp. 133–134, 230–236 参照。ササの他にも、グデア（二十余りの像を作った）やシュシンの妃の一人等、生前に像が作成され神殿に置かれていたケースが知られている（Katz, Sumerian Funerary Rituals, p. 169 n. 13）。

（50） テキストの翻字と英訳および注は、Selz, Early Dynastic Vessels, pp. 212–217 参照。

（51） Westenholz, A. (1995–96), Review of R. di Vito, *Studies in Third Millennium Sumerian and Akkadian Personal Names*. *Archiv für Orientaforschung* 42–43, p. 221 n. 21.

（52） ギルガメシュが “eponymous divine ruler” としてウルナンムの記念碑に描かれているかもしれない可能性については、Winter, I. (2008), “Touched by the Gods : Visual Evidence for the Divine Status of Rulers in the Ancient Near East,” in Brisch, N., ed., *Religion and Power : Divine Kingship in the Ancient World and Beyond*. Chicago : The Oriental Institute, p. 77 参照。

（53）しかし、それはその前にすでに起こっていたかもしれない。（ウルのシュシンより時代的に古い）ラガシュのグデアの円筒碑文Ｂ（二三欄一六行）にもビルガメスへの言及があるからである。名前が破損部分に続く箇所にあるため、ビルガメスの役割がよく分からないが、グデアの守護神ニンギシュジダや母親のニンスン女神が言及されているので、ここでもギルガメシュは王朝と深く関係する神とされていたのではないかと考えられる。

（54）George, *The Babylonian Gilgamesh Epic*, p. 124.

（55）「ギルガメシュの門の古いグリース」が軟膏として処方されている（Lambert, Gilgamesh, p. 43）。

（56）もう一つの伝統は、『イナンナ／イシュタルの冥界下り』などに代表されるような、七つの門を通り抜けて冥界に入るというものである。それについては、本叢書に収められた松島英子氏の論文参照。

（57）W. G. Lambert, "The Theology of Death," p. 127.

（58）Talon, Ph. (1974), "A propos d'une graphie présargonique de ŠL 577 (gidim)," *Revue d'Assyriologie et d'Archéologie Orientale* 68, pp. 167–168.

（59）George, *The Babylonian Gilgamesh Epic*, p. 487.

（60）Lambert, Gilgamesh, pp. 42–43.

（61）Kobayashi, T. (1984), "On the Meaning of the Offerings for the Statue of Entemena," *Orient* 20, pp. 46–48.

（62）Selz, Early Dynastic Vessels, p. 205.

（63）George, *The Babylonian Gilgamesh Epic*, p. 126.

ホメロスの叙事詩の評価をめぐって
——古代から現代までの受容の問題——

小川正廣

はじめに——ホメロスは「西洋」の古典か？

紀元前八世紀頃のギリシア作家ホメロス（Homeros）の作と伝えられる英雄叙事詩『イリアス』（*Ilias*）と『オデュッセイア』（*Odysseia*）は、西洋では最古の古典として位置付けられ、古来西洋人が自己の社会や文化を省みるうえで重要な役割を果たしてきた。しかし古代以来現代まで西洋人は、この二作の古典を、まぎれもなく自らの文化の最古の祖先であり、言わば自己のアイデンティティーを確かめる拠り所であるという確固とした自信を抱いて読み続けてきたかというと、どうも疑わしいと言わざるをえない。そのことは、例えば日本の最初期の文学『古事記』『風土記』『日本書紀』『万葉集』と比較するとよくわかる。これらの日本最古の古典は、それらがテクストとして成立する以前から長く存在していた民族固有の神話伝説や民間の自然発生的歌謡などと深い連続性を保っていて、文字や文体などの中国文化の外来的要素のいかんにかかわらず、我々は自らの民族の由来や共有の感性の始まりをそこに求めて不自然を感じないだろう。それに対して、西洋文明が誇ってきた最古で最大の古典とされるホメロスの叙事詩には、並みの古典には考えられない出自についての深刻な問題点が多すぎる。

第一に、ホメロスの詩は両方合わせて約二万七千行に達するが、これほど膨大な規模の作品が、今からほぼ二七〇〇年も前に突如として現れたことである。その頃古代ギリシアは、ミュケナイ文明という最初の繁栄した時代がはるか以前に崩壊したのちの、暗黒時代という長い模索と再構築の時期にあった。ギリシアの英雄時代だったとされるミュケナイ時代については、十九世紀末頃のシュリーマン（Schliemann）の考古学的発見以来その様相が解明され始め、またその後の暗黒時代の歴史に関しても徐々に明らかになりつつあるが、しかし少なくとも――例えば『古事記』や『万葉集』を生んだ日本の奈良時代の安定して豊かな社会的・文化的な環境に比べると明らかなように――、ホメロスを誕生させたギリシアの暗黒時代末期は、のちの古典期に花咲くポリス社会への移行期にあたり、文化的にもさほど高い成熟度に達していたとはとうてい考えられない。だから、かくも長大でかつ精巧なホメロス詩の出現は、文学史としては実に異例の現象であり、それはちょうど、宇宙形成の出発点となったあの大爆発（ビッグバン）にも類比しうる出来事なのである。[1]

だからとて、もちろんホメロスの叙事詩は、砂漠のような全く何も生えていない不毛な風景の中から立ち現れたのではない。その突然変異的な性格は、むしろ平均的レヴェルをはるかに凌ぐような量と質の一体化した緻密な巨大さに特徴があり、それを生成させた土壌として今日想定されているのは、ギリシアの口誦詩（オーラル・ポエトリ）の伝統である。ホメロス以前に古くから存在した口誦詩の技法の伝統については、十八世紀末のヴォルフ（Wolf）という学者[2]が、この詩人の作品は当時の無文字社会の産物であって、作者は文字を用いずに口頭で二つの物語を創り、その後長く口頭で伝えられ、ようやく前六世紀頃に新たな文字（アルファベット）によって書きとめられたと提起して以来、「ホメロス問題」というアカデミックな大論争の中で追究され、さらにその後二十世紀前半には、ミルマン・パリ（Milman Parry）という研究者[3]が、非文字テクストの具体的なメカニズム解明の糸口を開いてからは、ほぼ疑問の余地はないと考えられている。[4] こうしてホメロスの詩の言葉は文字に頼らない口誦詩の伝統に由来することが明らかになったが、しかし、この作者以後十数世紀続いた古代ギリシア文学において類例のない規模と質的卓越性の融合の謎は、口誦詩の研究では完全に解くことができず、今日まで「ホメロス問題」の中心的課題として残ることとなった。

そこで第二の出自の問題となったのは、ホメロスの詩ははたして一人の作家の作なのだろうかという疑問である。ホメロスの詩の母体を変化してやまない口誦詩の伝統に見いだしたヴォルフは、文字化された現存のテクストのかなたに言わば「幻の非文字テクスト」の存在を嗅ぎつけ、その後ヴォルフの説に惹かれた多くの学者たちは、その幻の「原テクスト」、つまり文字テクストの中に埋もれた「純正のホメロス」を抽出する作業に没頭した。そしてその外科的手術のプロセスの中で、問題はもはやホメロスなる作者の真作部分を摘出することではなくなり、テクストを様々な異なる起源に由来する小物語群に分解して、全体はそれらの寄せ集めに過ぎないとする見方さえ現れた。[5] 口誦詩論を唱えた前述のパリは、ホメロスの音声言語は決して「幻」ではなく、現存の文字テクスト全体に反映しているではないかと提起したが、それは十分実証されないままとなったのである。[6]

次に出自の第三の問題は――第二の問題とも関係するが――そもそもホメロスという人物そのものが実際にいたのか、そして彼は一人の個性と人格をもつ存在だったのかという疑念である。両叙事詩の中には、ホメロスという作者の名も、また作者自身の出生や経歴についての言及もいっさい見いだされない。『イリアス』と『オデュッセイア』の作者がホメロスであって、この人がキオス島出身であるとか、あるいは盲目であったといった伝記的情報は全てのちの伝承に属している。[7] 元来、人々の前で創作と伝承を同時に実践する口誦詩人（アオイドス aoidos）にとって、わざわざ作品中に原作者を主張することは原則的には不要だろう。なぜなら聴衆は、作者の姿も声も現場でじかに確かめることができるからである。作者を名乗るべきなのは、作品が文字となって広範に流通するか、または創作者と口演者が分離して、読者ないしは聴衆に作者を特に示さなければならない場合である。こうして匿名性を特徴とする口誦詩の創作と口演のスタイルは結果的に作者の輪郭や履歴をぼやけさせ、ホメロスの名は、『イリアス』と『オデュッセイア』のみならず、『叙事詩の環』（*Epikos Kyklos*）と称される一群の神話的作品や後世に『ホメロス風讃歌』（*Homerou Hymnoi*）のタイトルの下に集められた多くの神々の宗教的讃歌の作者としても知られるようになった。では、なぜどれも「ホメロス」なのかと言うと、その理由はもちろん、先行する『イリアス』と『オデュッセイア』が屹立して巨大な影響力をふるったからにほかならない。しかし問題は、それではホメロスの名が、まるで無限に模倣品や類似品を発生させるディズニー・ブランドのようなものとなり、叙事詩の独自性の探求と理解の妨げになると見なされたことである。

さて古代から存在したこうした作者としてのホメロスの不確定性は、第四の問題として、近現代において古代オリエント文学の実相が解明されるにつれて、また新たな疑問を投げかけることになった。従来西洋世界では、『イリアス』と『オデュッセイア』の作者は一人であれ複数であれ、あるいは実際の作者がホメロスであれ別人であれ、ともかく「ホメロス」の名の下に伝承されたそれら二作品の成立を、歴史的に西洋文明へと連続すべき古代ギリシア文化の発端をなす画期的な出来事として位置付けようとしてきた。十八世紀末から白熱した「ホメロス問題」の文献学的論争も、十九世紀末頃のシュリーマンによる考古学上の大発見も、また二十世紀前半のミルマン・パリによる斬新な口誦詩理論の構築も、全てホメロス詩成立の真相究明によって、西洋世界の源流を見きわめようとする大きな知的潮流に――意識的にであれ無意識的にであれ――促されていた。しかし、その結果次第に明らかになってきたのは、確かに「ホメロス」の叙事詩は西洋の古典語である古代ギリシア語で創られてはいるが、実際その内容は東方すなわち非ギリシア的要素を多分に含んでいるということである。

例えば、シュリーマンが発見したトロイアすなわち現在のヒッサルリクはトルコ西北部にあり、この遺跡は明らかにギリシアの都市遺跡とは異なって、ヒッタイト文明とも共通する小アジア・アナトリア式の遺丘型都市遺跡であり、実際トロイアとおぼしき地名が古代ヒッタイト文書に記録されている。(8)こうしたオリエント文明との歴史的な接触や連続性を示す考古学的検証に加えていっそう興味深いのは、現在古典学者ブルケルト（Burkert）やウェスト（West）らによって明らかにされつつある、東西文明の境界を越えた口誦詩による文学や宗教に関する伝承のつながりである。(9)例えばその代表としては、前二千年紀以前のシュメール人の伝承に遡るメソポタミアの英雄ギルガメシュの物語とホメロスの詩との間に見いだされる極めて類似した共通の文学的モチーフがあげられる。

もちろんシュリーマンにせよ、ブルケルトやウェストにせよ、二十世紀後半に活躍したエドワード・サイード（Edward Said）のようなオリエンタリズム(10)の思想に鼓舞された人々では全くなく、むしろヨーロッパ史を中心的関心事とする考古学者ないしは西欧の伝統的な実証研究を重んじる文献学者であろう。ところが興味深いことに、彼らの知的努力が浮かび上がらせてきた事実は、西洋文明の中の純正なギリシア作家ホメロスではなく、東西混成の文化的血統を孕んだホメロスなのである。

古代のホメロスの伝記によると、ホメロスの名はギリシア語のキュメ方言で「盲目」を意味したとされる。(11)しかしギリシア人の名前としては極めて珍しく、ヘレニズム時代以前には、ほかにホメロスという名の人物は一人も確認されていない。(12)そのためホメロスは実はギリシア人ではなく、例えばエジプト人、シリア人、バビロニア人であったなどと古来推測され、(13)さらに近代では、もとは「オマール」（Omar）という名で呼ばれたアラビア人だったという仮説も出されている。(14)だが、こうしたホメロスの「オリエント化」に対して、現代の古典学者たちはやや根深い反発を感じているように思われる。

そうした古典学者たちの議論の趣旨は、要約すると、ホメロスは確かにオリエント文化の大きな影響を受けているが、しかしその外来の素材に独自な解釈を施して、全く異なる性質の文学世界を創造したことに重要な意味があるという見方である。とりわけ、古代オリエント文学は、神々の世界やその力あるいは超自然的な出来事に支配されていたが、ホメロスはむしろ、神々や運命の力に対して自立的な意志と思考を形成し、自由な選択と決定を行う人間たちを描いている。それが、ホメロスの独創による英雄世界の特徴であり、そうした人間的あるいは世俗的な文学空間の創出こそが、ギリシアすなわち西洋の文化を、オリエントつまり東洋の文化から分かつ最大の相違点だというわけである(15)。

ところで、古代オリエント文学を代表する英雄詩『ギルガメシュ叙事詩』（*Epic of Gilgamesh*）や世界創成の叙事詩『エヌマ・エリシュ』（*Enūma eliš*）のテクストは、粘土板に主に表音節文字としての楔形文字で刻まれており、ギリシア語の音声言語をほぼ完璧に表記しうる音素文字（アルファベット）で構成されるホメロスのテクストよりも、もとの口誦詩の物語内容をはるかに簡略化して伝えている(16)。だから、文字化以前の段階でオリエントの詩とホメロスの詩との間にどのような「間テクスト性」（インターテクスチャリティー）があったのかはわかりにくい。しかし、例えば戦いや旅の末に死すべき人間の運命を自覚するというギルガメシュ物語の基本的構想が、同じく神ならぬ人間の身の上を思い知るアキレウスとオデュッセウスを主人公とするホメロスの両英雄詩のヒューマニズムに脈々と受け継がれていることを思うならば、オリエント詩とギリシア詩との間のトポスや物語展開の様々な不同性は、文芸の根幹に関わる相違ではなく、むしろ同じ幹から発展・分岐した枝葉の次元の多様性に過ぎないとも考えられる。さらにそのうえに、古代オリエント詩とホメロスの詩は、どのように神々の世界を捉えているかという点についても、従来の見方以上に親近な関係にある。

ホメロスとほぼ同時代のギリシア詩人ヘシオドス（Hesiodos）の『神統記』（*Theogonia*）に語られる神々の誕生についての話が、オリエントのアッカド神話やヒッタイト神話の影響を濃厚に受けていることはすでによく知られている。[17] しかし創成神話の枠組みを越えて、もっと一般的な次元でオリエント詩とホメロス詩の神観を比べるなら、その同一性は驚くべきものである。それはまず、様々な土地の人々から崇拝される神々の世界が最高神を家父長とする一つの家族をなすというコンセプトがいずれにも共有されており、次にどちらの詩の世界でも、神々が人間界と自由に親しく交流していることである（この二点はユダヤ・キリスト教やイスラム教の排他的な神観と比べれば歴然としている）。前五世紀のギリシアの歴史家ヘロドトス（Herodotos）によると、ギリシアの神々の系譜と名前と役割はヘシオドスとホメロスが最初に定めたと伝えられるが（『歴史』二・五三）、とするならば、この二人の詩人たちはその神々の世界を、根本的構想に関しては、近隣のオリエントの宗教伝承からほぼそのまま受け継いだと言える。

そしてホメロスの物語では、そのオリュンポスの神々は、地上のあらゆる都市とあらゆる民族に共通のものとして登場している。ホメロスの神々は、『イリアス』ではトロイアを攻めるギリシア人の神々であるのみならず、オリエント・小アジアの都市トロイアの人々の神々でもあり、また『オデュッセイア』では、主人公が遍歴する地中海の様々な土地の神々でもある。東方であれ西方であれ、ホメロスの広い世界に住む人間たちは、共通の神々の存在によって相互交流の基盤と可能性を共有しており、他方遍在するそうした同じ不死の神々との関係から見れば、全ての人間は対等に「死すべき」存在として位置付けられているのである。

死すべき人間としての英雄の概念にせよ、言わば「国際性」を帯びた普遍的な神々のあり方にせよ、ホメロスがオリエント世界の肥沃な文化的土壌との接触から吸収した物語の中核的要素であろう。そうした異文化間の深い交渉の成果なしには、この詩人は、膨大な規模と種々の独創的要素をそなえた叙事詩を構築できなかったと思われる。ところが、近現代の西洋の学者たちは、前述のように発掘や文献による緻密な理性的探求によってそのことを我々に示唆しながらも、他方ホメロス文学を評価する場合には、その大樹全体から——どうも本能的に

――視線を逸らし、どちらかと言えば枝葉の部分についての議論でオリエント文化との差異を強調しつつ、ホメロスから「西洋ブランド」がついに引き剥がされてしまわないよう苦心している。しかし、そうしたいくぶんエウロセントリックな傾向にも、また逆に、この詩人を「ダーダネルズ海峡」の東側に引き入れようとするオリエンタリズムにも特にこだわる必要のない我々は、最近古典の未来について論じたサルヴァトーレ・セティス（Salvatore Settis）が述べている、「古典の本質的部分は文化の混淆と交換から生じるものだ」という言葉（『古典の未来』二〇〇四年）[18]に、より公正な視線を感じざるをえないだろう。

要するに、純粋な「西洋」古典の枠に閉じ込めるには、ホメロスは混じりけが多く、体も精神も規格外で大き過ぎるのである。今述べたように、現在の西洋の学者たち自身の多くも、実はそれを十分感じながら、この事実をどう判断したらよいのか戸惑っているというのが現状だと言えよう。十八世紀末からの「ホメロス問題」は、ホメロスに西洋の原点を探り出そうという知的欲求に駆られて始まったが、そうした西洋人自身のアイデンティティー探索と密着した古代詩人とその作品の「出自」の問題から、思いがけない結果が浮かび上がろうとしているのである。しかし、実は「西洋」古典としてのホメロスに対する戸惑いは、この約二百年間の学術的議論に始まったことではなかった。序節がやや長くなったが、以下では、そのことについて古代にまで遡って考えてみることにしたい。

一　古代・中世のギリシア世界とホメロス

ホメロスの叙事詩はもちろん宗教文学ではなく、オリエント文学との関連で前述したように世俗文学である。ホメロス詩の古代ギリシア文化における卓絶した地位は、しばしば『聖書』や『コーラン』にたとえられるが[19]、しかし『聖書』や『コーラン』のテクストが宗教的権威によって守られ、今日まで全体性を保持しつつ伝承されて連綿と読まれてきたのに対して、ホメロスの二作品の場合は、そうした信仰力による保護は期待できないので、比較的早くから文字テクストとなり――もちろんある程度の異同はあるが――総体的に多大な欠損や改変をこうむらずに伝承されてきたことは驚くべき現象である。やや突飛な言い方をすれば、『イリアス』と『オデュッセイア』がアルファベットによるほぼ永久的な保存の恵みにあずかった最大の理由は、ひとえにホメロスという作者の存在――たとえそれが虚構でも――によるのであろう。ちなみに、『叙事詩の環』に属する諸作品やその他の古い物語詩の多くが最初はホメロス作として伝えられながら、結局伝承されずに全てが失われたのは、何らかの淘汰のプロセスを経てホメロス作と再認定されなかったためであり、一方、同じくホメロス作でないと判定された『ホメロス風讃歌』の多くの詩がかなりよい状態で残っているのは、それらが通常神々の崇拝の場で語られ、そこに宗教による保存作用が働いたことが大きな原因であったと推測できる。[20]

それでは、ホメロスという作者の存在とは、正確にはいったいどのようなものと考えられるだろうか。例えば古代オリエントの代表的文学『ギルガメシュ叙事詩』のテクストは、同じく文字化されて翻訳が重ねられ、何百年もの間伝えられたが、原作となった口誦詩はそれ自体で完結していたためか、その作者について問われることはなかった。[21]ところが『イリアス』と『オデュッセイア』の場合、先に創作された『イリアス』のあとに『オデュッセイア』が現れたとき、人々は両詩を創造したのは同一人物であると見なし、その作者は誰であるかと注目した。なぜなら、『イリアス』のみでは『ギルガメシュ叙事詩』のように匿名の口誦詩のまま伝えられても特に問題とならず、作者を特定する必然性は乏しかったが、しかしその物語を体系的に補完する続篇として同様の大作『オデュッセイア』の創作が知られるようになると、そのとき初めて、両詩の連続性を裏付けるものとして同一作者の存在が必要となったからである。[22]ホメロスが実在したかどうかは結局判明できないが、ともかくこの人物の名前は、『イリアス』と『オデュッセイア』という、おそらくは小物語の単位で様々な機会に口演されていた詩が二つの大きな叙事詩のまとまりをなして順次現れたとき、文化的次元での実質的な意味をもち始めた。つまり、以前からすでに浸透していたホメロスの権威がこの二作の詩の保存と伝承を確実にしたのではなく、むしろこの二作品が形成され、それらの緊密な関係がやがて広く認知されるに伴い、作者ホメロスの名が大きな権威を帯びて浮上し、定着していったと言うことができる。

さて、こうして『イリアス』と『オデュッセイア』の作者としてのホメロスの名声が確立していき、それとともに、後世『叙事詩の環』や『ホメロス風讃歌』としてまとめられた多数の物語詩がこの作者の創作として伝えられたことは前述したとおりである。しかし、それらの他の諸詩は長い間に言わば「ホメロスのカノン（正典）」から除外され、最終的に『イリアス』と『オデュッセイア』のみがホメロス作として残った。その淘汰の動きは、もちろん作品の優劣に基づくものであろうが、だがそれのみならず、そこには『イリアス』と『オデュッセイア』の重要な特徴に対する古代ギリシア人の認識と評価のあり方が関わっていた。そのことについて、『ホメロス風讃歌』に属する『アポロン讃歌』（*Hymnos eis Apollona*）を例にして見てみよう。

『アポロン讃歌』は、後代ではキュナイトスという叙事詩語り（ラプソドス rhapsodos）が創作してホメロスの名の下に伝えたものとされているが、その詩の中ほどには、アポロンの聖地デロス島の娘たちに呼びかけた、作者を暗示する次のような詩行がある。

わたしのことをのちのちまでも
忘れずに、地上に住む人間の誰か旅人が、
苦難の末にここへ来て、

「乙女らよ、歌人らのうち、この地を訪れて、
いちばんおまえたちに心地よい人は誰で、誰ゆえにおまえたちはこよなく喜ぶのか」
と尋ねたら、おまえたちはみな、口をそろえてお答えなさい、
「それは盲目の人、岩多きキオスに住み、
その歌はどれも、のちの世までも最上のものです」と。

(『アポロン讃歌』一六六—一七三)

これは、ホメロスの真作の刻印を意図した詩行である。そこでは、世に流布したホメロスの伝記的要素に言及して、作者が「盲目」の詩人で、「キオス」の出身であると語っているが、しかし作者名「ホメロス」の言明はあくまでも避けている。それはおそらく、ここで「ホメロス」とはっきり「わたし」に名乗らせれば、逆にこの『アポロン讃歌』はホメロスの作と見なされにくくなるからだろう。つまり、「ホメロス」作と明確に示さない方が、「ホメロス」らしくなることを作者は意識しており、だから原作者ホメロスをほのめかすだけのやや謎めいた言及に留めたのである。[23] その一見巧みな言葉遣いは、実名をあげればむしろわざとらしくなるというありふれた技法的理由によるのではなく、『イリアス』と『オデュッセイア』がホメロス作とされて以来、「ホメロス」は自分の名前などの個人的情報を自作の詩では語らないという鉄則が、すでにギリシア世界で認識され始めていたためであろう。

ホメロスの二大詩篇の特徴の一つは、他の口誦詩の水準を上回るこのような徹底した匿名性であり、この鉄則を貫くと、実は「キオス出身の、盲目の詩人」という遠回しな言及すらも、ホメロス作を標榜するためには不都合なはずである。『アポロン讃歌』の作者のほころびはこのジレンマから生じており、そのためついにその詩は

ホメロス作の認定からはずされたが、さらにこの作者は、もう一つのホメロス詩の特徴をめぐっても、明らかなつまづきを見せている。それは、「その歌はどれも、のちの世までも最上のもの」と述べて、ホメロス詩の伝承の時間的永続性を示しながらも、他方ホメロスという人物を、出身地としてのキオス島と口演の場所としてのデロス島という特定の土地に結びつけたことである。『イリアス』と『オデュッセイア』には、作者がどこで物語を創って、どんな土地の人々または誰に対して、さらには何のために語るのかは全く述べられていない。それゆえこの両詩は、ギリシア語を理解できる人なら誰でも――あるいは翻訳で読めるならどの民族の人でも――自分の世界に住みながら鑑賞することができる。つまり、どの特定の土地にも結びつかず、どんな特別な社会にも属さないというこの工夫によってホメロスの詩は、受容対象として空間的にも無限の広がりを想定しえたのであり、実際その効果についていては、両詩の作者がホメロスという名で知られ始めた頃の初期のギリシア人も実感していた。例えば前六～五世紀前半の哲学者クセノパネス（Xenophanes）は、ホメロスが描いた神々の不道徳を鋭く批判したが、しかし他方「原初より全ての人々はホメロスから学んできた」（断片一〇DK）と述べて、ホメロスの影響は全ギリシア人に及んでいることを示している。さらに同じ頃の哲学者ヘラクレイトス（Herakleitos）もまた、「ホメロスは公共の競演の場から追い出されて、杖で打たれるのが相応しい」と非難したが（断片四二DK）、同時に「ホメロスは全ギリシア人のうちで最も賢明な人であった」（断片五六DK）とも述べており、ホメロスの詩が知恵を含むその言葉の技によって、多数の土地での競演で人々を魅了してきたことを示唆している。[24] そして――ここで詳述する余裕はないが――このホメロス詩の全ギリシア的規模の威光に対して最も強力な批判を展開したのは、前五～四世紀の哲学者プラトン（Platon）であった。[25]

ところで古典期のある伝承によると、そのホメロスの詩は、都市国家アテナイの守護神アテナに捧げた前六世紀に遡るパンアテナイアという大きな祝祭でも語られたという。すなわち、前四世紀の弁論家リュクルゴス

(Lykourgos) はこう述べている。

諸君ら(アテナイ人)の祖先たちは、ホメロスが重要な詩人であると信じ、五年ごとのパンアテナイア祭において、他の詩人たちの中でホメロスの詩だけが吟誦されるよう法を制定した。こうして彼らは、ギリシア人たちに対して、自分たちが最良の作品を好むことを示した。

(『レオクラテス弾劾演説』一〇二)

これはホメロスのカノン形成の進行を示す貴重な記述だが、どの作品が選定されたのかは不明なので、当時の「ホメロスの詩」には『叙事詩の環』の詩篇などもいくつか含まれていただろう。[26] だがホメロスの作として認定すべき「最良の作品」が、単にアテナイ人にとってだけでなく、他のギリシア人にも「最良」のものだと判断された点はより重要である。ここにも、ホメロスの作たる理由は、その汎ギリシア性にあることが示されている。

こうしてホメロスの物語は、最も優れていると同時に、最も作者の顔と個性を感じさせないというほぼ完璧な匿名性のゆえに、ギリシア人全体に浸透しうる普遍性を確保していった。言い換えれば、ホメロスという人物は、『イリアス』と『オデュッセイア』の作者として発見され認識されたその瞬間から実に漠とした存在と化し、やがて二つの大作と三音節の名前のみを残して、人々の記憶から消え去ったことになる。[27] おそらくギリシア初期の受容におけるこの極めて逆説的な作品と作者の関係こそが、その古典としての意味を解く鍵となろうが、今日なお「ホメロス問題」は、このパラドックスの呪縛から抜け出ていない。

『イリアス』と『オデュッセイア』に探る限り、作者は確かに語り手の声として存在してはいても、その正体については、まるで空気のように「在ってなきがごとく」希薄であり、まさにそのスタイルにこそ、地方的視野を超えて、ギリシア民族全体に通じる世界観や社会観を語り伝えようとする、この二作の詩の広大な意図が潜んでいると思われる。こうしてホメロスの詩は、口誦詩の匿名性の利点を最大限に活用してギリシア人の間にあまねく知れ渡ったが、しかし、この「遍在する」詩人ホメロスの視線は、ただひたすらギリシア人全体のアイデンティティーにのみ向けられただけではなかった。そして、この点から、やがて後世のギリシア人の間にホメロスに対するある種の戸惑いが生じることになる。

先述の前六～四世紀の哲学者たちによる一連のホメロス批判は、この詩人を最大のライバルにして自説の普遍性を高めようとすることに主な狙いがあり[28]、ここではさほど問題にする必要はないだろう。それよりむしろ注目すべきは、古代の注釈家たちが執拗に展開した『イリアス』に描かれたトロイア人とギリシア人についての批評の仕方であり、そこにはギリシア人一般の見方が反映している。例えば、古注（スコリア）ではしばしば、トロイアの英雄ヘクトルの行動や性格に対して「野蛮、尊大、専制的、偽善的」などと強い否定的評価が浴びせられる。古注ではまた、作者がヘクトルの率いるトロイア軍の失敗を誇張して描く一方、ギリシア軍が劣勢の場合はそれを強調せず、逆に彼らの成功や勝利には称賛の眼差しを向けていることが頻繁に指摘される[29]。このように古注を執筆した学者たちは、ホメロスがしばしばトロイアを貶め、おおむねギリシアに有利なようにトロイア戦争を語っていると解釈して、『イリアス』全篇にわたるギリシア人讃美の傾向を高く評価している。

ホメロスの古注は、ヘレニズム時代から中世ビザンチン時代までの多くの学者の見解を集積しており、時間的にも空間的にも広範なギリシア人の読者を対象としていた。したがって、そこには古代と中世のホメロス解釈の標準的なあり方が提示されているが、しかしそうした顕著なギリシア民族偏重の解釈は、まだ古典期の半ばまではさほど広まってはいなかった。例えば、前五世紀の歴史家トゥキュディデス（Thoukydides）は、「ホメロスはバルバロイ（蛮族）という言葉を用いていない」（『歴史』一・三）と指摘し、『イリアス』ではトロイア人は特に夷狄として蔑視されていないという認識を示唆している。また同じく前五世紀の歴史家ヘロドトスも、「非ギリシア人」であるペルシア人との戦争を記録したが、おそらくはホメロスに倣って、ペルシア人をはじめとする多くの異民族を蔑むどころか、むしろしばしば彼らを好意的に扱っている。[30] ところが、前五世紀のペルシア帝国との大戦争とその後も続いたペルシアの脅威は、ギリシア人を次第に偏狭な世界観へと傾斜させていった。[31]

前四世紀のアリストテレス(Aristoteles)は、プラトンのホメロス批判に反論して『詩学』(*Peri Poietikes*)を著わし、文芸作品としてのホメロスの詩の卓越性を見事に弁護した。[32] だがこの哲学者は『政治学』において、「ギリシア人が野蛮人(バルバロイ)を支配するのは当然のことです」というエウリピデスの詩句を引用し、君主以外は全て奴隷からなる専制的な異民族の社会は、自由な市民で構成されるギリシアのポリス社会に従属するのは正当であると説いている(一二五二B)。生来の奴隷として生れついたバルバロイに対して、ギリシア人は生まれながらの自由人であり、だから世界の主人となるに相応しいという見方は、ここに理論化されたと言える。[33] こうしてペルシア戦争のあと定着した自民族中心主義は、[34] その後ギリシア人のアイデンティティーの一部となり、「無知の知」を提唱したソクラテスを死に至らせるとともに、他方ではアレクサンドロス大王を東方遠征へと駆り立てた。しかし大王の死後、ギリシア世界はついに瓦解し、前二世紀にローマに征服される。ちなみにローマ人の異民族観では、ギリシアの場合とは対照的に、異民族出身の奴隷の地位は相対化され、奴隷制は「自然に反する」と定義された(ローマ法大全『学説集』一・五・四)。この思想によりローマ時代には、奴隷となったギリシア人たちは次々と解放され、自由なローマ市民となったのである。[35]

ところで、自由なギリシア対奴隷で野蛮な異民族という二項対立の観念の浸透した、古典期後半からヘレニズム期末までのギリシア人たち、そして四世紀にローマ帝国から分離して再び自立したビザンチン帝国のギリシア人たちは、当然ホメロスの詩を民族の最大の文化遺産として受け継いだが、しかしそのとき、何の困惑も感じなかったと言えば全く不自然であろう。なぜなら、特に『イリアス』では、ギリシア人にとっては小アジアの異民族であるトロイア人たちは、確かにギリシア軍によって滅ぼされる運命にあると予言されるが、しかし彼らは明らかに、ギリシア人とほぼ対等の民族として描かれているからである。[36]実際そこではトロイア人は、まず前述のように同じオリュンポスの主要な神々によって守られており、次に同じギリシア語を話し、また同じような役割分担を伴う家族を形成して、さらには同様の祖国愛や家族愛も培っている。英雄的人物の名誉観や死生観についても――例えばトロイア方のサルペドンのように――敵方の英雄の場合と同じであるどころか、ギリシア軍のどの主要人物よりも純粋な信念を抱いており、[37]彼らの武勇自体もまた、十年間の攻略に耐えうるほど秀でている。ただ大きな相違は、トロイアが明確な王を戴く国であることだが、しかし王プリアモスは老いた家父長的人物であり、むしろその家族的紐帯のゆえにトロイア人は常によく結束している。そしてトロイアのその安定した社会的秩序は、英雄同士の名誉の争いのために分裂の危機に瀕し、敵軍の猛攻撃を受けて壊滅しそうになるギリシア軍と大きな対照をなしている。[38]要するに『イリアス』の中のトロイアは、異民族の地アジアにあっても、劣等な国では全くなく、宗教観も社会観も倫理観もかなりギリシア民族の世界に近い様相で描かれているのである。

野蛮で劣ったバルバロイのはずのトロイア人をこのようにギリシア人並みに描いていることに対し、ギリシア人の読者は強い違和感または不快感を覚えたであろう。そしてそれが、ホメロスの注釈に一貫する「ギリシアびいき」（フィルヘレニズム）の形で噴出したのである。古代と中世のギリシア世界では、ホメロスのテクストは古来の注釈とともに学校の教科書になったから、[39]ギリシア軍の活躍を称え、他方トロイア人の欠点や劣悪さを事細かくあげつらう権威ある学者たちの注釈を手引きにして読まれると、若者や大衆の民族愛を鼓舞する教育的効果は大きかった。だが、そうして読まれたホメロスは、もはやホメロスではなく、明らかに後世のギリシア人の願望の投影であり、ペルシアやイスラム圏などの歴史的な外夷の圧力や影響から、あるいは東方正教会と対立する西方カトリック教会の勢力から自己の正統性を堅持するために仕立てられた単なる護符でしかなかった。[40]

二　古代・中世の西欧世界とホメロス

古代ローマ人にとってホメロスは、ギリシア古典では最初に受容された。ラテン文学は、前三世紀のリウィウス・アンドロニクス（Livius Andronicus）による『オデュッセイア』の翻訳から始まったのである。そしてローマ文芸は、その約二世紀後に、『アエネイス』（*Aeneis*）というホメロスの作品と優劣を競うラテン語の古典を生みだした。このウェルギリウス（Vergilius）の歴史的物語詩によって、その模範となったホメロスは、叙事詩の伝統の創始者としての確固とした地位をラテン語の西方世界において占めることとなるが、しかしそれは同時に、ローマ人が自己のアイデンティティーを裏付ける文化的根拠を、もはやホメロスという外国文学に求める必要がなくなったことを意味していた。もちろん教養の宝庫としてのギリシア文芸の影響力は、ローマ時代全体を通じて衰えることがなかった。だが民族の歴史や社会と個人のあり方を見つめるためには、遠い過去の世界となったホメロスの詩は有力な媒体ではなくなった。ちょうど後代のギリシア人がホメロスに求めたものを、ローマ人はウェルギリウスという詩人に求めたのである。そしてその自己確認の欲求は、『アエネイス』によって応えられた。

そもそもホメロスが描いた人間世界は、前述のように、西方のギリシアと東方のトロイアの間に根本的な差異を設けない均質な構図をなしていた。それに対してギリシア人は、時代が変化するにつれて、自民族の優位性をその古典に読み込もうとした。他方、ローマ詩人ウェルギリウスは、特にギリシア人のフィルヘレニズムに強く反発したわけではなかったが、神話と歴史伝承に基づいてローマの起源を語るその叙事詩では、トロイア戦争でのギリシアの英雄たちの冷酷さや粗暴な戦い方を強調し、一方ローマの礎を築くべきトロイアの英雄アエネアスについては、民族の理想的美徳（ピエタース）の体現者として描いている。[41] この方向転換は、その後の西洋文化に大きな影響を与えることとなる。

まず、トロイアの英雄がギリシアとの戦いから生き延びて、イタリアにローマ人の最初の都を築くというウェルギリウスの物語の普及に伴い、歴史の出発点としてのトロイア戦争に対する西洋世界の関心は、ホメロスの詩に託されたギリシア人の民族意識とは正反対に、非ギリシア世界を象徴するトロイアに集中していく。こうして西ローマ帝国滅亡後の西欧中世では、トロイア人の血統は高貴で正統な統治者の証しと見なされ、例えば神聖ローマ帝国のカール大帝が「敬虔な（ピウス）アエネアス」を自己の手本として仰いだことは有名である。また中世末期において、フランスでは様々な都市の支配者が競ってトロイア人との血縁関係を主張し、それに対抗して英国人も、アエネアスとのいっそう近い血筋を誇ってフランス人に対する自国の権威を示そうとした。[42] この俗化した神話受容の現象は、古代ギリシアやビザンチンにおける「ギリシアびいき」に対抗した「トロイアびいき」（トロージャニズム）だとも言えるが、文学においてその傾向はウェルギリウスから始まり、十二世紀のロマンス文学の詩人ブノワ・ド・サント＝モール（Benoît de Sainte-Maure）作『トロイア物語』（*Roman de Troie*）に受け継がれて拡大した。[43]

ブノワのトロイア戦争をめぐる長大な物語詩では、戦争の始まりは悪しきギリシア人の罪業に起因し、その後の戦闘ではほとんどの場合トロイア人が勝利する。ブノワは自作に中世で流行した宮廷風恋愛の逸話をいくつか組み入れているが、神話的戦争に関する直接的な典拠は、プリュギアのダレス（Dares Phrygius）作『トロイア滅亡史』（*De Excidio Troiae Historia*）とクレタのディクテュス（Dictys Cretensis）作『トロイア戦争日誌』（*Ephemeris Belli Troiani*）という古代末期の散文の物語である。この二作は、ギリシア語の原典からラテン語に翻訳されたものとされ、いずれも原作者はトロイア戦争をじかに目撃したのち、ホメロスが語った虚偽を暴いて、真実を広く知らしめるために執筆したことになっている。こうした込み入った系統のブノワの作品は、その後ラテン語、ドイツ語、英語の翻訳や翻案も派生させ、西欧において極めて広範な読者を得た――ちなみに関連した創作は、のちのボッカッチョ、チョーサー、シェークスピアなどと芋蔓式に連なっていく――。しかしホメロスに関して確認しておくべき点は、中世のこれら全ての「トロイアびいき」の文芸が、ホメロスの作品自体とは直接的には何の関わりもないことである。

確かに帝政初期一世紀のローマでは、『イリアス・ラティナ』(*Ilias Latina*)というわずか千行余りの『イリアス』の縮小版ラテン語韻文訳なども作られたので、その後も原作の内容は多少知られていただろう。だが帝政末から中世全般にわたる西欧世界で、ギリシア語でもラテン語でも『イリアス』全体に人々が接するのは極めて稀れか、あるいは皆無に等しかった。当時のホメロスは、彼を文芸の最高の師として仰いだウェルギリウスによって、言わば古典の殿堂の最奥座に祀られていたに過ぎないのである。そうした状況は、中世末期の大詩人ダンテ(Dante)が、ウェルギリウスに導かれて辺獄リンボを訪れ、その作家群の先頭にホメロスの雄姿を描いてはいるものの、実はこの『神曲』の作者自身が、ギリシア語を知らず『イリアス』も読んだことはなかったという事実からも明らかである。[44] つまり西欧中世の人々にとってホメロスは、古典の伝統の頂上に揺らめく単なる影のような存在になっていた。

西洋の歴史の方向を「トロイア寄り」へと大きく舵を切ったウェルギリウスは、ホメロスの両詩篇を熟知し、『イリアス』と『オデュッセイア』をすっかり消化して新たなローマ叙事詩を構築した。この手法は、ホメロス詩の続篇として連なりながらも、しかし『叙事詩の環』のようにホメロスの権威の下に自己増殖するのではなく、むしろホメロス文学の活力と技を吸引し、社会的価値ではそれに取って代わろうとする大きな射程をもっていた。したがって、中世におけるブノワの詩を代表とするトロイア物語群の繁茂は、このローマ詩人がすでに確立していた新たな西洋文学のスタンスの延長線上にあり、中世詩に多分に含まれるホメロス批判の傾向などは、ホメロス自身との直接的対話から発生したものでは毛頭ないのである。帝政期前半に『アエネイス』が出現してローマ世界に浸透したあと、すなわちすでに千年以上も以前から、ホメロスは長期間の冬眠状態に入っていた。[45]

こうして西欧中世には、あくまで注釈に甘んじた学者ではなく、ホメロスを吟味し尽くしたのち、それを凌駕せんとする創作を実際に生み出したローマ詩人のゆえに、あの巨大なギリシア詩は存在感の希薄な古典となって久しかったが、しかし、再生の可能性が皆無だったわけではない。その復活の契機になりえたかと思われるのは、西方の中世においても多大な学術的影響力をふるっていたアリストテレスが残した『詩学』の伝承であった。

そもそも『詩学』は、ギリシア悲劇を論じた秀逸な文学論だが、それはまた、前述のようにプラトンに対抗してホメロス詩の基本的な構成や意義について触れた論著でもあり、この詩人の叙事詩の特質を把握するためには必須の著作である。[46]しかしこの哲学者の没後、『詩学』の伝承は闇の中に消えてしまい、長い間の潜伏のあと、ようやく西欧世界に姿を現したのは十三世紀のことだった。『詩学』の甦ったテクストは、ギリシア語の原典がシリア語訳経由でアラビア語に訳されたのち、さらにラテン語に翻訳されたものである。曲がりなりにではあるが、ともかくギリシア古典の乏しい中世に、ホメロスの価値の再認識へと導く通路が開けそうになったのだ。ところが——不運というか、やむをえないというか——その『詩学』のテクストには、アヴェロエス（Averroes）などのアラビア人学者の注釈が付属していた。[47]

ホメロスやギリシア悲劇の写本は、西方では途絶え、東方ビザンチン世界では流通し続けたので、そこから何らかの経路でアラブ・イスラム圏内に流入したかもしれないが、それらのアラビア語訳は中世には実現していない。[48]そのため、ホメロスにもギリシア悲劇にも無知なアヴェロエスは、『詩学』の内容に対して、イスラム社会に流布した平板な善悪の概念を強引に用いて単調極まる道徳的解釈を施した(49)。その結果、『詩学』では行為の「逆転」「認知」「苦難」あるいは「カタルシス」といった意味深い言葉で表現されたホメロスに遡る悲劇の中核的要素について、この学者は正しく説明できなかったのである。

この不適切な『詩学』の解釈は、その後ホメロスへの直接的な関心や理解を促すどころか、その妨げにさえなった。十五世紀末には、直接ギリシア語写本からラテン語訳された『詩学』が刊行されたが、アラブ系学者の独善的な読み方は依然として人口に膾炙し、ルネッサンスにまで浸透していく(50)。すなわち、十五世紀半ばのビザンチン帝国滅亡の頃、ついにホメロスの最良の写本が東方ギリシア語圏からイタリアへと優秀な学者たちとともに到来するが、そのあとでも、叙事詩自体の内容理解は遅々として進まなかった。同じギリシア文化の巨匠でも、哲学者プラトンが十五世紀のフィレンツェで盛んに研究され、ネオプラトニズムを開花させたのとは対照的な運命をホメロスは辿ることとなる。

三　近・現代の西欧世界とホメロス

西欧ルネッサンスにおけるホメロス理解の停滞の原因を、アラビア人の『詩学』解釈にのみ帰するのは、実ははなはだ不公平な見方かもしれない。むしろその原因の大半は、ローマ叙事詩の影響が浸透した西欧人自身の文学観にあったと言わざるをえないからである。西方中世で最初に『イリアス』の原典に接したのは、イタリア作家ペトラルカ（Petrarca）である。それは、幻のようなホメロスの姿を描いたダンテの『神曲』から約三十年後の一三五四年のことだった。ギリシア語の知識はわずかだが、大きな期待に胸を膨らませたペトラルカは、早速友人をとおしてラテン語の逐語訳を調達し、注釈ノートを綴りながら熱心に『イリアス』を読んだ。しかし、こうして垣間見られた実物のホメロスの世界がペトラルカに与えた作品の印象は、ほとんど悪魔の叙事詩としか言いようのない異質な世界だった。彼はノートの中で、ホメロスの神々のある場面について「異邦人の全ての神々は悪魔である。この最古で最大の証人［ホメロス］が、それを認めていることに注目するべし」と書いている。[51]

待望のギリシア語原典を読んだペトラルカの失望は、ルネッサンスの人々のホメロス観を前触れしていた。『イリアス』の神々の行動があまりにも放埒で無軌道なことと、英雄たちの性格や行為が気まま過ぎて、立派な人間の模範からはほど遠いこと――他の様々な文学的欠陥は文化の未発達な太古の作ゆえにあまり咎めないとしても――この二点だけは、彼らはどうしても受け入れることはできなかった。[52]当時、真正のホメロス原典の印刷本だけでなく、読みやすい種々の俗語訳が流通してホメロスの物語は知られるようになったが、しかし人々は、ホメロスに近づけば近づくほど、その中身に不満を抱いた。そしてその不満は、反動として、この詩人に学んでローマ世界――すなわち文明化した西欧世界――の新たな叙事詩を創造したウェルギリウスの評価をいっそう高めることになった。

ウェルギリウスは、ホメロスと同じ異教世界の詩人だが、個人的資質においても、また物語の神々の描き方でも、キリスト教義に近い作家だと古代と中世を通じて考えられてきた。さらに、彼の物語の主人公アエネアスは、神々に対して敬虔で、運命によって与えられた使命を重んじ、自己を犠牲にして社会に尽くす英雄として、古代から中世までのキリスト教世界でも親しまれた人物であった。[53]他方、『イリアス』の主人公アキレウスは、怒りに駆られて同胞の集団を苦しめ、自らの栄光と復讐心のために敵を残忍に攻撃する激情の人物である。そうしたホメロスの英雄像は、中世以来の伝統的なキリスト教的人間観にも、またルネッサンスの建設的かつ人道的な指導者像にも相応しくないと受けとめられた。

さてホメロスはこうしてルネッサンスにおいて、古代後期からの長い冬眠から起こされて、ようやく地上の人々から直接的視線を浴びることになったが、しかしその久々の公衆の視線は、同じギリシア人でも哲学者アリストテレスやプラトンに向けられた熱意の眼差しとは異なって、おおむね月並みな敬意を払う程度の冷ややかなものだった。確かにルネッサンスの古典熱は、その伝統の源泉としてのホメロスを表面上は大いに称揚し、原典や注釈や翻訳の整備も大きく進んだ。だが、言葉や文体についての細かい議論は別として、ホメロスの叙事詩の全体像はどんなもので、どこにその文学としての大きな魅力と意義があるのかという文学研究にとって最も枢要な問題については、真剣に考えようとする人はいなかった。ホメロスという高い頂きへの登り道は、それだけ険しかったと言えるのかもしれないが、しかしそこへ至るためのアリストテレスの『詩学』という貴重な手掛かりも――今度はアラビア語経由の不純なテクストではなく、ギリシア語原典とそのラテン語訳で――用意されながら、文人たちの意識は叙事詩の評価に際して、ラテン詩人ホラティウス（Horatius）の『詩論』（*Ars Poetica*）で示された教育的有用性とアヴェロエスの『詩学』注釈により流布した善人を称えて悪人を咎めるという文学の原則に執着し、あくまでも道徳的観点からの人間の理想像の描写を追い求めた。(54) 例えば、ルネッサンスも後期の十六世紀の大叙事詩人タッソー（Tasso）でさえ、アヴェロエスの原則を強く支持し、「英雄詩の作者は美徳を称賛すべきであり、そうであるなら、彼は称賛によって、美徳を天にまで高くほめ上げなければならないだろう」と述べている。(55)

このタッソーの発言は、一五九四年の彼の『英雄詩論』の中に見られるが、その後十八世紀末から始まる――本章の序節で述べた――学術的な「ホメロス問題」までの約二百年の間、西欧世界においてホメロスは、しばしば否定的な意味での「問題」の古典として扱われた。そして、ホメロスが「問題作家」として不興を買い続けた真の原因は何かと言えば、それは結局、彼がウェルギリウスのような詩人ではないという事実と、それを人々が認識し始めたことなのであり、(56) そうした一般の評価は、ルネッサンス後期の代表的人文学者で西洋古典学の創始者と呼ばれたスカリゲル（Scaliger）が、アリストテレスの『詩学』研究を踏まえて（！）執筆した『詩論』（一五六一年刊）において、叙事詩の模範的古典作家はホメロスではなくウェルギリウスであると断定したことによって不動のものとなっていた[57]。こうしてその後十七～十八世紀にフランスを中心にして起こった古代派・近代派論争（新旧論争）では、ウェルギリウスは古代派の盾として持ち上げられることはあっても、ホメロスはたいていの場合、近代派の格好の攻撃の的となるばかりで、古代派も彼を弁護するのには大いに苦労した[58]。

ところで逆風吹きすさぶこの嵐の中でも、ホメロスがやはり「最古で最大」の古典詩人だという、初めにローマ詩人自身が確定し、それゆえダンテもペトラルカも確信していた一点だけは、誰も敢えて拒めなかっただろう。確かに初対面のホメロスは近代西欧人の趣味に合いにくかったが、古典の伝統の中の彼の絶対的権威は、それを確立させたウェルギリウスの業績に対する評価を覆さない限りは、依然として否定し去るのは困難だった。ホメロスは、なぜ「最古で最大」と言えるのか。そこで十八世紀末から人々は、もはや泥仕合のような文学的論争を切り上げ、このホメロスの謎を、ギリシア太古の文化状況の中に求め始めた。

その新たな動きが、序節で説明した「ホメロス問題」という論争であり、それについてはここで改めて述べない。しかし、ただ一つ確認する必要があるのは、現在もなお続くこの学術論争が、歴史の中にホメロスの実像を追究してきた結果、多くの歴史的事実を明らかにした反面、肝心の叙事詩作品そのものの文学的価値に関わる謎にはなお踏み込んでおらず、棚上げされた古代派・近代派論争の核心的問題はまだ決着していないということである。「ホメロス問題」の口火を切ったヴォルフの文献研究にせよ、それに触発されたシュリーマンのトロイア発見やパリの口誦詩論にせよ、端的に言えばホメロスの詩を主に歴史資料の観点から眺めていたに過ぎず、そうした歴史的解明と文学的評価との間の溝はまだ埋められていない[59]。

このような近代における古典の問題を、単にホメロス研究のみならず、古典学全般の深刻な課題として受けとめたのは、十九世紀の哲学者ニーチェ（Nietzsche）である。一八七二年にシュリーマンがトロイア遺跡を発掘していたちょうどそのとき、ニーチェは『悲劇の誕生』（*Die Geburt der Tragödie*）を出版し、ローマ文化の模範となった古代ギリシアが、実は純粋で均斉のとれた「静かな」世界ではなく、荒々しいディオニュソス的熱狂と野蛮がアポロン的な理性と秩序を破壊しようとうごめいている、恐るべき力を秘めた世界であることを示そうとした。また彼はすでに、バーゼル大学古典学講座の教授就任講演「ホメロスと古典文献学」（一八六九年）の中で、古典は近代文明を無力化しうる「恐ろしくも美しいゴルゴンの首」を差し出すことができるとも語っていた。[60] さらにニーチェはホメロス自身に関しても、『悲劇の誕生』の刊行と同年に「ホメロスの競争」（Homers Wettkampf）という卓抜な論文を著わし、[61] ホメロスの中には「ホメロス以前の憎悪と破壊欲の恐るべき野獣性の深淵」が存在しており、その原始的で自然な人間の闘争本能を、詩人はアポロン的な「明るく穏やかな芸術的錯覚」によって中和したのだと説いた。

おそらくニーチェは、ホメロスの叙事詩の本質的部分に敢えて触手を延ばし、その全体的奥行きを視野に入れて語ろうとした古代以降の最初の西欧人であろう。西欧文明の歴史とあり方を見つめるとき、ホメロスはニーチェにとって、測り知れない魅力を秘めた詩人であった。[62] それは、この原初の詩人こそが、ウェルギリウス的つまりローマ的な倫理観と美意識に拘束された中世・ルネッサンス以来の古典観を完全に相対化し、人間の文明の真相を開示しうるとてつもなく大きくて強力な磁場をなすように感じられたからであろう。当時、そうしたニーチェの見解に脅威を感じ、彼を激しく攻撃したのは、その後古典文献学の巨匠となったヴィラモヴィッツ（Wilamowitz）である。「正統な」歴史主義的研究を重んじるこの若い学者にとって、ニーチェの主張はつかみどころがなく、実証性を欠いた異端の空論のように思われた。[63] そしてその批判については、ニーチェの曖昧な姿勢も一つの原因をなしていた。

例えば、ニーチェは「ホメロスの競争」の中で、人間存在と不可分な「自然の不気味な」闘争心と破壊欲を、「ホメロス以前の世界」であるとも、あるいは「ホメロスの世界の背後」にあるものとも述べており、ホメロスの詩を歴史的に考察しているのか、それとも時間と空間を限定せずに普遍的に評価しているのか、どちらともつかない態度を示している。野獣のような激しい闘争本能の世界を「ホメロス以前」と明確に述べるなら、古典学者の議論としては、ギリシア史の古典期よりはるか以前の時代の実相と突き合わせなければならなくなる。ところが十九世紀末には、古代ギリシアの歴史に関する知識の範囲はほぼ古典期までであり、そのかなたの暗黒時代もミュケナイ時代もまだよく知られておらず、ようやくシュリーマンの野心的なトロイアとミュケナイの発掘によって、西欧世界は恐る恐るそうした未知の領域に近づいていた段階に過ぎない。そのためニーチェは「ホメロス以前」とのみ断言できず、「ホメロスの世界の背後」のもの、つまりホメロスとの連続性は感じさせるが、特定の時代を意識させない不明確な表現で言い換えたのである。

さてこうしたニーチェ独特のホメロス詩の考察は、その叙事詩世界の内実を凝視せず、既成の尺度に収まらないという理由で、この詩人を遠い太古の世界に閉じ込めようとしてきた従来の古典研究に対する鋭い批判でもあった。はてしもなく「ホメロス問題」という学術的課題を追究し、はるかな過去の歴史の中に謎を探ろうとする十八世紀末からの古典学者たちは、「恐ろしくも美しいゴルゴンの首」を、実はその恐ろしさも美しさも感知しながら、怖々布のヴェールで覆い隠し、そこに内蔵された強力な魔力のために、自己自身と自己の属する文明が石化されないようにと徒に奮闘してきただけではないか。ニーチェにとっての最大の関心事は、ホメロス以前の歴史の実態などではなくて、むしろこの詩人を嚆矢とするギリシア古典の世界が触媒となって曝けだされている、近代西欧人の自己認識の破綻とそこに潜む根強いディレンマと矛盾であった。ホメロスは、近代人に対して磨き抜かれた鏡を差し出しているに過ぎないだろう。そこに映る「ゴルゴン首」は、実際は西欧人自身の姿であり、彼らはだからこそ、それを覗き見るのを恐れているのだ——こうニーチェは語ったように思われるが、しかしそのホメロス評価は、当時の古典学界の誰にも理解されなかった（実際彼は『悲劇の誕生』出版から数年後に、大学での古典研究から去って哲学者になった）。

ところが、二十世紀の西欧の歴史は、ニーチェのあと、彼が示唆したホメロスの価値を再認識させるもう一人の人物を生み出した。それは、第二次世界大戦末期の一九四三年、三十四歳で他界したユダヤ系フランス人哲学者シモーヌ・ヴェイユ（Simone Weil）である。ヴェイユはその年、ホロコースト政策を推進していたナチス・ドイツに占領された本国を逃れ、英国ロンドンに滞在していたが、すでに政治・思想・歴史・宗教の多くの論考を執筆・刊行しており、その中に『イリアス』に関する秀逸な論文があった。さらに彼女は、一九三九—四〇年に作成したその論文と並行して、『イリアス』の新たなフランス語訳にも着手していた。

ヴェイユの論文「『イリアス』あるいは力の詩篇」（*L'Iliade* ou le poème de la force）は、戦後一九五三年刊行の著書『ギリシアの泉』に収録され、英語にも訳されて世界中で読まれた[64]。彼女はその冒頭で、自らの叙事詩解釈の骨子を要約してこう述べている。

『イリアス』の真の英雄、その真の主題であり、核心をなすのは力である。それは、人間たちに操られる力であり、人間たちを従属させる力であり、その前では人間たちの肉体が委縮する、そうした力である。

ニーチェは「ホメロスの競争」の中で、「闘争と勝利の人生は何を意味するのか」という文明の根幹に関わるべき問いに対して、ギリシア精神は闘争の激しい衝動を「自然」に属する「正当なもの」として承認することから出発したと語った。このニーチェの認識を背景にして、ヴェイユはさらに、人間の文明に内在する闘争と暴力の力学を『イリアス』の中に解明する。そしてギリシア「叙事詩の魂」を構成するものは、「ネメシス」(nemesis)すなわち勝者の「力の乱用を必然的に罰する幾何学的厳密さにのっとった懲罰」であり、この「限度と節度と均衡の観念」は、西洋ではギリシア古典期以来失われて久しいと説いた。[65]「力」は敗者を「石化」すると同時に、その抗いがたい陶酔作用によって勝者をも「石化」し破滅させる。[66]ニーチェはギリシア古典に託して、戦いの習性が人間の生と切り離せないことを示したが、ヴェイユは、戦争においては「力の本性」すなわち「石化の二重の特性」からもまた人間は逃れられないことを、『イリアス』の考察によって明らかにしたのである。

ところで、二十世紀初頭に西欧を中心にして起きた第一次世界大戦は、最初「諸戦争を終わらせるための戦争」だとも言われたが、しかし悪夢としか言いようのない約四年間の凄惨な戦いの中で、誰もそのような幻想を信じなくなった。そして、同じく全面戦争となったその後の第二次世界大戦でも、「平和のための戦い」という建設的理念が各国の政権によって掲げられたが、しかしそれが空虚なレトリック以外のものだとは、政治家たち自身さえ真剣に考えなかっただろう。そうした恒常化し拡大化する現代の戦争の状況の中で、ヴェイユは、古典学者たちが過去の記念碑的存在に化そうとした『イリアス』の作者ホメロスを、言わば「博物館の標本の棚」から生身の現代人の思考と感性の中へ連れ戻した。西欧世界が古代ギリシアに始まるとすれば、毀誉褒貶様々な他の作品論はさておき、ホメロスの古典との直接的で本格的な文明論的対話は、ウェルギリウス以来実に約二千年ぶりのことである。とはいえ、一方でヴェイユは、『イリアス』を貫く戦争の力学的解釈を、「西洋が所有する唯一の真正の叙事詩の精神[67]」だと明確に述べており、したがって、大理石に刻まれた古代ギリシア語のように清澄な文章によって彼女が明示する西欧人のアイデンティティーの源泉は、従来のローマ文明の伝統継承を根底から問い直していることを忘れてはならない。

こうしてヴェイユを通じて、遠い昔の「歴史」の中に埋もれかけたホメロスをついに西欧社会の文脈の中で甦らせたのは、まさに二十世紀の戦争の「歴史」そのものであった。西欧の長い過去を振り返れば、人々はそれまで、今彼女が明らかにしたばかりの戦争を捉える古代詩人の「並はずれて公正」(68)な視線と認識力に対して、全く気づかなかったか、あるいは気づかぬふりをしていたのである。そして、ようやくその叙事詩を適正に理解する糸口が開かれたが、しかしそこに至るまでに、実に多くの人命の犠牲と苦難の代価が支払われねばならなかった。

「歴史」は、ホメロスを過去に隔離してきた人々の高慢に対して、このように皮肉で残酷な復讐を遂げたのである。そのうえ、歴史的な戦争体験に基づくヴェイユの考察が直視させたこのホメロスの世界の実相は、ニーチェが語った「恐ろしくも美しいゴルゴンの首」のような人間自身の本性にほかならない。それならば、はたして人間は今後、その宿命的魔力にしっかりと耐え忍び、「石化」しないでおれるのだろうか。以前のようにできれば強力な魔力から視線を逸らしていたいという防衛的本能も、ヴェイユの『イリアス』論に対する困惑とも軽視とも受け取れる古典学界の一部の反応の中にすでに窺われる(69)。いずれにしても、人類とホメロスの詩との真の対話は、現代においてようやく再び始まったばかりなのであり、それを持続させることは、厳しい自己認識の努力と勇気を必要とするであろう(70)。

おわりに

序節で提起したように、西洋世界においてホメロスの英雄叙事詩は、最古の古典として、古来社会的・民族的アイデンティティーへの関心と切り離せない地位を占めながらも、実際には、その地位は常に問題を伴っていた。

まず古代・中世の東方ギリシア語圏においては、『イリアス』の神話的戦争の構図の中で「蛮族」トロイアに対するギリシア民族の優越性が過大評価されたが、そうした見方は、ホメロスの叙事詩における両民族の対等性をゆがめて解釈することにほかならなかった。次に古代・中世の西方ラテン語圏では、トロイアに起源するとされたローマの歴史とその文明の影響力のゆえに、ウェルギリウスの叙事詩が描くトロイア人の英雄像に文化的正統性が求められ、その傾向はルネッサンスまで続いた結果、ホメロスの詩は、ローマ文学に基づいて古典の伝統の始祖として崇敬されつつも、実質的には社会と文明の自己検証の場からは遠ざけられることとなった。そして近現代の西欧では、ホメロス詩の評価をめぐって古代と近代の比較論争から再検討が始まり、作品の生成の解明を目標として「ホメロス問題」が広範囲に論じられたが、その学術的議論は主に歴史的探求に傾斜して、叙事詩の内容に対する文化的な価値評価を保留していた。

本章では最後に、近現代の西欧世界の内部から、こうした経過を根本的に見直そうとする動きが現れていることを指摘した。それは、十九～二十世紀におけるニーチェとヴェイユのホメロス解釈であり、そこで浮かび上がったホメロス詩の実像は、もはや東方と西方の社会的・歴史的アイデンティティーの次元を超えており、現代世界の文明全体に直接関わる性質を示している。

序節で触れたように、ホメロスの詩には古代オリエントに由来する部分も多い。この点でもホメロス文学の真価は、東方対西方という古代ギリシア以来の限定された枠組みではもはや十分理解できない。さらに、『イリアス』の中で英雄たちは、ギリシア人であれ、トロイア人であれ、時と場所を超えた永遠の誉れを求めて死地に赴いた。それとまさに同様に――ギリシア人なのか小アジア人なのか――どこの誰とも知れないこの詩人自身が目指した文学世界は、時間と空間を超越して評価されうる、社会と文明のあり方に関する芸術的・想像的表出であろう。ホメロスの詩が二七〇〇年を経た今日にも通じ、また古典として求められる大きな価値があるとすれば、それは、現在と未来の全ての人間を視野に据えたそうした広大な普遍性にあると思われる。

(1) Cf. Kirk, G. S. (1985), *The Iliad: A Commentary, Vol. 1, Books 1–4*. Cambridge, pp. 1-16; Janko, R. (1992), *The Iliad: A Commentary, Vol. 4, Books 13–16*, Cambridge, pp. 20-38; Griffin, J. (1987), *Homer: The Odyssey*, Cambridge, p. IV: 'The two great epics which go under the name of Homer bring European literature into existence with a bang'.

(2) ヴォルフ著『ホメロス序説』(*Prolegomena ad Homerum*)の英訳は、Wolf, F. A., *Prolegomena to Homer [1795]*, Princeton, 1985.

(3) Parry, M., *The Making of Homeric Verse*, Oxford, 1971.

(4) ホメロスの詩と口誦詩の伝統については、小川正廣「口誦伝統と文字テクスト―ホメロスをめぐって」(『岩波講座文学1』、二〇〇三年)、一七―三九頁/小川正廣「ホメロスの詩と文字使用」(『国立民族学博物館研究報告』九―三、一九八四年)、六〇九―六三〇頁参照。

(5) Cf. Davison, J. A. (1967), "The Homeric Question", in: Wace, A. J. B. & Stubbings, F.H. (eds.), *A Companion to Homer*, London/Melbourne/Toronto, pp. 234-266.

(6) 小川　前掲論文(「口誦伝統と文字テクスト」)、二九―三二頁参照。

(7) ホメロスの伝記的情報に関する最新の研究としては、Graziosi, B. (2002), *Inventing Homer: the Early Reception of Epic*, Cambridge があげられる。

(8) Cf. Latacz, J. (2004), *Troy and Homer: Towards a Solution of an Old Mystery*, Oxford.

(9) Burkert, W. (2003), *Die Griechen und der Orient: Von Homer bis zu den Magiern*, München; West, M. L. (1997), *The East Face of Helicon: West Asiatic Elements in Greek Poetry and Myth*, Oxford. Cf. Morris, S. (1997), "Homer and the Near East", in: Morris, I. & Powell, B. (eds.), *A New Companion to Homer*, Leiden/New York/Köln, pp. 599-623.

(10) エドワード・W・サイード『オリエンタリズム』上下、今沢紀子訳、平凡社、一九九三年。

（11）『伝ヘロドトス作　ホメロス伝』一六二―一六五節（松平千秋訳『イリアス』下、岩波文庫、四六二―四六三頁）。

（12）Cf. West, M. L. (1999), "The Invention of Homer", *The Classical Quarterly*, Vol. 49, p. 366.

（13）Cf. Kim, L. (2010), *Homer between History and Fiction in Imperial Greek Literature*, Cambridge, pp. 164–167.

（14）*The Collected Writings of Thomas De Quincey*, Vol.6, Edinburgh, 1980, p. 34; Cf. Manguel, A. (2008), *The Blind Bookkeeper: or Why Homer Must Be Blind*, *Moncton*, p. 16.

（15）Cf. Griffin, J. (1980), *Homer on Life and Death*, Oxford, p. XV; Redfield, J. (1994), *Nature and Culture in the Iliad: The Tragedy of Hector*, Durham/London, p. 247.

（16）Cf. Powell, B. (1997), "Homer and Writing", in: Morris & Powell (eds.), *op. cit.* (n.9), p. 11; 小川　前掲論文（「口誦伝統と文字テクスト」）、一九頁。

（17）Cf. West, *op. cit.* (n.9), pp. 276–305.

（18）Settis, S. (2004), *Futuro del "classico"*, Torino, p. 113.

（19）Cf. Burkert, W. (2001), "The Making of Homer in the Sixth Century BC: Rhapsodes versus Stesichorus", in: Cairns, D. L. (ed.), *Oxford Readings in Homer's Iliad*, Oxford, p. 92.

（20）ホメロス詩のカノン形成については、小川正廣「西洋古典のカノン―初期ギリシアにおけるホメロスの詩の選定をめぐって」（中務哲郎編『論集　伝統と受容（世界）』、文部科学省科学研究費補助金特定領域研究「古典学の再構築」研究成果報告書Ⅵ、二〇〇三年）、六〇―七〇頁参照。

（21）『ギルガメシュ叙事詩』の成立史において、主人公の実在性は確かめられているが、この作品の原作者については特定されていない（ただし後代の増補改訂版の編者については推測がなされている）。『ギルガメシュ叙事詩』、月本昭男訳、岩波書店、一九九六年、解説　2『叙事詩』成立史、二九七―三〇七頁参照。

（22）小川正廣「ホメロスの環は閉じられない―古代叙事詩の再生をめぐって（二）」（『名古屋大学文学部研究論集・文学六二』、二〇一六年）、一―三六頁参照。

（23）Cf. Graziosi, *op. cit.* (n.7), pp. 62–67.

(24) クセノパネスとヘラクレイトスの証言については、小川　前掲書（『西洋古典のカノン』）六二頁参照。

(25) Cf. Apfel, H. V. (1938), "Homeric Criticism in the Fourth Century B.C.", *Transactions and Proceedings of the American Philological Association*, Vol. 69, pp. 245–258 ; Lamberton, R. (2005), "Anient Reception", in : Foley, J. M. (ed.), *A Companion to Ancient Epic*, Malden/Oxford/Victoria, pp. 166–167.

(26) 小川　前掲論文（「西洋古典のカノン」）六四頁参照。

(27) この現象についてポーターも、'Homer became uncertain — literally lost to memory — the moment he was named and found' と述べている（Porter, J. I. (2004), "Homer : the history of an idea", in : Fowler, R. (ed.), *The Cambridge Companion to Homer*, Cambridge, p. 328）.

(28) Cf. Lamberton, *op. cit.* (n.25), pp. 165–166.

(29) Cf. Van der Valk, M. H. A. L. H. (1953), "Homer's Nationalistic Attitude", *L'Antiquité Classique*, Tome 22, pp. 5–26 ; Id. (1985), "Homer's Nationalism, Again", *Mnemosyne*, Vol. 38, pp. 373–376 ; Kakridis, J. Th. (1971), *Homer Revisited*, Lund, pp. 54–67 ; Richardson, N. J. (1980), "Literary Criticism in the Exegetical Scholia to the *Iliad* : A Sketch", *The Classical Quarterly*, pp. 273–274 ; Hall, E. (1989), *Inventing the Barbarian : Greek Self-Definition through Tragedy*, Oxford, pp. 23–25. なお、ビザンチン帝国での古典研究については、Conley, Th. M. (2005), "Byzantine Criticism and the Uses of Literature", in : Minnis, A. & Johnson, I. (eds.), *The Cambridge History of Literary Criticism*, Vol. 2, Cambridge, pp. 669–692 ; 井上浩一「ビザンツ帝国における古典文化の復興」および同「ビザンツ帝国の滅亡とギリシア文化のゆくえ」（藤縄謙三編『ギリシア文化の遺産』、南窓社、一九九三年）、一三七―一六四、一九一―二一九頁参照。

(30) Cf. Baldry, H. C. (1965), *The Unity of Mankind in Greek Thought*, Oxford, p. 21.

(31) Cf. Baldry, *op. cit.*, pp. 22–24 ; ポール・カートリッジ『古代ギリシア人　自己と他者の肖像』、橋場弦訳、白水社、二〇〇一年、三六―三七、七三―一一四頁 ; Hall, *op. cit.* (n.29).

(32) Cf. Richardson, N. J. (1992), "Aristitle's Reading of Homer and Its Background", in : Lamberton, R. & Keaney, J. J. (eds.), *Homer's Ancient Readers : The Hermeneutics of Greek Epic's Earliest Exegetes*, Princeton, pp. 30–40.

（33）小川正廣「ホメロスからウェルギリウスへ―「自由」の意味の転換」（地中海文化を語る会編『ギリシア世界からローマへ―転換の諸相』、彩流社、二〇〇一年）、一九一―一九二頁／小川正廣「他者イメージの変容―ローマ喜劇と恋愛詩における奴隷と女性」（地中海文化を語る会編『ギリシア・ローマ世界における他者』、彩流社、二〇〇三年）、二八一―二八五頁参照。

（34）岩淵聡文「異民族研究の曙―ヘロドトスからセクストゥスへ」（地中海文化を語る会編『ギリシア世界からローマへ』（*op. cit.*）、七二―七五頁参照。

（35）小川　前掲論文（「他者イメージの変容」）、二八五―二九一頁参照。

（36）ホメロスの異民族観・トロイア人観については、Baldry, *op. cit.* (n.30), pp. 8-13; Hall, *op. cit.* (n.29), pp. 14-15, 19-47参照。

（37）小川正廣「『アエネイス』における英雄と死」（『西洋古典学研究』XLIII、一九九五年）、七五―八六頁参照。

（38）小川正廣「ホメロスの環は閉じられない―古代叙事詩の再生をめぐって（一）」（『名古屋大学文学部研究論集・文学六一』、二〇一五年）、一―二八頁参照。

（39）Cf. Browning, R. (1992), "The Byzantines and Homer", in: Lamberton & Keaney (eds.), *op. cit.* (n.32), pp. 134-148.

（40）Cf. Browning, *op. cit.*, p. 147.

（41）『アエネイス』の作品と英雄像の特徴については、小川正廣『ウェルギリウス『アエネーイス』―神話が語るヨーロッパ世界の原点』、岩波書店、二〇〇九年参照。

（42）Cf. Kallendorf, C. (2005), "Virgil's Post-classical Legacy", in: Foley (ed.), *op. cit.* (n.25), pp. 575-576.

（43）ブノワの『トロイア物語』の成立とその影響については、Clarke, H. (1981), *Homer's Readers: A Historical Introduction to the Iliad and the Odyssey*, London, pp. 17-59; Dué, C. (2005), "Homer's Post-classical Legacy", in: Foley (ed.), *op. cit.* (n.25), pp. 400-401; 西村賀子『ホメロス『オデュッセイア』―〈戦争〉を後にした英雄の歌』、岩波書店、二〇一二年、七五―九八頁参照。

（44）ウェルギリウスとダンテについては、小川　前掲書（n. 41）、四九―七二頁参照。

（45） Cf. Mueller, M. (1984), *The Iliad*, London, p. 184.

（46）『詩学』におけるホメロス評価については、Richardson, *op. cit.* (n.32)；Halliwell, S. (1989), "Aristotle's *Poetics*", in：Kennedy, G. A. (ed.), *The Cambridge History of Literary Criticism*, Vol.1, Cambridge, pp. 175-179／小川正廣『ウェルギリウス研究―ローマ詩人の創造』、京都大学学術出版会、一九九四年、一九五―一九八頁／小川正廣「西洋叙事詩論の視点から見た『平家物語』―ホメロスおよびルカヌスとの比較を通して」（梶原・栃木・長谷川・山下編『平家物語―批評と文化史』、汲古書院、一九九八年）、一〇七―一三一頁参照。

（47） 古代・中世における『詩学』のテクストの伝承とアラビア語版については、Tarán, L. & Gutas, D. (2012), *Aristotle's Poetics：Editio Maior of the Greek Text with Historical Introductions and Philological Commentaries*, Leiden；Preminger, A., Hardison Jr., O. B. & Kerrane, K. (1974), *Classical and Medieval Literary Criticism：Translations and Interpretations*, New York, pp. 341-382 参照。

（48） ディミトリ・グタス『ギリシア思想とアラビア文化―初期アッバース朝の翻訳運動』（山本啓二訳、勁草書房、二〇〇二年）によると、九世紀のアッバース朝下のバグダードで翻訳されたギリシア語古典の世俗写本のほとんどは哲学・科学書であり、叙事詩や悲劇などの文学書は皆無である。ちなみに、九世紀のバグダードの学者・翻訳家イスハーク・イブン・フナインはホメロスの詩をギリシア語で暗誦していたと伝えられるが、そのアラビア語訳は作成されず（cf. Graziosi, B. (2015), "On Seeing The Poet：Arabic, Italian and Byzantine Portraits of Homer", *Scandinavian Journal of Byzantine and Modern Greek Studies*, No. 1, p. 32）、最初の『イリアス』のアラビア語全訳は二十世紀初頭にカイロで出版された（cf. Etman, A. (2011), "Homer in the Arab World", in：Nelis, J. (ed.), *Receptions of Antiquity*, Gent, pp. 69-79）。

（49） Cf. Tigerstedt, E. N. (1968), "Observations on the Reception of the Aristotelian *Poetics* in the Latin West", *Studies in the Renaissance*, Vol. 15, pp. 7-24；Hardison Jr., O. B. (1997), "Aristotle and Averroes", in：*Poetics and Praxis, Understanding and Imagination*, Athens, USA, pp. 21-36.

（50） Cf. Javitch, D. (1999), "The Assimilation of Aristotle's *Poetics* in Sixteenth-century Italy", in：Norton, G. P. (ed.), *The Cambridge History of Literary Criticism*, Vol.3, Cambridge, pp. 53-65.

（51） Cf. Sowerby, R. (1997), "Early Humanist Failure with Homer (I)", *International Journal of the Classical Tradition*, Vol. 4, p. 47.

（52） Cf. Sowerby, *op. cit.*, pp. 44-45.

（53） 小川　前掲書（n. 41）、七―四八頁参照。

（54） Cf. Javitch, *op. cit.* (n. 50)；Sowerby, *op. cit.* (n. 51), pp. 44-45；Id. (1997), "Early Humanist Failure with Homer (II)", *International Journal of the Classical Tradition*, Vol. 4, pp. 165–197；Clarke, *op. cit* (n. 43), pp. 106–117.

（55） Cf. Hardison Jr., *op. cit.* (n. 49), p. 35.

（56） Cf. 'The real reason of Homer's disfavor is that he was not Vergil' (Clarke, *op. cit.*, p. 116).

（57） Cf. Clarke, *op. cit.* (n. 43), pp. 117–118；西村　前掲書（n. 43）、一一三頁。

（58） Cf. Clarke, *op. cit.* (n. 43), pp. 122–155；Simonsuuri, K. (1979), *Homer's Original Genius：Eighteenth-century notions of the early Greek epic (1688–1798)*, Cambridge／西村　前掲書（n. 43）、一一三頁。なお、新旧論争における古代派の問題点については、小川正廣「西洋における近代古典学の成立と発達―批判的素描」（中谷英明編『論集　古典学の再構築』、文部科学省科学研究費補助金特定領域研究「古典学の再構築」研究成果報告書Ⅰ、二〇〇三年）、二三九―二五一頁参照。

（59） 「歴史」としてのホメロス詩研究の問題点については、小川　前掲論文（n.38）参照。

（60） 引用の出典は、『ニーチェ全集　第二巻』（塩屋竹男訳、理想社、一九六三年）、三八七頁。なお、近代の古典学史の中でのニーチェの位置付けについては、小川　前掲論文（「西洋における近代古典学の成立と発達」）、二四八―二五〇頁参照。

（61） 一八七二年に執筆。『ニーチェ全集　第二巻』、二六一―二七〇頁。

（62） ニーチェのホメロス評価については、Porter, J. I. (2004), "Nietzsche, Homer, and the Classical Tradition", in：Bishop, P. (ed.), *Nietzsche and Antiquity：His Reaction and Response to the Classical Tradition*, Rochester, pp. 7–26 参照。

（63） ヴィラモヴィッツは、一八七二年に「未来の文献学―フリードリッヒ・ニーチェの『悲劇の誕生』に対する回答」という論文を執筆してニーチェを批判した。その英訳の公開電子テクストは、"Future Philology! by Ulrich von Wilamowitz-Moellendorf - Translated by G. Postl, B. Babich, and H. Schmid", 2000, *Articles and Chapters in Academic Book Collections*. Paper 3. http://fordham.bepress.com/phil_babich/3. なお両者の論争については、Pollock, S. (2009), "Future Philology? The Fate of a Soft Science in a Hard World", *Critical Inquiry*, Vol. 35, pp. 931-961 参照。

(64) Simone Weil, "L'*Iliade* ou le poème de la force". 解説・英訳・注釈付きのホロカ編校訂版は、Holoka, J. P. (ed. & transl.), *Simone Weil's The Iliad or the Poem of Force. A Critical Edition*, New York, 2003. 邦訳は、シモーヌ・ヴェーユ『ギリシアの泉』、冨原眞弓訳、みすず書房、一九八八年、三―五八頁。この論文について古典学の視点からの論評としては、Simonsuuri, K. (1979), "Simone Weil's Interpretation of Homer", *French Studies*, Vol. 39, pp. 166-177があり、またホメロス研究の分野でヴェイユに賛同する古典学者のコメントとしては、Romilly, J. de (1979), *La Douceur dans la pensée grecque*, Paris, pp. 13-14; Griffin, *op. cit.* (n. 15), pp. 93, 193; Taplin, O. (1980), "The Shield of Achilles within the *Iliad*", *Greece and Rome*, Vol. 27, p. 17 ('a fundamental understanding of the *Iliad*')：Macleod, C. W. (1982), *Homer：Iliad：Book XXIV*, Cambridge, p. 1 ('I know of no better brief account of the *Iliad* than this.') などがあげられる。

(65) ホロカ編校訂版、三六節。

(66) ホロカ編校訂版、六一―六二節。

(67) 'l'esprit de la seule épopée véritable que possède l'Occident'（ホロカ編校訂版、八一節）。

(68) 'L'extraordinaire équité qui inspire l'*Iliade*'（ホロカ編校訂版、八〇節）。なおクラークもまた、ホメロスの受容史に関する著書の結びでこのヴェイユの言葉を引用し、「ホメロスの生き残りと成功を確実にしてきたのは、おそらく、他のいかなる特質にもましてこの公正さであろう」と指摘している（Clarke, *op. cit.* (n. 43), p. 293）。

(69) 例えば、二十世紀後半に『イリアス』の研究書を著わしたアメリカの学者シャインの次の評言は、一部の古典学者の典型的な拒否反応である。「彼女［ヴェイユ］の解釈は、美しく表現されていて、彼女自身の精神性とナチスの暴力に照らし合わせれば意味をなしている。しかし、それは正確な詩の読み方ではない。……『イリアス』における戦争は複雑であり、その複雑さは一面的な解釈によっては捉えられない」（Schein, S. L. (1984), *The Mortal Hero：An*

Introduction to Homer's Iliad, Berkely/Los Angeles/London, p. 83)。このシャインの評価のように、ヴェイユの『イリアス』論にはしばしば「一面的」というラベルが貼られるが、そうした古典学者の批判は、一世紀半前のニーチェに対するヴィラモヴィッツの防衛的反応を想起させる。

(70)　二十世紀から現在の二十一世紀初頭までの動向を含むホメロス評価の変遷の概要については、小川正廣「ホメロス復権とアキレウスの盾」(『図書』八〇七号、岩波書店、二〇一六年五月)、二八―三二頁参照。

〈追記〉

本研究は、ＪＳＰＳ科研費二五三七〇三四七の助成を受けたものである。

第二部　古英詩

古英語詩『モールドンの戦い』の英雄は誰か
——'ofermod' の解釈の可能性(1)——

原田英子

はじめに

古英語詩『モールドンの戦い』（*The Battle of Maldon*）は、九九一年八月十日、もしくは十一日に起こったエセックス（Essex）の州長官ビュルフトノース（Byrhtnōð）率いるアングロ・サクソン軍と侵略者ヴァイキングたちとの戦いを語った詩の断片である。この戦いは、エゼルレッド二世（Æðelred II, 968–1016）の弱体化した治世に起こったのだが、ごく限られた地域での戦いで、アングロ・サクソン人全体を巻き込んだ大規模な戦いではないものの、『アングロ・サクソン年代記』（*Anglo-Saxon Chronicles*）を初めとした史料にも記録されている。『モールドンの戦い』は作者不詳の詩で、戦いが実際に起こってさほど時の経たない十世紀から十一世紀頃の作品とされている。戦いの概要は『アングロ・サクソン年代記』の記述と同じでありながら、詩においては戦闘の成り行きがより詳しく、戦士たちの命を賭して戦う姿や主従の固い絆がゲルマンの伝統的英雄精神を表現していると評価されている。三二五行が現存するこの詩は、初めと最後の部分が欠落しており、戦いに至るきっかけや戦いの結末が描かれてはいないが、戦いそのものが切り取られ凝縮されている点が、作品の英雄性をより際立たせる一助になっているとも言える。本稿では、『モールドンの戦い』の英雄性を検討する上で必ずと言ってよいほど問題提起される八九行目の'ofermod'という名詞の解釈について、トルキーン（最近の慣例では「トールキン」）の作品や伝統的な英雄観等と比較して再検討を試みる。そのうえで、『モールドンの戦い』の英雄観について論じたい。

一　古英語詩『モールドンの戦い』のあらすじ

『モールドンの戦い』は構成上大きく二つの部分に分けることができる。侵略者ヴァイキングたちによる「和解金をくれれば立ち去ろう」という申し出に反発したビュルフトノースの軍とヴァイキングたちとの戦い、そしてビュルフトノースの戦死の場面までを描いた前半（一―一八四行）と、主君ビュルフトノースを失って逃げていく者たちへの非難、および戦場に踏み留まって最後まで戦い抜く家臣たちの奮闘振りを描いた後半（一八五―三二五行）である。後に必要となる箇所を引用しつつさらに詳しく内容を追うと、以下の通りである。

前半部は、ビュルフトノースの軍が戦地に到着し、ビュルフトノースが若い戦士たちに乗ってきた馬を遠くに捨て、追いやるようにと命ずる場面から始まる。そしてオッファ（Offa）の親類は大事な鷹を腕から森へと放つ。この二つの行為は、退陣の意志がないことと、自分たちの退路を断ったことを意味している。その後、ビュルフトノースは軍を整列させ、戦い方の指導をする。どのように隊列を整えるのか、どのようにこの地を守るのか、そして決して恐れることなくしっかり盾を持ちこたえるようにと指示し、ビュルフトノース自身も馬から降りる。ここでヴァイキングの使者がやって来て凄みを利かせながら、「防御のために財貨を差し出すように、戦いで殺し合いをするよりも貢物を使って平和を維持すべきで、もし和解金を支払うのであれば、ここから立ち去り、平和を保証する」と持ち掛ける。それに対し、ビュルフトノースは槍を振って怒り、そのようなことをする気は微塵もなく、戦地に留まって猛然と戦うことをヴァイキングの使いに申し渡す。その際、ビュルフトノースは次の言葉で締めくくっている。

"……（中略）……To heanlic me þinceð
þæt ge mid urum sceattum　to scype gangon
unbefohtene,　nu ge þus feor hider
on urne eard　in becomon.
Ne sceole ge swa softe　sinc gegangan ;
us sceal ord and ecg　ær geseman,
grim guðplega,　ær we gofol syllon."

……一戦も交えず我等の納貢たる貨幣を汝等が船へと運び去るはあまりにも恥辱極まりなきことかくも深くこの地へ、我が国土へ侵入せしとも。財宝をそう容易《たやす》く汝等は運び出せまいぞ。納貢《みつぎもの》の前に、まず穂先と刃、壮烈なる戦いの舞が、我等双方の調停をなそう。（五五―六一行）(2)

このようにビュルフトノースは敢えて戦う選択をし、戦いが開始する。この時点でヴァイキングは、エセックスの東海岸に浮かぶノージー島にいる。『アングロ・サクソン年代記』ではスターン川（Stān）、『モールドンの戦い』ではパント川（Pante）、現在はブラックウォーター川（Blackwater）と呼ばれる川を遡って島に上陸したとされている。ノージー島は、細いたった一本の道で内陸部のモールドンへとつながっており、その道は潮の満ち引きによって出現したり水の下に消失したりという特徴を持っているため、詩では浅瀬（bricge）と呼ばれている（以後、「浅瀬」と表記する）(3)。この浅瀬は幅が八フィート（約二メートル半）程しかなく、大勢が行き来することが到底できない地形である。その唯一の通り道である浅瀬が満ち潮により消え、水の流れを挟んで両軍の戦いがしばらく互角に続く。このままでは不利だと思ったヴァイキングは、以下に引用する通り自分たちの軍が浅瀬を越えて内陸部へと行けるようにとビュルフトノースに懇願し、彼はそれを許可する。

Þa hi þæt ongeaton　and georne gesawon
þæt hi þær bricgweardas　bitere fundon.
ongunnon lytegian þa　laðe gytas,
bædon þæt hi upgang　agan moston,
ofer þone ford faran,　feþan lædan.
Ða se eorl ongan　for his ofermode
alyfan landes to fela　laþere ðeode.

そこで猛然たる土手道の番人等を目撃、確認するや、忌忌《ゆゆ》しき余所者《よそもの》は奸計に転じ、彼等が土手道へ降り浅瀬を越え、隊を導けるよう懇願した。かくして主君は己の自負ゆえ(4)に忌忌《ゆゆ》しき民に広大なる地を許した。（八四―九〇行）

そして、ヴァイキングたちは水を越えて内陸部へと渡り、再開された戦いは激化する。ビュルフトノースは家臣たちを鼓舞しながら善戦するが、あるヴァイキングが放った槍で深手を負う。若き家臣の助けを得ながらなおも戦い続けるが、遂にビュルフトノースは倒れ、神への祈りを終えると亡くなる。

後半部では、ビュルフトノースの死が大きな転換点となり、ビュルフトノースの軍勢の中で戦場から逃亡する者が現れる。

Hi bugon þa fram beadwe　þe þær beon noldon.
Þær wearð Oddan bearn　ærest on fleame,
Godric fram guþe,　and þone godan forlet
þe him mægnigne oft　mear gesealde ;
he gehleop þone eoh　þe ahte his hlaford,
on þam gerædum　þe hit riht ne wæs,
and his broðru mid him　begen ændon,

かくてそこに止《とど》まるを欲せざる者等軍《いくさ》より退却せり。まず始めに戦場《いくさば》よりオッダの子息ゴードリーチが逃走し、幾頭もの馬をしばし譲与したるこの尊者を置きざりにした。彼の者は主君の所有したるその馬に、馬具の背中に跳び乗った。その様は不似合い無様なりき。（一八五―一九〇行）

これを皮切りに、ビュルフトノースが退却したと思った多くの者たちが戦場から逃走してしまう。残された者たちは、その場に留まって戦い抜くことを選び、自らの闘志を宣言しながら戦いへと突き進んでゆく。詩の終盤で、年老いた家臣ビュルフトウォルド（Byrhtwold）は次のように言う。

Hige sceal þe heardra,　heorte þe cenre,

mod sceal þe mare, þe ure mægen lytlað.

我軍の力の衰退につれ志《こころざし》はそれだけ堅固に闘魂は更に猛猛しく胆力は一層漲《みなぎ》りたるべきなり。（三一三—四行）

戦いに残った家臣たちの名前は列挙され、その戦いぶりやそれぞれの言葉が記されている。そして命を失うか、大切な主君の仇を討つか（lif forlætan oððe leofne gewrecan 二〇八行）の極限の選択を望んだ。ビュルフトノースは皆の前で倒れて死んだが、主君を失った劣勢の状況で家臣たちに二種類の反応があった。一方では、ゴードリーチとその兄弟をはじめとして、戦場から逃げ去った者たちがおり、もう一方では、これ以上戦い続けても負けることが分かっていながら、なおも戦い続けた家臣たちがいた。切迫した状況下で選択をしなければならない時、敢えて困難なほうを選ぶという点で、ビュルフトノースの行動と最後まで戦った家臣たちの行動とは呼応しているといえる。そして、戦いの結末を迎える前に『モールドンの戦い』の詩行の最終部分は欠落している。

二　‘ofermod’の解釈をする上での問題点

ヴァイキングに浅瀬を渡る許可を出したビュルフトノースの判断を、詩人は八九行目で‘ofermod’という名詞を用いて説明している。これまで学者の間で、この名詞が否定的にビュルフトノースの傲慢さを非難した語なのか、それとも肯定的にビュルフトノースの英雄的豪胆さを言い表した語なのかという点を中心に、様々な解釈がなされてきた。この語は、ビュルフトノースの性格を表す重要な言葉とされているため、その解釈について以下に詳しく検討する。

厨川文夫は、‘ofermod’の訳に「うけばる」という語をあてている。[5] 広辞苑の第六版で、「うけばる」とは、他に憚らず事を行う、わがもの顔にふるまうことを意味し、'ofermod'が否定的な意味として解釈されていることが分かる。ゴードン（E. V. Gordon）は'great pride'、'overconfidence'（自信過剰）[6]、ミッチェル（Bruce Mitchell）とロビンソン（Fred C. Robinson）は、'pride'、'arrogance'（傲慢さ）、'overconfidence'[7]、ホール（Clark Hall）は、'pride'、'insolence'（尊大さ、傲慢さ）[8]、スウィート（Henry Sweet）は、'pride'という語をあてているものがある。[9] ボズワース（Joseph Bosworth）とトラー（Northcote Toller）は'pride'、'arrogance'、'over-confidence'[10]、スクラッグ（Donald Scragg）は、'pride'と訳している。[11] これらの例を見ると、'ofermod'の解釈としては、特に'pride'という言葉で解釈される場合が多いことがわかる。

ここで問題となるのは、prideという語が良い意味では「誇り」、一方悪い意味では七つの大罪の一つで、ラテン語のsuperbiaつまり「傲慢さ」という、倫理的に正反対の意味を併せ持っている点である。『モールドンの戦い』以外の古英語の詩の中では、名詞'ofermod'の使用例は、創世記の中で後半部にあたる、人間と天使の堕落を描いた創世記B（*Genesis B*）の二七二行目の一例のみである。創世記Bは、ミルトン（John Milton）が『楽園喪失』（*Paradise Lost*）を詩作する際に影響を受けたと言われている詩である。ここでの'ofermod'は、明らかに傲慢の罪という意味を持ち、superbiaを体現する堕天使ルシファー（Lucifer）について用いられている。言い換えれば、一方では英雄詩のコンテクストの中でビュルフトノースを、もう一方ではキリスト教の伝統の中でルシファーを言い表すために同じ'ofermod'という単語が用いられているということになる。しかし、創世記Bがキリスト教の聖書の根幹を扱うのに対し、『モールドンの戦い』はキリスト教化されたアングロ・サクソンを描いているとは言っても、キリスト教の道徳を説く事が目的の詩ではなく、軍を率いるリーダーに用いられていることから、別の角度からの検討が必要となる。

三　トルキーンの作品に見る'ofermod'の解釈

オックスフォード大学の教授で古英語、中英語の文献学者として、また『ホビットの冒険』や『指輪物語』の著者として知られるトルキーン（J. R. R. Tolkien）は、古英語詩『モールドンの戦い』に着想を得て「ビュルフトヘルムの息子ビュルフトノースの帰還」（"The Homecoming of Beorhtnoth Beorhthelm's Son"）という短編の作品を書いている。[12] 内容は三つの章で構成されており、第一章では、実際に起こったモールドンの戦いと古英語詩の概要の説明、作品の舞台設定についての説明がされている。第二章では、物語の本編が語られるが、『モールドンの戦い』の'ofermod'に関わる台詞があるので、その内容を詳しく見ていく。トルキーンは、この作品を、二人の人物による朗読劇のつもりで作ったことを明かしている。舞台上で数個の明かり、必要に応じた音響と朗誦を用いて二人の人物が対話する設定だが、まだ一度も上演されたことはないと述べている。後に説明する『イーリーの書』（*Liber Eliensis*）[13] の、イーリー大修道院長が修道僧たちを伴って戦地に赴き、ビュルフトノースの遺体を引き取ったとの記述をもとに脚色し、実は大修道院長たちは直接戦場に入ったのではなく、戦地の入り口で、吟遊詩人の息子で北方の古い物語詩（northern antiquity）の英雄たちのことで頭がいっぱいな若者トルフトヘルム（Torhthelm）と、何度も徴募兵として戦いに参加した経験のある年老いた農夫ティードワルド（Tidwald）の二人に遺体の運搬を任せたという設定で話が始まる。あらすじは、戦いが終わった当日の深夜の凄惨な現場に二人が入り、小さなランタンの明かりを頼りに数ある遺体の中からビュルフトノースの遺体を見つけ出し、盗人をかわしながら重たい遺体を運び、荷車に乗せて大修道院長たちの許へと向かう、というごく単純なものだ。物語の中では、まだ実戦経験のない理想主義的若者と、実戦を何度も経験して無駄な殺し合いを嫌う現実主義者の老農夫の対話が展開するが、積み重なった遺体を前に若者の心は英雄崇拝へと沸き立ち、老農夫の心は痛ましい現実に沈んでいく。ビュルフトノースの遺体を運ぶ途中に浅瀬を通りかかると、トルフトヘルムは浅瀬のあたりに激しい戦いのあとも敵の死体もないのを不思議がる。それについて、農夫ティードワルドがその日の朝に聞いた噂話とともにその説明をする。

TORHTHELM. (After a pause) It's strange to me
how they came across this causeway here,
or forced a passage without fierce battle ;
but there are few tokens to tell of fighting.
A hill of heathens one would hope to find,
but none lie near.

TÍDWALD. No more's the pity.
Alas, my friend, our lord was at fault,
or so in Maldon this morning men were saying.
Too proud, too princely! But his pride's cheated,
and his princedom has passed, so we'll praise his valour.
He let them cross the causeway, so keen was he
to give minstrels matter for mighty songs.

Needlessly noble. It should never have been :
bidding bows be still, and the bridge opening,
matching more with few in mad handstrokes!
　Well, doom he dared, and died for it.

トルフトヘルム　［しばし沈黙して］　不思議だな。
　敵軍はどのようにしてこの堤道をやってきたのだろう、
どうして烈しい戦闘もせず、推し進めたのか？
戦いの痕跡はまるでない。
異教徒の屍の山がありそうなものだが、
屍ひとつない。

ティードワルド　残念だがそのとおりだ。
ああ、友よ、われらが殿は過ちを犯された、
と、今朝、モールドンでもっぱらの噂じゃった。
あまりにも誇り高く、面目を重んじられた！　その誇りは欺かれ、
公国は滅びた。われわれは殿の武勲を讃えるだろうさ。
殿は敵に堤道を通らせたのだ、力強い歌を作る材料を
吟遊楽人に与えたい一心でな。それこそ
有害無益の貴族の誇り。あってはならぬことじゃった。

> 殿は射手たちに弓を引くなと命じた。橋が開くと
> 多勢に無勢で激しく戦った。
> そうじゃ、殿は悲運に挑み、それで死なれたのじゃ。[14]

この場面では、人々の噂でビュルフトノースの判断が「過ち」だったと言われている。ティードワルドは、ビュルフトノースの判断について、「あまりにも誇り高く」、面目を重んじた行為で、有害無益の貴族の誇りだと非難している。つまり、トルキーンがティードワルドの口を借りてビュルフトノースの‘ofermod’をはっきりと非難しているということになる。

ティードワルドはビュルフトノースが「力強い歌を作る材料を吟遊楽人に与えたい一心で」堤道を通らせたとトルフトヘルムへの皮肉に似た非難を口にするが、トルフトヘルムは気にすることなくビュルフトノースの死を叙事詩調に吟ずる。トルフトヘルムが好む英雄としてゲルマンの英雄たちの、フリジアの王フィン（Finn）[15]、ヘアゾベアルド（Hathobard）の王フローダ（Fróda）[16]、ベーオウルフ（Béowulf）、そしてヘンゲストとホルサ（Hengest and Horsa）[17]の名が挙げられている。ここで‘ofermod’という名詞を語源的にたどると、『オックスフォード英語辞典』（*Oxford English Dictionary*）の‘overmod’（廃用）の項には、古英語の *ofermod* は、古期高地ドイツ語の *ubarmuot*、中期高地ドイツ語の *übermuot*、現代ドイツ語の *übermuth* にあたるとあり、その他のゲルマン語にもその同根語が見られる。これらの語は主に、「とても心栄えが高いこと」、「豪胆であること」という肯定的な意味で用いられている。このことを踏まえると、ティードワルドが軍の全滅を導いた行き過ぎたプライドと現実的に非難をする一方で、トルフトヘルムにとってはゲルマンの伝統的英雄の誉れとしての豪胆さと受け止めているとも考えられる。また、『モールドンの戦い』で主君亡き後に家臣たちが代わる代わる宣言する言葉と、後に引

用するタキトゥスの著書『ゲルマーニア』でゲルマン人の主従関係を表した文とが重なる点からも、'ofermod'は、「傲慢さ」といったマイナスの意味よりも、むしろゲルマン人たちが伝統的に英雄的要素と考えていた「豪胆さ」を根源的には意味していると捉えることができる。トルキーンの作品では、トルフトヘルムが英雄を崇拝する詩を作り、それをティードワルドが現実的な視点からたしなめるという場面が幾度かあるが、英雄精神の理想と戦争の現実的な悲惨さとのせめぎあいの具現化とも取ることができる。

トルキーンの作品の第三章のタイトルはOFERMODで、『ベーオウルフ』（*Beowulf*）や『サー・ガウェインと緑の騎士』（*Sir Gawain and the Green Knight*）などと比較しながら『モールドンの戦い』の'ofermod'の解釈や、ビュルフトノースの判断と英雄精神と騎士道精神について痛烈な批判を展開している。トルキーンのビュルフトノースへの批判を紹介すると以下の通りである。ベーオウルフはグレンデル討伐の際に素手で戦う限度を超えた（トルキーンはexceedという語を使っている）行為をしたが、この時点ではまだ下の者に対して責任のない家臣の身で、彼の栄光は彼の側の、つまりイェーアトの民の名誉で、とりわけ忠義を尽くす主君のヒイェラーク王（Hygelac）の名声を高めることになるが、彼が人々の希望を背負う年老いた王になった時でさえ、自らの騎士道精神を曲げることなく極限を突き通すと述べている。そして『ベーオウルフ』は「限度を超えたこと」についての「物語」だが、一方のビュルフトノースが実際にあった戦いについて同時代の詩人が書いたものだということを指摘している。ビュルフトノースの場合はモールドンで実際に家臣を従わせることができ、また自分に仕えている全ての者たちに責任があり、侵入者を打ち破る目的の上で絶滅を覚悟で戦うことは英雄視されていたが、エゼルレッドの王国、国民、土地を守ることが自分の目的だ（五二―五三行）とビュルフトノース自ら発言しているのに、その目的や責務を台無しにする行動に出たのは全くしっくりこないと述べている。さらに、ビュルフトノースは厳密には英雄的というよりはむしろ騎士道的である。名誉そのものが彼の動機であり、そして彼はそれを自分の家臣たちの身（*heorðwerod*）を危険に置くことで探求しており、彼にとって一番大事な全ての家臣たちを真の英雄的な厳しい状況に置かせ、死をもってのみ彼らの義務が果たされるのだ。おそらくは高尚だが、しかし確実に間違っている。英雄的でいるにはあまりに愚かしい。そしていずれにしても、ビュルフトノースの愚行は死によって贖われるものではないのだと、ロランは痛烈に批判している。

トルキーンは八九―九〇行目を「その時抑えがたい自尊心（トルキーンの原文では"overmastering pride"）のある太守は、そうすべきではなかったが、敵に土地を明け渡してしまった」と訳し、その訳が詩人の言葉の力と含意を正確に表しているが、ケアー（W. P. Ker）の「その時大胆すぎる（overboldness）太守は憎き人々にあまりにも多くの土地を明け渡してしまった」の方がよく知られていると述べている。しかし、その箇所の注ではケアーの訳について、「*To fela* は、古英語の熟語で、敗けて譲歩するべき土地の意味では全くない。そして *ofermod* は、イングランド人の分別と知恵が（いかなる行動においても）どのくらい強く「限度を超えたこと」をはねつけてきたのかを思い起こせば、*ofer* に最大限の意味を与えたとしても「大胆すぎること（overboldness）を意味しているのではない。「賢き者は忍耐強くあるべし――確実だとわかるまでは喜びすぎてはならぬ」（*Wita scal gepyldig…ne næfre gielpes to georn, ær he geare cunne.*）[18]の通りだ。しかし、*mod* は勇気を含んだり暗に意味したりするのかもしれないが、中英語の *corage* 以上に「大胆さ」を意味していない。*mod* は、「精神」若しくは「高き心映え」があいまいだとする場合には、一番の一般的な表現は pride であろう。しかし、*ofer-mod* ではそれは非難と見なされる。*ofermod* は実際、常に厳しい非難の言葉である。韻文の中ではその名詞 *ofermod* はたった二回しか現れず、一回はビュルフトノースに、そしてもう一回はルシファーに適用されている」[19]と指摘している。トルキーンは古英語の哀歌「さすらい人」（Wanderer）を部分的に引用している。この詩は、運命の急変が起こり、何らかの戦いによって主君と仲間を全て失った者の独白となっている。彼は過去に仕えた主君を失い一人さまよい、新しく仕えるべき宮廷を探しもしたと述べている。夜、彼はかつて仕えた主君や、仲間と共に楽しんだ宴、数々の大切な贈り物を主君から受け取ったことを夢で見るが、目が覚めると全てが消えて悲しみが新たに増したと語っている。そして戦いがそれら全てを奪い去ってしまったことを思い返す。この世の栄光とその喪失は神の力の前では無力だからと、神による救済とあの世での栄光を求めている。トルキーンは中略して引用しているが、その箇所を略さずにさらに数行後まで引用すると次のようになる。

forþon ne mæg weorþan wis　wer, ær he age
wintra dæl in woruldrice.　Wita sceal geþyldig,
ne sceal no to hatheort　ne to hrædwyrde,
ne to wac wiga　ne to wanhydig,
ne to forht ne to fægen,　ne to feofgifre
ne næfre gielpes to georn,　ær he geare cunne.
Beorn sceal gebidan,　þonne he beot spriceð,
oþþæt collenferð　cunne gearwe
hwider hreþra gehygd　hweorfan wille.

人は、この世にて年月を重ねねば賢くはなれぬもの。賢き者とは、忍耐強くあり、熱くなりすぎず、軽率なること言わず、軟弱でありすぎず、無謀にはなりすぎず、恐れすぎず、喜びすぎず、欲を張りすぎず、確たる見通しもなく頂を焦ること決してせぬ者なり。誓いを立てるのは、胸中の考えがいかなる方策をよしとするか、しかと見定めてからにすべし。
（六四―七二行）(20)

ビュルフトノースは、一説にはモールドンの戦いの当時、六十五歳の老齢であったとされている。賢くなるべき老齢になってのビュルフトノースの判断は、軍を全滅に導いたという点では、現実的な視点からは行きすぎた愚行と捉えられるかもしれない。しかし、確かな見通しもなしにいかなる方策がよいのか見定めずになした行為なのだろうか。伝統的な英雄観から検討してみる。

四　英雄の伝統的な徳としての大胆さと英雄の定義

クルツィウス（E. R. Curtius）は、著書『ヨーロッパ文学とラテン中世』の中で、英雄の持つ二面性、fortitudo（大胆さ）と sapientia（知性）を、英雄の徳（virtues）として挙げている。[21] ホメロスの叙事詩と中世フランスの武勲詩『ロランの歌』（*La Chanson de Roland*）から sapientia と fortitudo とを特徴とした英雄をそれぞれ挙げると、sapientia を特徴とした英雄には『オデュッセイア』のオデュッセウス（Odysseus）、『イーリアス』に登場するギリシアの武将ネストル（Nestor）、『ロランの歌』のオリヴィエ（Olivier）が挙げられる。一方、fortitudo を特徴とする英雄としては、『イーリアス』のアキレウス（Achilles）と、ヘクトル（Hector）、そして『ロランの歌』の主人公ロラン（Roland）が挙げられる。本来、英雄はその資質として fortitudo と sapientia をバランスよく備えていることが理想とされている。しかし、その二要素のバランスが崩れ、fortitudo の勢いが勝ってしまった場合に英雄が悲劇的結末を迎える、というのが叙事詩の基本的展開と言える。ビュルフトノースの性格を表現した 'ofermod' も、英雄の fortitudo と重なる。

また、ビュルフトノースの 'ofermod' はロランについて用いられた名詞、'legerie'（「軽率」）を想起させる。ロラン率いるシャルルマーニュ（Charlemagne）の殿軍はロンスヴォーにさしかかったところで、サラセン軍の急襲に遭う。敵の数があまりに多く、このままでは負けてしまうことが明らかなので、ロランの親友オリヴィエは、シャルルマーニュの援軍を呼ぶために角笛を吹くことをロランに促す。しかしロランは援軍を呼ぶことは臆病の証拠だと言って聞き入れず、戦うことを選択した結果、多くの仲間が戦いに倒れる。残り僅か六十名ほどになった時点でロランはようやく自分たちの戦況が絶望的であるということを悟り、今度は角笛を吹くことを自ら提案する。オリヴィエは今さら角笛を吹いても遅いと怒り、「汝の軽挙ゆえに、フランス勢は討たれたり」（"Franceis sunt morz par vostre legerie"[22]）と言ってロランを責める。

ロランの 'legerie' と同じく、ビュルフトノースの 'ofermod' を「度の過ぎた豪胆さ」とする意見では、'ofermod' は傲慢、軽率と解釈されている。そして浅瀬を守り続けるのか、ヴァイキングに浅瀬を渡ることを許可するのか、という選択において戦術上の判断ミスに繋がったことを詩人が非難しているのだと主張される[23]。しかし、たとえここで詩人がビュルフトノースを責めているのだとしても、それはビュルフトノースが持つ、英雄性の本質に起因するものである。ビュルフトノースの 'ofermod' はロランの 'legerie' 同様に、古代ギリシア人が、英雄のもつ特性で、神々にすら対抗しようとする行き過ぎた行為と考えた「ヒュブリス」（'ὕβρις / hubris）まで遡る、英雄の伝統的な欠点だといえる。

ヴァイキングたちが浅瀬を渡ってきた後もしばらくはアングロ・サクソン軍はヴァイキングと互角に戦っていた。しかし、ヴァイキングの一人がビュルフトノースに致命傷を負わせる。ビュルフトノースはそのヴァイキングを倒し、自分の死を予見して笑い、その日の仕事が終わったことを神に感謝する。詩人は致命傷を負った後のビュルフトノースの様子を次のように描写している。

Se eorl wæs þe bliþra,

hloh þa, modi man, sæde metode þanc
ðæs dægweorces þe him drihten forgeaf.
主君は安堵し、かくて哄笑し、神に勇者は主が己に許したもうたこの吉日の御業《みわざ》に感謝した。（一四六—一四八行）

「神がその日に与えた仕事」（ðæs dægweorces þe *him* Drihten forgeaf）とは、ビュルフトノースが自分の持っている英雄の理想に忠実に行動し、一日の仕事に一生分の働きを果たしたという考えが込められており、大きな満足感を表していると思われる。つまり、英雄として一生で果たすだけのことをしたという思いであり、この一節は、ビュルフトノースが自分自身の死を悲しんでいるのではなく、むしろ充実感を味わいつつ死の時を歓迎していると捉えることができる。

何故、彼は致命傷を負いながらもより幸せに感じ、死の寸前まで仲間を励まし続け、笑うことができたのだろうか。キリスト教以前のゲルマンの宗教では、神オーディン（Odin）は、神々の黄昏、ラグナロク（Ragnarok）でともに戦う仲間として、勇敢に戦って死んだ戦士たちを自らの宮殿ヴァルハラ（Valhalla）に招くとされていた。キリスト教化後の作品である『モールドンの戦い』では、ビュルフトノースや家臣たちはキリスト教を信じ、神に祈る場面が繰り返し出てくるが、同時にキリスト教以前のゲルマンの思想の影響もまだ色濃く残っている。アイスランド・サガの一つ、『ヴォルスンガ・サガ』（*Volsunga Saga*）では、グンナル（Gunnar）の家来ホグニ（Hogni）は宝の在処を明かそうとしなかったために、アトリ（Atli）に殺される。アトリに心臓をえぐられている間じゅうずっと、ホグニは高笑いし続けていた、と語られている。この場面は、自らの死を前にしてもそれを笑い飛ばすというゲルマン的豪胆さを顕著に示す場面とされ、ビュルフトノースが笑う場面と非常によく似ている。

神話や叙事詩の英雄は、人間の子として生まれても、不死身の神と人間との間の生まれであっても、さらにはオーディンのような神でさえも、死の運命を背負っているという点では共通している。むしろ、死の運命を意識するからこそ、英雄は必死に戦う存在である。

ジョゼフ・キャンベル（Joseph Campbell）は、ビル・モイヤーズ（Bill Moyers）との対談集、『神話の力』（*The Power of Myth*）で、英雄を「英雄とは、己よりも大きな何かに命を捧げた人間」（'someone who has given his or her life to something bigger than oneself'）[(24)]と定義している。そこで英雄とは、現在の自分よりも大きな存在、つまり自己の完成形という、別の自分になるために命を懸ける者と考えることもできる。ここで、「死」という点から英雄性をまとめるならば、「他者のための自己犠牲」と、「死を賭して英雄としての自己完成を追い求めるための並外れた勇気、意志の固さ、苦しみや逆境などに耐える力、もしくは精神の崇高さ」と定義できる。この世における自らの存在の消滅と引き換えに、英雄は後世に語り継がれる名声を手に入れる。トルキーンの作品では、ビュルフトノースは力強い歌を作る材料を吟遊楽人に与えたい一心で敵に堤道を通らせたと皮肉めいて非難されているが、ビュルフトノースはそれを動機とするような人柄なのだろうか。

五　史料から見るビュルフトノースの人物像

歴史的資料としてモールドンの戦いを伝えているものには、『モールドンの戦い』を除くと以下の十点が挙げられる。[(25)]

『アングロ・サクソン年代記』A、C、D、E、F、G写本（*Anglo-Saxon Chronicle*）

ビュルフトフェルス『オズワルド伝』（Byrhtferth of Ramsey, *Vita Oswaldi*）

『ウィンチェスター死亡者記録』（*The Winchester Obit*）
『イーリー死亡者記録』（*The Ely Obit*）
『ラムジー死亡者記録』（*The Ramsey Obit*）
『イーリーの書』（*Liber Eliensis*）
『ラムジー年代記』（*Ramsey Chronicle*）
ウスターのジョンの『年代記』（John of Worcester, *Chronicle of Chronicles*）
ハンティンドンのヘンリーの『英国民の歴史』（Henry of Huntingdon,*History of the English*）
ダラムのシメオンの作と言われる『王達の歴史』（Symeon of Durham, *History of the Kings*）

ここでは、実在の人物としてのビュルフトノースを探る史料として、戦いの数年後に書かれ、信憑性が高いと言われる『聖オズワルド伝』（*Vita Oswaldi*）と、十二世紀中頃に書かれ、やや脚色や事実と異なる点があるとされる『イーリーの書』（*Liber Eliensis*）を取り上げる。

『聖オズワルド伝』は、ビュルフトノースを並外れた能力の州長官で、家臣の傍らで指令を出したと伝えている。そして、大変長身で、自分の白鳥のような白髪を忘れて右手で敵を打ちまくり、自分の力の弱さも忘れて左手で身を守った、とあるので、大変な老齢で全盛期の力だったわけではないことがわかる。しかし、モールドンの戦いの表現と合わせて考えると、自分の生涯の集大成と言わんばかりに猛攻撃をした様子が窺える。『聖オズワルド伝』では、「ビュルフトノースは倒れ、残りの者たちは逃げた」（Byrihtnoðus cecudut, et reliqui fugerunt.）(26) とたった一言述べられているが、これは正しい記述ではないようだと言われている。そして、デーン人達も酷い傷を負い、かろうじて船に乗り込むことができた、と『モールドンの戦い』では欠落している戦いのその後の記述があるが、『アングロ・サクソン年代記』やウスターのジョン（John of Worcester）の『年代記』（*Chronicle of Chronicles*）には、モールドンの戦いがあったその年にヴァイキングに初めてのデーンゲルドと名の付く講和金が、カンタベリの大司教シゲリック（Sigeric）の進言で一万ポンド（同じ年にエゼルレッドとヴァイキングたちの間で取り交わした平和の条約によると、二万二千ポンド）が支払われ、その後増額され続け、一〇一八年には七万二千ポンドにまでなっていることを考えると、モールドンの戦いでヴァイキング勢も全滅一歩手前だったというのは、ゴードン（E. V. Gordon）も指摘する通り誇張と考えられる。[27] イングランド勢の面子のためにやや誇張したととれるが、猛然と戦ったビュルフトノース亡き後に家臣がみな逃げ、ヴァイキング勢も酷い有様だった、というのは、ビュルフトノースの凄まじい戦いぶりを強調しているともとれる。

『イーリーの書』は、書かれた年代が十二世紀中頃と、モールドンの戦いが起こった九九一年からは大分時が経っているために、この戦いについての記述は信憑性に欠けると言われ、現実とつじつまが合わない部分をすり合わせるために様々な脚色がされているとされている。この書物の第二巻六十二章（Book II.62）では、モールドンの戦いに関する部分が語られているので、詳しく紹介する。ビュルフトノースの高潔な生涯と行いをイングランドの歴史は少なからぬ賞賛によって記述している。これらの歴史書から、我々は読者のお許しを請い、いくつかの項を抜き出した。というのも本当に、この題材は素晴らしいもので最高の位にあらせられる一人である我々の先祖の記述であり、取るに足らずまともにものの言えない我々がそれを語るのは少々恥ずべきことではあるが、事実に即して書くと前置きをしている。[28] ジャネット・フェアウェザー（Janet Fairweather）によると、このビュルフトノースについての章の歴史書とは、古い時代から当時にかけての何人もの偉人を称えた、失われた作品の『七人の偉人の物語』（*A History of Seven Illustrious Men*）の書き写し、もしくは借用である。[29] 続いて戦いのきっかけと戦地に赴く道中での出来事、戦いの顛末と戦いの後の出来事が記述されている。その中では、ビュルフトノースはノーサンブリアの州長官ということにされているが、それは『イーリーの書』にしかない記述である。何故エセックスではなくノーサンブリアにしたかというと、この後の話でビュルフトノースは自分の領地から戦地に向かう途中ラムジーの修道院とイーリーの修道院に寄ることになるが、それは行程的に無理があるからだというセッジフィールド（Walter John Sedgefield）の説明を厨川文夫は挙げている。(30) また、戦いが二度あった設定になっている。一度目にはビュルフトノースの軍が快勝したが、その知らせに大変悲しんだデーン人たちは、再び船隊を準備してイングランドに急いだ。モールドンに上陸した四年目に自分たちの仲間たちに件のことをしたのがビュルフトノースだったのだということを知り、「自分たちの仇打ちに応戦しに来なければならない、もし自分たちとの戦いに敢えて加わらないのだとするなら、ビュルフトノースを臆病者たちの一人に数えねばならない」とすぐさま伝令を送った。彼らの伝令によって戦意を煽り立てられ、ビュルフトノースはかつての苦楽をともにした仲間を一堂に集め、勝利と並々ならぬ勇気に駆り立てられて、自分が不在のうちに敵軍にほんの片足分も占領させないように、と用心と素早い移動の両方をしながら、少数の戦士たちとともに戦地へと赴いた、とある。さらに行軍の途中、彼はラムジーの修道院の近くに来て、自分と家臣たちのためにもてなしと食糧の提供を求めた。返答はというと、このような大人数への充分な援助ができる場所はないということだったが、完全に拒否をしてこのまま行かせるということはすべきでないので、ビュルフトノースと彼の部下のうちの七人のために求めたものを提供しようと言った。これについて、ビュルフトノースはとても上品な言葉で「部下なしに食事をするつもりはございません、なぜなら、彼らなしには私は絶対にたった一人では戦えないのだから」と返答した。ここは、ビュルフトノースが家臣を大切にしていることが窺え、古英語詩の中の主従の固い結びつきを思わせる。

そういうわけで、ビュルフトノースは出発し、彼の行軍をイーリーの修道院へと向かわせ、あらかじめ大修道院長エアルフシゲ（Ælfsige）に、「戦いへと向かう道で力のない軍勢と共に島を通り抜けようとしているところで、もし受け入れられることであれば、彼の軍と共にこの修道院で食事をしたい」という伝令を送った。仲間たちの同意を得た上で修道院長は、「我々は奉仕の修行にあって大勢であることに対しての恐れは全くなく、むしろあなたたちの到着を歓迎する」と返答した。ビュルフトノース一行は歓待され、全ての家臣たちとともに王に相応しいような接待を受けた。そして、修道士たちの絶え間ない気遣いの結果、ビュルフトノースは修道院への素晴らしい愛で心を熱くした。もし見返りを求めない修道士たちのこの善意の行いを放っておいたなら、自分が何の成功も収められないように彼には思われた。だから、彼は自分のためにこれらの修道士たちに少なからぬ負担を掛けたことをよく考え、翌日修道院長と仲間たちに礼を言い、その場ですぐに彼らの寛大さに報いるために六つの主な土地を彼らに与えた。自分たちの旅の目的となっている理由を話して聞かせ、さらにほかの土地とその属州も与え、加えて万が一自分が戦いで死ぬことになったら彼らが遺体をここに持ってきて埋葬するという条件で三十マンクスの重さの金と二十ポンドの重さの銀を与えた。そして、イーリーの修道院への寄進の目的で、彼は二つの金の十字架と、金や宝石で豪華に仕立てられた自分の外套の二つの縁、そして精工に作られた手袋を付け加えた。自分自身を修道士たちの祈りに委ねると、家臣たちとともに戦いに急いだ。古英語詩の始めでは、家臣に馬を捨てさせ、鷹を放つ場面があり、退陣の意志がないことが表現されていたが、この『イーリーの書』でも、厚待遇への謝礼とはいえ、自分の領地の多くと身に着けているものを手放すことや、自分の死後の遺体の引き取りを願う点からも、彼の覚悟のほどが見て取れる。そして、与えたものの多さからは、大変に気前が良いビュルフトノースの性格が表れており、古英語詩で十分すぎるほどの土地をヴァイキングに明け渡したことにこの性格が表れているのではないかと思われる。

戦場に到着すると、ヴァイキングの軍勢に比べて自分の軍の数が少ないことにうろたえることもなければ敵の大変な強さに恐れることもなく、まっすぐと攻撃に向かい、十四日間猛烈に戦った。その十四日目にはまだ生きている家臣はほとんどおらず、ビュルフトノースは、自らが死ぬことを悟った。それでもなお彼は敵に対して少しも力を弱めることなく戦い、ついに敵に対して多くの死者を出させてほぼ彼らを逃走に追い込もうというところで、敵はビュルフトノースの味方が少数だということに勇気付き、楔形の隊形をとって一丸となり、彼のところにひと思いに突進した。それは大きな成果を上げて、戦っているビュルフトノースの首をはねてしまった。彼らはその首を取ると、その場から持ち去り自分たちの土地へと逃げて行ってしまった。修道院長は戦いの結果を聞くと、何人かの修道士たちとともに戦地に赴き、ビュルフトノースの遺体を見つけ出した。彼はその遺体を教会に持ち帰ると、敬意をもって埋葬した。そして、頭のあるべき位置に大きな丸い蠟の塊を置いた。ずっと後の［我々の］時代になって、この証拠によって遺体がビュルフトノースだと認識され、ほかの六人の間に立派に埋葬されたこの敬虔で精力的な者が存在したのはエドガー（Edgar）、（王で殉教者の）エドワード（Edward）、そしてエゼルレッド（Æthelred）といったイングランドの王たちの時代であり、そして彼はエゼルレッドの在位十四年目に亡くなり、主の御顕現から九百九十一年目のことであった、と締めくくられている。ここで「ほかの六人」とは、『七人の偉人の物語』に記述されていたであろう、ビュルフトノースを除く六人の偉人のことを指す。ビュルフトノースが七人の偉人の一人として称えられている書物がかつてあり、またその偉人たちと並んで埋葬されたという記述からは、ビュルフトノースが大変な尊敬の的であったことがわかる。戦いが起こってから間もなく『モールドンの戦い』が作られたということは、十二世紀中頃の『イーリーの書』の書き手がその古英語詩を知っているとしても不思議ではないが、『イーリーの書』には、古英語詩のビュルフトノースが浅瀬を渡らせてしまったことや、家臣たちの中に逃亡した者がいたという、ビュルフトノースの軍にとって不名誉なことと受け取られる可能性がある記述はない。内容の信頼性があまりないとされる部分があるにしても、『イーリーの書』

は一貫してビュルフトノースの人柄に焦点を当て、尊敬のまなざしを注いでいるのは間違いない。『イーリーの書』では、この章のモールドンの戦いの顛末のほかに、土地の所有権争いが起こった際にはビュルフトノースが大規模な集会を開いて問題の収束に向かわせたり（Book II. 25）、また別の土地でその土地の分譲問題が出た際にはビュルフトノースが自らの金（gold）を使って解決したり（Book II. 27）といった、ビュルフトノースの州長官（ealdorman）としての働きぶりが記録されており、彼が州の人々から信頼され、求めたものに対して倍以上のもので返すという鷹揚で尊敬されていた人物だったことに現実味を持たせている。

六　ビュルフトノース亡き後の家臣たちの反応と行動

では、『モールドンの戦い』では、ビュルフトノースの家臣たちは彼の英雄性をどのように捉えていたのだろうか。ビュルフトノースの戦死によって戦況は一変する。ゴードリーチが主君ビュルフトノースの馬に乗って逃げ出し、それを見てビュルフトノースが逃げたのだと誤解し多くの家臣たちも戦線離脱してしまう。後に残された家臣たちは全員、主君が死ぬのを目撃し、かつ多くの仲間が敗走していく様をも目の当たりにしながら、それでもなお戦場に残って戦い抜くことを選ぶ。

ここで、主人公の英雄が物語の途中で死んだ後に生き残った人々の反応を描いた他の作品に目を向けると、中世フランスの武勲詩『ロランの歌』と中世ドイツの叙事詩、『ニーベルンゲンの歌』（*Das Nibelungenlied*）を挙げることができる。『ロランの歌』のロランの場合は、伯父のシャルルマーニュが角笛を聞きつけて引き返し、ロランの死を悲しみ、復讐を果たす。また『ニーベルンゲンの歌』では、策略にかかって暗殺されるジークフリート（Siegfried）を悼んで仇討ちを計画し、成し遂げるのは妻のクリエムヒルト（Kriemhild）である。このように、志半ばで倒れた英雄のために復讐を誓うのは、多くがその英雄の親族の一人であるが、『モールドンの戦い』の場合は、ビュルフトノースに血縁のない大勢の家臣たちである。しかし『イーリーの書』でビュルフトノースがラムジーの修道院長に「部下なしに食事をするつもりはございません、なぜなら、彼らなしには私は絶対にたった一人では戦えないのだから」と言ったと語られている点からも、彼が家臣からの人望が厚い人物だったことは想像に難くない。

『モールドンの戦い』では、戦いの半ばでビュルフトノースは腕を切り落とされるが、家臣の一人、エアルフウィネ（Ælfwine）は、ビュルフトノースの腕を切り落とした相手を覚えていて倒す。ここで、主君を死に至らしめた相手への敵討ち、という意味での復讐は完了するが、家臣たちはなおも戦い続ける。つまり、ビュルフトノースの家臣たちが考えていた復讐とは、主君を死に至らしめた者を倒すことだけではなく、別の側面を持ち合わせている。家臣の一人レーオフスヌ（Lēofsunu）は、次のように語る。

'Ic þæt gehate,　þæt ic heonon nelle
fleon fotes trym,　ac wille furðor gan,
wrecan on gewinne　minne winedrihten.
Ne þurfon me embe Sturmere　stedefæste hælæð
wordum ætwitan,　nu min wine gecranc,
þæt ic hlafordleas　ham siðie,
wende fram wige,　ac me sceal wæpen niman,
ord and iren.'

我はこの地より一歩たりとも逃去せず、前進して我は戦いで我が敬愛せる主君の報復を果たさんと誓う。我が保護者の倒れたる今我が主君なく郷里へと旅路につき戦場より出るとて我と共に槍の穂先・鉄の刃なる武器を携え行かばスツールマーの辺で堅忍不抜の戦士等が言葉を労しつ非難する由はなかりき。（二四六―五二行）

この部分はタキトゥスが『ゲルマーニア』の中で述べている、ゲルマン人の精神を表した箇所として有名な文と重なる。

Cum ventum in aciem, turpe principi virtute vinci, turpe comitatui virtutem principis non adaequare. iam vero infame in omnem vitam ac probrosum superstitem principi suo ex acie recessisse : illum defendere, tueri, sua quoque fortia facta gloriae eius adsignare praecipuum sacramentum est : principes pro victoria pugnant, comites pro principe.

いったん戦列についた以上、勇気において〔扈従に〕敗けをとるのは長老の恥辱であり、長老の勇気に及ばないのは扈従の恥辱である。さらに、長老の戦死をさし措いて、みずからは生を全うして戦列を退いたとすれば、これ、生涯の恥辱であり、不面目である。―長老を守り、長老を庇い、自らの勇敢さによる戦功をさえ、長老の名誉に帰するのがその第一の誓いである。まことに長老は勝利の為に戦い、扈従は長老のために戦う。(31)

ビュルフトノースの家臣たちは、『ゲルマーニア』で指摘されている主従の関係での誓いを忠実に実行している。そして、敢えて最後まで戦い続けて主君の傍らに倒れたことが繰り返し強調される。彼らは、「戦士たるものはこうすべきだ」という規範に則り行動した。しかし、それだけではなく、現実の戦場において、目の前で主君が討たれるという差し迫った状況下、家臣たち一人ひとりに「戦死した主君を悼んで戦おう」という意識が働いている。

アングロ・サクソン時代の州長官の家臣たちには、セイン（ðegn）という、戦の手柄によって主君から土地や馬、金銭や宝石などの財産を与えられる主君直属の家臣たちと、フィルド（fyrd）という、トルキーンの作品のティードワルドのように普段は農民などで有事の際に徴集される民兵がいた。主君の死によって契約が切れたのだと思った者たちは戦場を離れて逃走し、契約や戦場での誓い以上に、ビュルフトノースとの精神的つながりを感じていた者たちはその場に残って最後まで戦い続けたのだと考えられる。吉見氏は、二五五行目の注でドゥンネェレ（Dunnere）がフィルド出身で唯一発言する家臣として登場することを指摘している。[32] 普段からビュルフトノースに直属で仕えているわけではない徴募兵の中にも最後まで戦い抜いた者たちがいて、ドゥンネェレはその代表として登場すると吉見氏は説明する。

そして、最後まで戦い続けた者たちは、詩の中でその出自と名前が明らかにされ、名声を後世に残すこととなる。彼らは、「家臣」という不特定多数のひとくくりから抜け出し、一個人としてのアイデンティティーを獲得する。一方、多くの味方を敗走させる原因になったゴードリーチ（Godrīc）と、その兄弟、ゴドウィネ（Godwine）とゴドウィ（Godwīg）は、裏切り者として詩の中に汚名を刻まれる事となる。詩人は、最後まで戦った家臣のうち同名のゴードリーチが、逃げ出したゴードリーチとは別の人物であると念を押している。また、ビュルフトノースが一歩も退却する意思がないということを十分に示したにもかかわらず、ビュルフトノースの馬に乗って逃げて行くゴードリーチを主君の姿と見誤って動揺し、戦場を離れた者たちは皆、その名を一度も呼ばれることはなく、アイデンティティーを獲得することはできない。

では、ビュルフトノースと最後まで戦い続けた家臣たちは何のために命を懸けたのだろうか。最後まで戦い続けた家臣たちはビュルフトノースと同様、自分の限界に挑戦して命を懸けたと言える。ビュルフトノースは、結果からすれば間違った選択をして死んだのだとしても、詩人によって責められることはない。それは、危急の際に難しい選択を迫られ、敢えて困難な方を選び、悲劇的な結末に向かって、死をも恐れずに突き進んでいく豪胆さが fortitudo（大胆さ）として受け止められ、英雄視されたからだと考えられる。家臣たちは、ビュルフトノースが和解金の支払いをかたくなに拒み、さらにヴァイキングたちに浅瀬を渡ることを許可する場面で見せた豪胆さを受け継いだ。そして前進し続けるように命じたビュルフトノースの言葉を実践し、先に引用したタキトゥスの「自らの勇敢さによる戦功をさえ、長老の名誉に帰する」という言葉どおり、自己を犠牲にしてもビュルフトノースの名誉を守ろうとしたのではないだろうか。そして、そうすることで主君の英雄性を確立する一方、自分の限界に挑戦して自己完成を求め、英雄に仕える一家臣から自ら一人の英雄へと変身を遂げたと言える。

おわりに

ビュルフトノースは屈強な戦士として描かれているが、決してベーオウルフのように三十人力という人間離れした怪力の持ち主でもなく、ベイドン山の戦いで九百六十人を一太刀で倒したとされるアーサー王のような強さを持っているわけでもない。肉体的強さとしては老齢に達し、家臣たちが目指そうとして手の届かないレベルにあるわけではない。ビュルフトノースの英雄性とは、肉体の強さにばかりあるのではなく、精神的な強さとカリスマ性にある。自らの死を賭して家臣たちが英雄になる道筋を示したという点では、ビュルフトノースもまた英雄と言える。

『モールドンの戦い』の詩人は、家臣たちを、主君を失って逃げる者たち、主君の馬で逃げる者を主君だと思って敗走する者たち、自らの意思でその場に残って戦い続ける者たち、と三つに描写し分けることで、アングロ・サクソンの英雄精神を強調し、「このようにヴァイキングに対抗すべし」という政治的プロパガンダを行うと同時に、家臣でさえもが英雄になる可能性を示し、その過程を描いて見せたのだと考えられる。本来英雄を支援する者たち自身が、英雄ビュルフトノースの死を境に、作品の主人公とも言うべき真の英雄へと変身していく過程を描いた点で、『モールドンの戦い』は他の英雄詩と比べて大きく異なる特徴を持った作品である。

トルキーンの作品の三章では、『モールドンの戦い』の詩人はビュルフトノースの行いを間違った愚行と認識し、八九―九〇行目についての詳しい説明はしないが、もし『モールドンの戦い』の最後が欠落せずに何らかの完成された結末と詩人の最終的な評価があるのだとしたら、おそらくこの二行について再び説明がなされたであろうと述べている。そしてトルキーンは、詩人の彼に対する批判によって家臣たちの忠誠心が大幅に増大するのだと述べている。さらに、記録する詩人が、誰かが大間違いをしたのだと客観的な意見を述べたのだとしても、家臣たちの責務は耐え抜いて死ぬことで、疑念を呈することではなく、彼らの立場で英雄性は最高であり、彼らの義務は主君の間違いによって損なわれてはいないし、そして年老いたものの傍らにいる者たちの心の愛情は減ってもいないのだ。それは誇りや頑固さではなく服従と愛の英雄性であり、最も英雄的で最も感動的だ、と述べている。厨川文夫は『モールドンの戦い』の作者を「Maldon の戦に何等かの事情で参加し得なかった Byrhtnōð の部下か、又は Byrhtnōð の家中の礼拝堂牧師を作者として想像するものなど比較的無難な説であろうと思う」と述べている(33)。詩人が家臣の一人であっても修道士であっても、ビュルフトノースやその家臣たちと心情的には近いけれども戦いには参加せずに記録する役目を担っていた人物と言える。古英語詩の詩人は、戦いに勝って土地を守るという現実的な観点からは浅瀬を渡らせてしまった行為についてはそうすべきではなかったと思いつつも、命を懸けて己の自己完成を追い求めたビュルフトノース自身の英雄性に対しては理解を示し、「そうすべきではなかったのに猛き心映えが行き過ぎてしまっている」という複雑な心境で伝統的な英雄の徳、fortitudo として'ofermod'という語を使ったのではないか。

（1）本稿は、原田英子「困難な道を選ぶ者たち― *The Battle of Maldon* におけるByrhtnōð の英雄性と家臣たちの反応」（白百合女子大学言語・文学研究センター『言語・文学研究論集』第七号、二〇〇七年）の内容を増補し、再検討・修正したものである。

（2）『モールドンの戦い』からの引用は全て *Anglo-Saxon Poetic Records (VI)* にもとづく。和訳は、吉見昭徳『古英語詩を読む―ルーン詩からベーオウルフへ』（春風社、二〇〇八年）を参照。ただし固有名のカタカナ表記は唐澤氏の表記に従うものとする。

（3）戦場の地形については、E. V. Gordon, ed., *The Battle of Maldon* (London : Methuen, 1960), pp. 1-9 を参照。

（4）吉見昭徳訳では、'ofermod' に「自負」という訳が当てられている。註で吉見氏は「この詩の作者はビルフトノッズの行為を誇り・自負によるものと考えているようである」と述べている。

（5）厨川文夫『厨川文夫著作集』安東伸介、岩崎春雄、高宮利行編、上巻（金星堂、一九八一年）、二六〇頁。

（6）E. V. Gordon 前掲書、'ofermōd' の項参照。

（7）Bruce Mitchell and Fred C. Robinson, eds., *A Guide to Old English* (Oxford : Blackwell, 2003)、'ofermōd' の項参照。

（8）J. R. Clark Hall, ed., *A Concise Anglo-Saxon Dictionary* (Toronto : University of Toronto Press, 2002)、'ofermōd' の項参照。

（9）Henry Sweet ed., *Sweet's Anglo-Saxon Reader : In Prose and Verse*, 15th ed. (Oxford : Oxford University Press, 1990)、Glossary の 'ofermōd' の項参照。

（10）Joseph Bosworth and Northcote Toller, eds., *An Anglo-Saxon Dictionary* (Oxford : Oxford University Press, 1980)、'ofermōd' の項参照。

（11）Donald Scragg, ed., *The Battle of Maldon* (Manchester : Manchester University Press, 1981)、Glossary の 'ofermōd' の

項参照。

（12）Tolkien, J. R. R. *Tree and Leaf Smith of Wootton Major Homecoming of Beorhtnoth Beorhthelm's Son* (George Allen & Urwin, 1975) 参照。

（13）*Liber Eliensis.* 十二世紀にイーリー修道院においてラテン語で書かれた歴史書。本稿では、Janet Fairweather, trans., *Liber Eliensis : A History of the Isle of Ely From the Seventh Century to the Twelfth.* (Suffolk : The Boydell Press, 2005) を参照し、便宜上『イーリーの書』という日本語を当てた。

（14）引用の和訳は、J・R・R・トールキン『妖精物語の国へ』杉山洋子訳（ちくま文庫、二〇〇三年）を参照。

（15）フィン（Finn）は、『ベーオウルフ』の中で、グレンデル討伐を祝う席で吟遊詩人が披露する歌に登場するフリジアの王。断片詩『フィンスブルフの戦い』（'The Battle of Finnisburg'）の「フィンスブルフ」は、フィンの城を指す。

（16）フローダ（Fróda）は、『ベーオウルフ』の中で、帰国の途に就いたベーオウルフが、主君に語る報告の中に登場するヘアゾベアルドの王。ベーオウルフがグレンデル母子討伐に向かったデネ（Dene）の王フロースガール（Froðgar）は、長年のヘアゾベアルドとの不和を解消すべく娘のフレーアワル（Freawaru）をフローダの息子インゲルド（Ingeld）に嫁がせることにした。姫に付き添ってヘアゾベアルドにやってきた家臣が携えている宝剣が、かつてデネに奪われた先祖伝来の品だったことから、ベーオウルフは政略結婚が成功したためしはないと予言の形で話をする。

（17）ヘンゲストとホルサ（Hengest and Horsa）は、ローマ軍が撤退した後、ピクト人などブリテン島北部の部族の侵略を食い止めるために、ブリトン人の長ヴォーティガン（Vortigern）から応援を要請されたジュート人の兄弟。

（18）古英語の哀歌のひとつ、「さすらい人」（"The Wanderer"）の引用（六五、および六九行目）。

（19）Tolkien op. cit., p. 172, note 1 参照。

（20）Bruce Mitchell and Fred C. Robinson op. cit., p. 273. 和訳は、唐澤一友氏のホームページより参照（http://karasawa.karasawa.com/wanderer.html）。

（21）エルンスト・クルツィウス『ヨーロッパ文学とラテン中世』南大路振一、岸本通夫、中村善也訳（みすず書房、一九七五年）、二四三―五五頁参照。

（22）Cesare Segre, ed., *La Chanson de Roland* (Genève : Librarie Droz, 2003), v. 1726 を参照。また、和訳は「ロランの歌」『フランス中世文学集1―信仰と愛と』新倉俊一、神沢栄三、天沢退二郎訳（白水社、一九九〇年）、七八頁参照。

（23）Cecily Clark, "Byrhtnoth and Roland : A Contrast", *Neophilologus*. vol. 51 (1967), pp. 288–93 参照。

（24）Joseph Campbell with Bill Moyers. *The Power of Myth* (New York : Anchor Books, 1991), p. 151 参照。

（25）唐澤一友　二〇〇六年十一月五日　平成十八年度言語・文化研究センター後期国際公開講座発表『「事実」と虚構、「歴史」と文学の間―タキトゥスの *Germania*’ *Beowulf* および *The Battle of Maldon* を中心に』の資料四頁より抜粋。

（26）Michael Lpidge, ed. and trans., *Byrhtferth of Ramsey : The Lives of St Oswald and St Ecgwine*. (Oxford : Clarendon Press, 2010), vv. 156–9 参照。

（27）E. V. Gordon, op. cit., note 4 参照。

（28）Janet Fairweather, op. cit., p. 160, note. 297 参照。史実性について疑問があるものの『モールドンの戦い』が *Liber Eliensis* の言い伝えよりも正確だと考える必要はない。その叙事的な物語は詩的効果のためにひとつの戦いという以上の合成された要素を持ち合わせている、と指摘している。『厨川文夫著作集』、二五六頁において厨川文夫は、「Byrhtnoð と其部下の大部分の者等が如何に祖国と主君とのために雄々しく戦つたか、如何に悲壮な最期を遂げたかを最も如実に語るものは、The Battle of Maldon の詩以外にはないのである」と述べている。

（29）前掲書、一六〇頁参照。これらの偉人は一番新しいものでは Bishop West's Chapel に埋葬され、一緒に称えられている。編纂者が *Liber Eliensis*. ii. 65, 71, 72, 75, 86, 87, 99 の同じ原典に基づいて書き、おそらく作品のほぼ全体が保存されたのだろうが、この内容は教会での位の順でというよりも七人の偉人を年代順に表すために並べ直された、とのことである。

（30）厨川文夫　前掲書、二五六頁の注1を参照。

（31）Tacitus, *Germania* in *Agricola, Germania, Dialogues*., ed., and trans. Maurice Hutton, Loeb Classics Library (Cambridge, Mass. : Harvard University Press, 1970), p. 152 参照。和訳には、タキトゥス『ゲルマーニア』泉井久之助訳注（岩波文庫、一九七九年）、七六頁参照。

（32）吉見昭德　前掲書、一一八頁参照。
（33）厨川文夫　前掲書、二四五頁参照。この部分の注において、Sedgefield がこの詩に *Óláfadrapa* にあるような嘆きの言葉がないと言って戦いに参加しなかったビュルフトノスの部下が作者だという説に反対していることを挙げている。

英雄詩としての『モールドンの戦い』再考(1)

唐澤一友

はじめに

古英詩『モールドンの戦い』(*The Battle of Maldon*)は、事実と虚構、歴史と文学の間に位置する作品であると言うことができる。つまり、この詩は、九九一年に実際に行われたヴァイキング軍とアングロ・サクソン軍との間の戦いの様子を描いたものであり、その中には史実に基づいた記述も含まれている可能性がある。その点において『ベーオウルフ』(*Beowulf*)のようなより純粋に文学作品とみなしうる作品とは少し性格を異にしていると言うことができる。その一方で、この詩は古くから伝わる古英詩の伝統にかなりの程度忠実に従っているようにも見え、『ベーオウルフ』のような伝統的な英雄詩に見られる忠誠心や英雄精神が前面に押し出されているのもまた事実である。しかし、この種の忠誠心や英雄精神についても、はたしてこれが古英詩の伝統に基づき導入された完全な虚構であるのか、あるいは、英雄詩の伝統に従い脚色されている部分はあるにせよ、当時の現実にもある程度即したものなのか、という問題は判断が非常に難しいところである(2)。最近では、この詩をあくまでも文学作品として捉え、これを史料として用いるのには慎重な態度を示す向きが主流を占めているように思われるが、その一方で、この詩の解釈については、「歴史」が念頭に置かれ、作品中には述べられていないことをも暗黙のうちに含めた形で解釈が行われることもしばしばであり、その意味で、純粋な文学作品とはまた少し異なる扱いがされていると言えるだろう。

このような状況を踏まえ、これまでなされてきた研究に見られるいくつかの傾向とその問題点とを指摘しつつ、本稿では、この詩を古英詩の伝統に従って作られた一編の英雄詩として、作品中に述べられたことに基づきながら極力文学的な観点から解釈することに努めた場合に、この詩をどう読むことができるかということについて考察したい。歴史上の出来事を扱った詩であるという意味で、この詩と歴史上のモールドンの戦いとを完全に引き離して考えることは難しいにしろ、詩人が自らの想像力を全く発揮せず、詩作にあたっての意図や目的も全く持たず、ただひたすら実際に起きた出来事を客観的かつ忠実に再現することだけに専念してこの詩を作ったとは考えにくい。そのような視点から、本稿では、この詩から読み取れることを手がかりに、詩人がモールドンの戦いや、そこで戦ったビュルフトノース（Byrhtnoth）をはじめとするアングロ・サクソン軍の戦士たちをどのように描こうとしているのかという問題について、再度考えてみることにしたい。一般に、詩作品を解釈する際には、詩人の「声」にこそ最も重きが置かれるべきであるということは言うまでもないことであるが、歴史と文学の間に位置するこの詩の解釈に際しては、必ずしもこのような基本姿勢が徹底されないことが多かったように思われる。したがって、本稿では敢えて、これまでにも再三論じられてきた『モールドンの戦い』の解釈の問題について、改めて考え直してみることにした次第である。

一　モールドンの戦いをめぐる史実

古代・中世の文献に書き残された事柄のどこまでが事実に基づき、どこからは事実とは言い難いのか、ということを決する一つの大きな指標として、同様の記録が同時代あるいは別の時代にでも同じ文化圏に複数残っているかどうかということがあげられる。お互い直接関係のない複数の文献に同様のことが述べられている場合には、それが事実に基づく記録である（あるいはそれが事実だと認識されていた）可能性が高いと判断されるのが一般的であろう。一方、同じ出来事を記録した文献が複数ある中で、そのうちの一つの文献にしか記録されておらず、他のものにはこれについての記述がない場合には、それが事実に基づく記録なのかどうかの判断は極めて難しいし、他の文献にはこれと矛盾するような記述が共通して見られるような場合に至っては、これが事実には基づかない記録だと判断されるであろう。例えば、一世紀にタキトゥス（Tacitus）の著した『ゲルマーニア』（*Germania*）について考えてみると、ゲルマン人についての様々な記録や考古学的出土品、あるいは『ベーオウルフ』のような後の時代の文学作品などの例から、『ゲルマーニア』に記録されたことの中には当時までのゲルマン人の状況がかなりの程度正しく反映されていると思われる部分がある。[3] その半面、例えば、『ゲルマーニア』十四章に記録されている、戦死した主君とともに戦場で死ぬという理想については、ゲルマン人についての記録やゲルマン文化圏で書き残された記録にはほとんど見られないものであり、このような理想がゲルマン人の間で本当に存在したのかどうかは疑問視されることが多い。[4] このように、記録の信憑性は、その記録それ自体だけで決せられるというよりは、別の記録との兼ね合いにより決せられるものであるということができるであろう。

モールドンの戦いについての記録が含まれる文献には、古英詩『モールドンの戦い』以外にも、『アングロ・

サクソン年代記』（*Anglo-Saxon Chronicle*, A、C、D、E、F、G写本）、一〇〇〇年前後にビュルフトフェルス（Byrhtferth of Ramsey）によって著された『オズワルド伝』（*Vita Oswaldi*）、十二世紀の『ウィンチェスター死亡者記録』（*The Winchester Obit*）、『イーリー死亡者記録』（*The Ely Obit*）、および『ラムジー死亡者記録』（*The Ramsey Obit*）、同じく十二世紀になってから著された年代記や教会の記録等、つまり、『イーリーの書』（*Liber Eliensis*）、『ラムジー年代記』（*Ramsey Chronicle*）、ウスターのジョン（John of Worcester）の『年代記』（*Chronicon ex Chronicis*）、ハンティンドンのヘンリー（Henry of Huntingdon）の『英国民の歴史』（*Historia Anglorum*）、ダラムのシメオン（Symeon of Durham）の作と言われる『王達の歴史』（*Historia Regum*）などがある。(5) これらの文献に記された記録を比較検討して考えた場合、モールドンの戦いについて、史実として異論なく認められると思われるのは、九九一年の八月にモールドン付近の川の畔において、ヴァイキング軍とアングロ・サクソン軍との戦いが行われ、アングロ・サクソン軍の大将で高位貴族（ealdorman）であったビュルフトノースは戦死し、アングロ・サクソン軍もヴァイキング軍に対して敗北を喫した、というごく簡単なことぐらいである。『モールドンの戦い』をはじめとして、これ以外のことについても細部にわたって様々なことを記録した文献もあるが、それらの詳細については事実に基づいているのか、著者の想像力によるものなのかということは判断が非常に難しい。

『モールドンの戦い』の解釈と関連しては、ここにあげた史実と考え得る事柄以外にもう一つ史実と捉えられがちな要素がある。それは、ヴァイキング軍が大軍だったのに対し、アングロ・サクソン軍の方はこれに対抗するだけの十分な人数がおらず、この戦いは結局ヴァイキング軍にとっては大勝利、アングロ・サクソン軍にとっては惨敗に終わったというものである。実際、一部の史料には、両軍勢の勢力に関するこのような状況を示す可能性のある記述がある。例えば、『アングロ・サクソン年代記』のAおよびG写本においては、ヴァイキングの軍勢は九十三隻の船でやって来たと記されており、(6) これが事実だとすれば、(7) これは相当の大軍であり、ビュルフトノースの軍勢がそれに匹敵するほどの大軍だったとは考え難いと言える。[8] あるいは、『イーリーの書』においても、ビュルフトノースは少人数の戦士とともに（cum paucis bellatoribus）戦場に向かったとされ、実際の戦場においても、アングロ・サクソン軍が人数的にヴァイキング軍よりも大分劣っていたということが暗示されている。[9] さらには、『アングロ・サクソン年代記』の記録によると、モールドンの戦いと同じ年に、エゼルレッド王はヴァイキング側に対して初めて多額の講和金を支払っており、[10] このような動きにもモールドンの戦いでの大敗が間接的に作用しているのではないかと考えられないこともない。[11]

しかしその一方で、モールドンの戦いから約十年後に書かれた『オズワルド伝』においては、ヴァイキング軍とアングロ・サクソン軍の戦いは熾烈なもので、ヴァイキング側にも相当の損害があったとされ、とてもヴァイキング軍の大勝利とは言い難い状況であったことが記録されている。同様の記述は、十二世紀のウスターのジョンの『年代記』やダラムのシメオンの作とされる『王達の歴史』でも繰り返されている。同じく十二世紀のハンティンドンのヘンリーの『英国民の歴史』においては、ビュルフトノースが「大軍で」（cum magnis viribus）ヴァイキング軍に対抗したと記されている。『イーリーの書』においては、上述のように、多勢に無勢の戦況が暗示されていたが、その中でも、ビュルフトノースは最後まで勇ましく戦い、ヴァイキング軍をほとんど追い返しそうなぐらいであったとされており、最終的にはヴァイキング軍が勝利したものの、とても勝利を祝えるような状況ではなかった旨が記されている。このように見てみると、多勢に無勢の状況で戦ったアングロ・サクソン軍が惨敗を喫したというのは必ずしも史実として確立され得るものではないように思われる。

しかしいずれにしろ、この戦いが多勢に無勢の戦いであったことを暗示するいくつかの史料があり、それらに従って考えると、大将のビュルフトノースが死に、これを見て恐れをなした者たちが多く戦場から逃亡し、残った勇敢な戦士たちも次々と討ち死にしていくという内容の『モールドンの戦い』もまた、アングロ・サクソン軍が圧倒的に劣勢な戦いに敗れるべくして敗れたことを示すもう一つの記録であるかのようにも映る。そして実際、そのような観点からこの詩が解釈されることも少なからずあるが、全体を通じてのこのような調子は、この詩の現存する部分[12]の最後近くにある以下のビュルフトウォルド（Byrhtwold）の言葉に最も端的に要約されているとしばしば考えられてきた。

Hige sceal þe heardra,　heorte þe cenre,
mod sceal þe mare,　þe ure mægen lytlað.
Her lið ure ealdor　eall forheawen,
god on greote.　A mæg gnornian
se ðe nu fram þis wigplegan　wendan þenceð.
Ic eom frod feores；　fram ic ne wille,
ac ic me be healfe　minum hlaforde,
be swa leofan men,　licgan þence.

（『モールドンの戦い』三一二―三一九行）

我等が勢力衰えるにつれ、意志は一層固く、心は一層勇猛に、勇気は一層大きうなるべし。ここに我等が偉大なる大将の傷つき大地に横たわっておる。この戦列より退かんと考える者、永久に嘆くことにならん。我は老年の身、ここより退こうとは思わぬ。否、我が主、かくも愛すべき人の傍らにて（死んで）横たわらんと思う。

この言葉の前半には劣勢な戦いに勇敢に臨む英雄的な精神が示されていると言えるし、後半には主君と共に戦場で死ぬという覚悟が語られている。一方、トルキーン（Tolkien）は、このような解釈を認めながらも、八九行目に見られるofermodという語に注目し、以下のように述べている。

The Battle of Maldon has usually been regarded rather as an extended comment on, or illustration of the words of the old retainer Beorhtwold (i.e. ll. 312–13). . . They are the best-known lines of the poem, possibly of all Old English verse. Yet except in the excellence of their expression, they seem to me of less interest than the earlier lines (i.e. 89–90); at any rate the full force of the poem is missed unless the two passages are considered together.[13]

『モールドンの戦い』は通常、年老いた家臣ベオルフトウォルドの言葉（三一二―三一三行）についての長い注釈あるいは解説とみなされてきた。…これはこの詩、場合によっては古英詩全体、の中で最もよく知られた詩行である。しかし、表現のすばらしさを除いては、この言葉よりも前に述べられている言葉（八九―九〇行）の方が興味深いように思われる。いずれにせよ、これら二つの言葉をともに考慮に入れなければ、この詩の完全な理解には至らない。

トルキーンがここで問題としているofermodを含む箇所とは以下の一節である。

Ða se eorl ongan　for his ofermode
alyfan landes to fela　laþere ðeode.

（『モールドンの戦い』八九―九〇行）

トルキーンは、この文を「それから、この伯爵はプライドに突き動かされ、そうすべきではなかったにもかかわらず、実際、敵に土地を明け渡した」（"then the earl in his overmastering pride actually yielded ground to the enemy, as he should not have done"（p. 13））と解釈（意訳）し、この一節には、ビュルフトノースがヴァイキング軍に対し無謀な戦略を採り、そのため、彼自身が戦死することになっただけでなく、多くのアングロ・サクソン軍の兵士たちが犠牲になる原因を作ったことに対する詩人の非難が込められていると解釈している。トルキーンはこの論考とともに、古英詩『モールドンの戦い』を初めとして、この戦いに関する記録をもとに、モールドンの戦いの後日談を発表しているが、その中でも、ビュルフトノースが無謀にもヴァイキングの大軍に少数の兵で対抗しようとしたということが作中人物ティードワルド（Tidwald）の言葉として述べられている。[14] このような解釈は後の研究にも大きな影響を与え、ビュルフトノースは、英雄的であるものの、英雄であるがゆえの無謀な勇敢さのために、あるいは騎士道的なフェア・プレーの精神のために、思慮深い戦略に欠けるところがあり、ヴァイキングの計略に乗り、無謀な真っ向勝負をすることを選択し、その結果として、自らが死んだだけでなく、多くの戦士たちをも死なせることになり、なおかつヴァイキングの侵略を防ぐという役目も果たせずに終わるというような解釈がしばしば行われるようになった。[15]

ビュルフトウォルドの上述の言葉から、また、この戦いを無謀なものであるとみなす立場からは、さらに、『ゲルマーニア』十四章で述べられた、戦死した君主とともに死ぬという理想（the ideal of men dying with their lord）と非常によく似たものが『モールドンの戦い』においても描かれているという指摘がなされている。つまり、大将であるビュルフトノースが斃れてから、彼の周りにいた戦士たちは口々に復讐を誓い、勇敢に戦い続け、討ち死にする者も出ることになるのであるが、このようにして主君の死んだ戦いで、復讐を成し遂げるまで（相手の軍勢を滅ぼすまで）戦い続けるというのは、無謀なあるいは自殺的な行為であり、これは、（『ゲルマーニア』十四章に述べられたものと直接関係があるにしろないにしろ）戦死した主君とともに死ぬという理想に従った行為であると考える人もいる。[16] 大将が斃れた後も敵の軍勢を打ち負かすべく残った者たちで戦い続けるという行為が自殺的であると捉えられるのは、戦況が、挽回不可能な程明らかに不利な状態であるということが前提とされた議論であり、その意味で、この種の議論においても、上述のようにアングロ・サクソン軍がヴァイキング軍に圧倒されていたということが前提となっていると言っていいだろう。

しかし、既に見たように、大将ビュルフトノースが死に、最終的にアングロ・サクソン軍が敗れたということは史実として認められるものの、この戦いがヴァイキングに圧倒的に有利な状況で行われ、ヴァイキングが勝つべくして勝った戦いであったのかどうかということに関しては、現存する史料からでは決し難く、したがって、『モールドンの戦い』について考える場合にも、このような定かでない前提の上に解釈を築き上げていくのは危険である。また、仮にこれが史実であったとしても、古英詩の作者がそれをそのまま詩に導入したとは限らず、政治的、文学的、あるいはその他の理由から、詩の内容が史実と異なっているということも大いにあり得ることである。にもかかわらず、実際にはこのような絶望的な戦況が半ば史実であるかのように捉えられ、詩人もその史実を詩の中で忠実に再現しているということが暗黙のうちに了解されているかのような議論がなされることが少なからず行われてきている。

このようなことを踏まえ、次節では、『モールドンの戦い』において、ビュルフトノースの死の前後の戦況がこの詩においてどのように描かれているかということを、テキストをもとに改めてよく確かめながら、果たしてこの詩において、ヴァイキングとの戦いが初めから多勢に無勢の無謀な戦いと捉えられているのかどうか、また、特にビュルフトノースが戦死した後、果たして彼の周りの戦士たちは主君とともに死ぬという理想に基づいた自殺的で無謀な戦いをしたように描かれているのかどうか、ということについて考えてみることにしたい。

二　ビュルフトノースの死の前後の戦況

古英詩『モールドンの戦い』の記述にしたがって、戦いの起こる直前までの様子を記すとおよそ以下のようになる。ヴァイキング軍は船で川を上り、モールドンの近くの中州のような島に上陸したが、これに対してアングロ・サクソン軍は島を臨む陸地に陣取りヴァイキング軍を迎え撃とうとしていた。川を挟み両者が対峙しているときに、ヴァイキング側は講和金を払えば戦いをせずに撤退するという申し出をしたが、ビュルフトノースはこれを拒み、戦うことを選んだ。川の中には陸地と島とを結ぶ土手道があるが、そこを通ってヴァイキング軍が上陸しようとしても、土手道が一度にごく限られた人数しか渡れないほどの幅であったことと、土手道の入り口のところをアングロ・サクソンの兵士がしっかりと固めていたために、ヴァイキング側は思うように攻撃ができないという状況にあった。そこで、ヴァイキング軍側は、陸地に全員が上陸した上で、本格的な戦いをすることを要望すると、ビュルフトノースは上の引用文にあるように、ofermod（八九b）のためにこれを承諾したとされている。

ここで用いられているofermodという語がどのような意味合いで用いられているのかということはこれまでも再三論じられてきているが、この語の解釈の仕方はこの詩全体の解釈の仕方にもつながると言っても過言でないほどであり、その意味でこの作品の読み方と非常に密接に関連したキーワードであると言うことができる（この問題については以下の第四節で扱う）。ヴァイキング軍がアングロ・サクソン軍を圧倒するような大軍であり、戦いの結果もそのような力の差を反映し、アングロ・サクソン軍の惨敗で終わったということを、この詩にも反映された史実として前提とする立場から考えると、このofermodという語は否定的な意味でのprideを意味する語と捉えられ、このようなビュルフトノースの思慮に欠ける判断のためにヴァイキング軍との無謀な戦いを強いられることとなったという解釈がなされることになる。つまり、彼の pride のために、圧倒的大軍のヴァイキング軍をやすやすと上陸させてしまったがために、戦いはヴァイキングに有利となり、結果としてアングロ・サクソン軍は大敗北を喫することとなったと解釈されるわけである。そしてさらに、ビュルフトノースは自らの pride のために大将としての判断を誤り、重大な結果を引き起こした人物として非難されているとすら解釈されるのである。[17]

しかしその一方で、ビュルフトノースが軍隊を率いてヴァイキング軍と対峙したのは、ヴァイキング軍と戦い、この侵攻を食い止めるためであるということ、そして実際、彼とその軍勢は、ヴァイキングからの講和金の支払いによる平和的解決の申し入れを退け、全面的に戦うつもりであると宣言していること（四五—六一行）[18]、細い土手道の入り口付近での小競り合いを繰り返すだけで埒が明かなければ、ヴァイキングたちは再び船に乗り、別の場所に侵攻することもできたはずであり、それでは一連の軍事行動の目的が全く果たせないということ[19]、などを考え合わせれば、ビュルフトノースがヴァイキング軍と全面的な戦いをすることを選択したことそれ自体については、非難されるべき行動ではなく、当初から予定されていた範囲内の行動であると考えることができる。このような観点からも、ヴァイキング軍との戦いを選択したビュルフトノースの判断がそもそも誤っていたとする解釈は、ヴァイキングの大軍に対し、アングロ・サクソン軍はまともに戦えば明らかに劣勢になる程度の人数しかいなかったということを前提とした解釈であると言うことができるように思われる。実際、グノイスは、まさにこのような考え方に基づき、詩人が ofermod を否定的な意味合いで用い、ビュルフトノースに対して批判的な姿勢をとっている理由を以下のように説明している。

A possible explanation for this – actually the only one I can think of – seems to be the fact that Byrhtnoð was employing the right tactics but did not, or not yet, have a fighting force sufficiently strong to carry through his plan. (Gneuss (1976 : 133))

これに対する一つの説明として――といっても、私が考えられるのはこれが唯一なのであるが――、ビュルフトノースは適切な戦略を採ったものの、これを遂行するだけの軍勢がいなかった、あるいはまだいなかったということが考えられる。

不確実な前提に基づいているということに加え、この種の解釈に関するもう一つの問題点は、クラークによって説得的に論じられているように、このような ofermod の解釈、ひいてはそれに基づくこの詩全体の解釈の仕方が、この詩の実際の文脈の中では非常に不自然に映るということである。[20] 多くの研究者が同意しているように、この詩のテーマは忠誠心（loyalty）であり、特にビュルフトノースの軍勢に参加した戦士たちの彼に対する忠誠心が大きく取り上げられている。[21] ビュルフトノースが斃れた後、一部の者たちが戦場から逃亡し、戦場に残って勇ましく戦った戦士たちと鮮明な対照を成しているが、そのような描き方にも、この詩のテーマがよく表れていると考えられる。解釈の仕方に議論の余地のある ofermod やこれと関連した landes to fela（九〇b）という句を除外して考えた場合、ビュルフトノースを称揚する言葉はあっても批判するような言葉はどこにも用いられていないのに対し、戦場から逃亡した者たちに対しては、作中人物の言葉によっても、詩人自身の言葉によっても批判が繰り返されており、この詩の中では、批判されるべきは臆病で不忠な逃亡者たち（特にゴードリーチ（Godric）とその兄弟たち）であるということがはっきり表されている。ビュルフトノースの戦略上の重大な誤りが非難されているのだとすれば、大将の死後戦場から逃げ出した者たちに対しても、ある程度の理解や同情が示されてもおかしくないように思われるが、実際には、逃亡者には厳しい非難の言葉が繰り返されるのみであり、理解や同情は少しも見られない。大将の死後にまで、戦いを続けることは必ずしも戦士たちの義務とは捉えられておらず、大将が死んだのだから戦列を離れて故郷に戻っても非難する者はいないだろうという言葉が二人の作中人物によって繰り返されている（二二〇―二二三行、二四九―二五二行）。その上で、彼らは自らの忠誠心に従い、大将の仇を討つことを選択しており、これが義務的な行動というよりは忠誠心に基づいた自発的行動として描かれていると言うことができる。このようなことを考え合わせると、逃亡した者たちは、制度・慣習あるいは法律的な観点から非難されているのではなく、あくまでも道徳的な観点から非難されているのであり、ビュルフトノースに対する忠誠心の欠如が非難されているのである。[22] ビュルフトノースがその独断により戦略的に重大な誤りを犯し、詩人がこれを非難しているのだとすると、大将によって苦境に陥れられた戦士たちが、大将の死後にまでも、道徳的にその苦境から逃れてはならないというようなことを同じ詩人が書くというのは奇妙ですらあるように思われる。

広く認められているように、この詩は古くからの古英詩の伝統にかなりの程度従って作られており、『ベーオウルフ』にも見られるような英雄精神や主従関係の理想が全面に押し出された作品であると言え、ビュルフトノースとその周りの忠実な戦士たちの関係は、古代ゲルマン人の首領とその「忠臣」（comitatus）の構成員達との理想的な関係を模したように描かれている。[23] このような古き良き主従関係の理想を全面に押し出した作品には、英雄的な主君の英雄的な行為に対する批判は馴染まないものであるし、これを批判するのであれば、そもそもこのような、ともすると時代錯誤的とも取れるような精神に基づいた作品が作られることもなかったであろう。そのような作品全体のテーマや方向性を考えると、詩人が八九―九〇行目でビュルフトノースのことを批判しているのだとすれば、これは非常に唐突であり作品全体の調和を乱すものであると考えざるを得ない。このように考えると、ofermod は否定的・批判的な意味合いで用いられているのではないと考えるのが自然であり、そうだとすれば、ヴァイキング軍と戦うことそれ自体が戦略上無謀なことであったと捉えられているわけでもなく、したがって、ofermodを含むこの一節は、アングロ・サクソン軍が多勢に無勢の不利な戦いを強いられたことを示す手がかりとは必ずしもならないと言えるだろう。

それどころか、この詩の文脈を追って考えてみると、戦況はビュルフトノースが斃れ、逃亡者が出た時点でもまだそれほど大きく変わっていたようには思われない。上述のように、この詩はビュルフトノースが斃れると、周りにいた忠実な戦士たちは、主君とともに戦場で死ぬという理想に基づき、自殺行為とも取れるような無謀な戦いをして命を落とした様子が描かれていると解釈されることもある。[24] そして確かに、戦士たちは死を意識したような発言をしながらヴァイキングとの戦いを続ける覚悟を示している。しかし、これらの発言が、文字通りこれから無謀な戦いをして主君とともに死ぬという宣言であると考えられるかどうかは、古英詩の伝統やこの詩の文脈に即して判断しなくてはならない。ここからはしばらく、この問題について考えてみることにする。

ビュルフトノースが斃れると、臆病者たちはすぐにその場から逃げ出したが（一八五―一九七）、一方、忠誠心のある戦士たちは以下のような行動に出たとされている。

Þa ðær wendon forð　wlance þegenas,
unearge men　efston georne ;
hi woldon þa ealle　oðer twega,
lif forlætan　oððe leofne gewrecan.

（『モールドンの戦い』二〇五―二〇八行）

その時、勇猛果敢な家臣達、[25] 恐れを知らぬ者達、その場へ急ぎたり、彼等皆二つのうちの何れかを欲したり、命捨つるか、敬愛する者の仇討つかの。

詩人によるこの言葉は、特にアングロ・サクソン軍が明らかに劣勢に陥っていると考えた場合、一見すると敬愛する主君を失い絶望した者たちが、無謀な戦いに命を懸けようとしている様子を描いているように見えるかもしれない。実際、ウルフは、この場合、主君の仇を討つというのは、ヴァイキング軍を打ち破るということであるが、それは到底不可能なことであり、したがって、主君の仇を討つという選択肢が実質的にない以上、これ以降も繰り返されるこの種の言葉は結局彼らがここで主君とともに死のうとしていた様子を描いたものであると解釈している。(26) しかしこの時点で、「主君の仇を討つこと」が明らかに不可能であるほど戦況が不利であったということは、作品の内部からも、他の史料からも確かめられないことであり、必ずしもそのような戦況を前提にして解釈をする必要はない。一方、この詩を解釈するに当たっては、この詩全体を通じて、詩人が古英詩の伝統的な表現技法にかなりの程度よく従っているということを念頭に置く必要がある。これらのことを考慮に入れた場合、上に引用した一節の「命捨つるか、敬愛する者の仇討つかの何れかを欲した」という言葉は、死ぬことを前提とした言葉というよりは、死をも恐れぬ覚悟でこの上なく勇ましく戦うという意味合いの決まり文句であろうということがわかる。(27) これについては、以下の『ワルデレ』（*Waldere*）からの一節と比較することができるだろう。

[...] is se dæg cumen
þæt ðu scealt aninga　oðer twega,
lif forleosan　oððe l[..]gne dom

agan mid eldum,　Ælfheres sunu.(28)

（『ワルデレ』八―一一行）

その日は来たり、エルフヘレの息子よ、汝二つのうちの何れかをすべき時が、命捨つるか、人々の間にて不朽の名声を勝ち取るかの。

これはワルデレの恋人であるヒルデギュース（Hildegyth）が、戦いに出ようとするワルデレにかけた言葉である。ここでは二つの選択肢のうちの一方が復讐ではなく栄光を手にすることになっているが、いずれにしろ、ここで挙げられた選択肢のうちの一方は、戦場での死であるが、これは士気を鼓舞するための言葉であり、決してこれから戦場で死ぬことが予想されているわけではない。上に引用した『モールドンの戦い』の中の言葉も、これと同様の言い回しに従ったものであり、必ずしも死を予見させるようなものではなく、戦士たちの勇ましく決然とした様を表現したものと捉えることができ、絶望的な状況を悲観的な調子で描写したものでは必ずしもなく、それどころか、彼らの極めて勇ましく猛々しい様子を称える意味合いが込められていると考えることができるのである。

一方、以下のオッファ（Offa）の言葉は、ビュルフトノースが斃れた後のアングロ・サクソン軍の様子をよく伝える言葉であるように思われる。

Hwæt þu, Ælfwine, hafast　ealle gemanode
þegenas to þearfe,　nu ure þeoden lið,
eorl on eorðan.　Us is eallum þearf

þæt ure æghwylc　oþerne bylde
wigan to wige,　þa hwile þe he wæpen mæge
habban and healdan,　heardne mece,
gar and godswurd.

（『モールドンの戦い』二三一―二三七a行）

まさに、エルフウィネよ、汝家臣達皆に、我らが主君、高貴なるお方の地面に斃れし今、なすべきこと示したり。我ら皆がなすべきは、我ら各々戦士達皆を戦いへと励まし向かわせることなり、武器を、堅固なる剣、槍、良き剣を持つことの出来る限り。

これはエルフウィネ（Ælfwine）の発言を受けてオッファの述べた言葉である。エルフウィネはこれまでに酒宴の席で誓ったことを実行する時が来た、誰が勇敢かが試される時が来た、という趣旨の、戦士たちを鼓舞するような言葉を述べているが（二一二―二二四行）、それに続きオッファがこのように言って同調しているのである。オッファはここで、大将のビュルフトノースが死んだ今、皆で励まし合いながら戦いに向かうことが必要であると述べているが、ここで用いられている bydan という動詞は、"to encourage, embolden, cheer" 等の意であり、同義的に用いられている語 trymian と共に、ビュルフトノースが斃れた後のアングロ・サクソン軍内の様子を表すキーワードと捉えることができるように思われる。(29) 当初戦士たちを鼓舞したり彼らに指示を与えたりする（bydan, trymian）のは大将であるビュルフトノースの役目であったが（一七b、一六九b）、ビュルフトノースが斃れてからは、大将の不在を補う形で、オッファの言葉（二三四b）にもあるように、皆がお互いを鼓舞し指示を与え合いながら戦いを続けたとされており、実際、エルフウィネ（二〇九a）、オズウォルド（Oswold）とエーアドウォルド（Eadwold 三〇五ｂ）、ゴードリーチ（三二〇ｂ）が戦士たちを鼓舞した様子が描かれている。このように考えると、オッファの言葉は、指揮官を失ったものの、軍隊としての士気と秩序を損なうことなく、（軍中の主だった人物を中心として）戦いを続けようということを述べたものと考えることができる。そして、このような言葉からは、無秩序で無謀で自殺的な戦いをして主君とともに死のうとしているというよりは、指揮官を失ったという現実を受け、状況を冷静に見極め、逃亡者のために乱された隊列を立て直し[30]、戦い続けようとする戦士たちの姿勢が窺えるように思われる。このように考えると、ビュルフトノースが斃れた直後に周りにいた戦士たちが発した言葉からは、この時点で既に彼らは戦いに勝ちヴァイキングを追い払うことを諦めており、ヴァイキングの大軍に対し、残った少人数の忠実な戦士たちが自殺的で無謀な戦いを挑もうとしていたというような状況を読み取ることはできず、逆に、これから今一度体勢を立て直しヴァイキング軍に対抗しようとしている様子を読み取ることすらできるのである。このようなことを考慮に入れると、オッファがこの言葉を発した時点で既にヴァイキング軍が圧倒的優位に立っており、これに対抗しようとするのは自殺行為に等しいということを前提としたウルフの議論には再考の余地が大いにあるように思われる。

　オッファの後に口を開いたレーオフスヌ（Leofsunu）の発言にも、文字通りには彼がこれから死のうとしているのかとも取れる発言が見られる。

Ic þæt gehate,　þæt ic heonon nelle
fleon fotes trym,　ac wille furðor gan,
wrecan on gewinne　minne winedrihten.
Ne þurfon me embe Sturmere　stedefæste hælæð

wordum ætwitan, nu min wine gecranc,
þæt ic hlafordleas ham siðie,
wende fram wige, ac me sceal wæpen niman,
ord and iren.

(『モールドンの戦い』二四六―二五二a行)

我ここより一歩も退かず、先に進み、戦いにて我が主の仇を討たんと誓うものなり。我が友の斃れし今、主無くして戦から離れ、故郷に帰りたるとも、ストゥルメールの意気軒昂なる人々の我を非難する謂れもなし。否、武器、切先、剣の我を捕らえるべし。

しかしこれも、この種の英雄的な詩に見られる、勇ましい覚悟の程を示す言葉であり、必ずしも文字通りにここで死のうということが述べられていると解釈せざるを得ないわけではない(レーオフスヌが実際にこの戦いで死んだのかどうかも述べられていないので定かではない)。これについては、例えば、『ベーオウルフ』の以下の言葉と比較することが出来るだろう。

Ic gefremman sceal
eorlic ellen, obðe endedæg
on bisse meoduhealle minne gebidan!(31)

(『ベーオウルフ』六三六b―六三八行)

我高貴なる武功を立てん、さもなくば、この蜜酒の館にて最期を遂げん。

ベーオウルフの言葉は、武功を立てるか、さもなければ死ぬかという二者択一の形式になっており、上に引用した『モールドンの戦い』二〇七―二〇八行や『ワルデレ』に見られる言葉と通ずるところがあるが、一方、レーオフスヌの言葉の結びの部分には死ぬことしか述べられておらず、この点で異なっているように見えるかもしれない。しかし実際には、引用文の最初で彼は戦場で復讐を果たすことを誓っており、復讐を果たすか死ぬかの二者択一の形式になっていると言うことができる。この場合には、その二者の間に、「大将が死んだ今となっては退却しても非難されることはないのだが」という趣旨の言葉が挿入されているが、これも復讐への自発的な強い意志を強調する働きをするものと捉えることができるだろう。

レーオフスヌに続いて、ドゥンネレ（Dunnere）が短い言葉を発しているが、ここにも死を思わせるような表現が用いられている。

Ne mæg na wandian　se þe wrecan þenceð
frean on folce,　ne for feore murnan."

（『モールドンの戦い』二五七―二五八行）

軍中にて主君の仇討ちせんとする者、怯むべからず、命を惜しむべからず。

あるいは、このすぐ直後には詩人自身の言葉で似たような趣旨のことが述べられている。

Þa hi forð eodon,　feores hi ne rohton ;

（『モールドンの戦い』二五九行）

彼ら前進し、命を惜しむことなかりし。

しかしこれらもまた、英雄的な精神性を示す決まった表現であり、必ずしもこれから死のうとしている者についての言葉と解釈する必要はない。これについては、『ベーオウルフ』の以下の例と比較することができるだろう。

Gyrede hine Beowulf
eorlgewædum, nalles for ealdre mearn;

（『ベーオウルフ』一四四一b—一四四二行）

ベーオウルフ、甲冑を身に着けしが、命を惜しむことなかりし。

これはグレンデルの母親と戦うべく、グレンデルらの住処近くまで来た時のベーオウルフの様子を描写したものである。ここでも、「命を惜しまなかった」とは、それだけ勇ましく決然としていたということを言わんとしたものであり、これから死ぬことが暗示された言葉では決してない。

以上のように考えると、ビュルフトノースが斃れた後の戦士たちの言葉や状況の描写には、死を意識させるような表現が随所に見られるものの、これらは古英詩において、勇ましく決然と戦いに向かう戦士に対して用いられる決まった表現であり、必ずしも実際に死ぬことが暗示されている表現ではないとみるのが妥当であろう。それに加え、上に引用したオッファの言葉に典型的に表れているように、また byldan や trymian といった語の使用にも表れているように、少なくともビュルフトノースが斃れた後、戦場に残った戦士たちは、エルフウィネやオッファのような主だった人物を中心に、軍隊としての士気と秩序を保ちつつ、一丸となってヴァイキング軍に対抗しようとした様子が描かれており、必ずしもこの戦いが無謀で自殺的なものであったようには描かれていないように思われる。このような文脈をも考え合わせると、死を意識させるような表現も、英雄詩の伝統によく見られる表現技法に従ったもので、文字通り死を暗示するために用いられているのではないと考えられるように思われる。

三　戦況の推移と戦いの結果

既に見たように、ヴァイキング軍とアングロ・サクソン軍との間の戦いが、一方が明らかに他方を圧倒するような、初めから結果の見えるようなものであったかどうかということは歴史的に定かでない。そして、『モールドンの戦い』の記述からも、そのような戦況を読み取ることはできないように思われる。ここでは、この詩において、戦況の推移がどのように描かれているかということを確認することで、詩人がこの戦いをどのように描こうとしているのかということを考えてみることにする。

ビュルフトノースが傷つき斃れるまでの箇所（一―一八四行）においては、エーアドリーチ（Eadric）、ウルフスターン（Wulfstan）、エルフェレ（Ælfere）、マックス（Maccus）、ウルフメール（Wulfmær）、エーアドウェアルド（Eadweald）、ウルフメール（Wulfmær もう一人のウルフメールとは別人）、エルフノース（Ælfnoth）らの名前が言及され、彼らの戦いぶりが描かれているが、このうちこの戦いで死んだとされるのは、大将ビュルフトノースに加え、二人のウルフメールとエルフノースの合計四人で、残りの五人については、勇ましい姿が描かれているだけである。一方、ここまでの箇所において、ヴァイキング軍側においては五人の兵士が討死した様子が描かれている（七八行、一一六―一一九行、一四〇―一四六行、一五七―一五八行）。アングロ・サクソン側は大将が討死していることから、単純に、言及されている戦死者の数で戦況を判断することはできないが、いずれにしろ、以下の引用文にも簡潔に言い表されているように、この戦いは熾烈なものであり、両陣営とも多くの死者を出したものと考えられる。

Biter wæs se beaduræs, beornas feollon
on gehwæðere hand, hyssas lagon.

戦いの嵐激しかりき。何れの側にても武士《もののふ》達の斃れ、戦士達の（死して）横たわりし。

（『モールドンの戦い』一一一—一一二行）

この記述は、『オズワルド伝』やこれに倣ったと思われる後の史料の中の以下の記述と通ずるものがあるようにも思われる。

Ceciderunt enim ex illis et nostris infinitus numerus ;

彼らの側にても、我らが側にても、数え切れぬ程の数の者達の斃れし。

（『オズワルド伝』第五部、第五章）

上に引用した『モールドンの戦い』の一節も、このような状況を表現しているように思われるが、そうだとすると、少なくとも戦いの始まった当初は、両軍とも互角の熾烈な戦いが展開されたということになるであろう。

一方、前節でも見たように、大将ビュルフトノースが斃れ、逃亡者が出た後ですら、アングロ・サクソン軍は体勢を立て直し、一致協力して戦おうとする戦士が多くおり、この時点でもまだアングロ・サクソン軍の秩序が乱れ敗色が濃くなったようには描かれていないように思われる。ビュルフトノースが斃れた直後に、エルフウィネ、オッファ、レーオフスヌ、ドゥンネレが相次いで戦いを続け、主君の仇を討つという決意を表明しているが、身分の高いエルフウィネやオッファに加え、出自がはっきりせず恐らくそれほど身分の高くないレーオフスヌや、「下層自由民」(ceorl) のドゥンネレに至るまで、様々な立場の者が一様にこのような決意を語る場面には、アングロ・サクソン軍の団結の様子がよく表現されているように思われる。(32) この四人の言葉の後、この詩の最後までは、アングロ・サクソンの戦士たちの戦いぶりが描写されている（二六〇―三二五行）。ここでは特に、勇敢に戦った戦士たちとして、エシュフェルス（Æscferth）、エーアドウェアルド、エゼリーチ（Ætheric）、オッファ、ウィースタン（Wistan）、オズウォルド、エーアドウォルド、ビュルフトウォルド、ゴードリーチの名が挙げられているが、このうち、この戦いで討死したとされているのは、エーアドウェアルド、オッファ、ウィースタン、ゴードリーチの四人であり、これ以外の五人についてはここで死んだのかどうかはっきり述べられてはいない。あるいは、ビュルフトノースの死の直後に復讐を誓った四人の中で、実際に死んだと言われているのはオッファ（上に挙げた九名の戦士の中の一人であるオッファと同一人物）一人であり、残りの三人については、この戦いで討死したのかどうかはっきりさせられていない。一方、ヴァイキング側においては、五人の戦士が討死した様子が描かれており（二二五―二二八行、二八五―二八六行、二九九行）、この五人以外にも少なからぬ兵士が死んだことが暗示されている（二七〇―二七二行、二七七―二七九行）。このように、ビュルフトノースが斃れた後に関しても、少なくともこの詩で述べられたことに関する限り、両軍の死者の数はほぼ同数であり、必ずしもヴァイキング軍がアングロ・サクソン軍を圧倒していたということを示す文脈や表現は見つからない。

前節で byldan や trymian という語の使用に着目しながら見たように、ビュルフトノースの死後、戦場に残った戦士たちは、お互いを鼓舞したり指示を与えたりしながら、軍隊としてのまとまりを維持して戦い続けていたようであるが、そのようなアングロ・サクソン軍側の戦いの様子は、以下の引用文にもよく表れているように思われる。

Sibyrhtes broðor and swiðe manig oþer
clufon cellod bord, cene hi weredon;
bærst bordes lærig, and seo byrne sang
gryreleoða sum.

（『モールドンの戦い』二八二—二八五a行）

シビルフトの兄弟（エゼリーチ）や他の多くの者達は、（敵の）楯割り、勇ましく防衛《まも》りたり。楯の縁の砕け散り、鎖鎧の恐ろしき音立てたり。

ここでは、アングロ・サクソンの戦士たちの多くがまとまり、ヴァイキングの攻撃に対して楯を用いて防御している様子が描かれている。このような描写から分かることは、彼らは単にがむしゃらになってビュルフトノースの仇を討とうと個人個人ばらばらに戦っていたのではなく、軍隊としての秩序を保ち、攻撃のみならず防御に関しても一丸となって行っていたということである。彼らは、ウルフやフランクの論じているように主君とともに戦場で死ぬという理想に従って、個人個人が無謀で自殺的な戦いを行っていたのではなく、（byldan や trymian と関連して触れたように）主だった戦士たちの鼓舞や指示のもとに、通常と同じように軍隊としてのまとまりをもって戦っていたと考えるのが妥当であろう。したがって、この時点でもなお、アングロ・サクソン軍にはかなりの程度のまとまりがあり、もはや軍事行動とは呼べないような壊滅的な状態に陥っていたわけではないと考えるのが妥当であるように思われる。

この引用文の後、引き続き戦いの様子が描かれているが、ここから詩の現存する最後までの四〇行の間には、オッファが討死した様子、それに続いてウィースタンが討死した様子、そして上に引用したビュルフトウォルドの言葉、さらにはゴードリーチが討死した様子が描かれている（詩人も詩の最後（三二五行）で述べているように、このゴードリーチは戦場から逃亡したゴードリーチとは別人である）。上述のように、ビュルフトノースの死後（一八五行目以降）、アングロ・サクソン軍の戦士で討死したと言われているのは四人であり、そのうちに三人については、最後の四〇行で矢継ぎ早にその討死の様子が描かれており、詩の最後に向かって、徐々にアングロ・サクソン軍の旗色が悪くなってきている様子が描かれているようにも思われる。上に引用した、詩の最後近くに置かれているビュルフトウォルドの言葉にもそのような状況が反映されていると考えることができるように思われる。つまり、彼の「我らが勢力衰えるにつれ、意志は一層固く、心は一層勇猛に、勇気は一層大きうなるべし」（Hige sceal þe heardra,　heorte þe cenre, / mod sceal þe mare,　þe ure mægen lytlað）（『モールドンの戦い』三一二―三一三行）という言葉は、不利になってゆく戦況を踏まえての言葉であるように見え、この前後で矢継ぎ早に描かれているアングロ・サクソンの兵士たちの戦死の様子とともに、戦況がアングロ・サクソン軍にとっては悪化してきているということを表した言葉であると捉えることもできるように思われる。

しかし、それと同時に言えることは、ビュルフトウォルドの言葉も、周りの戦士たちを鼓舞するために非常に勇敢な調子で発せられたものであるとされており（he ful baldlice beornas lærde（三一一行）「彼いと勇敢に戦士らに訴えし」）、戦況に絶望し辞世の言葉として発せられたのではなく、戦士たちの士気を高めるための言葉として発せられたものであると考えられる（また、この言葉自体、sceal「〜すべし」を用いた格言のようでもあり、そう考えると、これはビュルフトウォルド独自の言葉というよりは、戦いの中にあって勇気あり決然とした姿勢を表すための決まった表現であるのかもしれない)。ビュルフトウォルドの言葉の直後には、これを受けゴードリーチも周りの人々を鼓舞した(bylde(三二〇行))様子が描かれている。このように、詩の最後に向かって、徐々に戦況が悪化してきた様子が描かれているようにも見えるが、しかしこの詩の文脈に関する限り、アングロ・サクソン軍の戦士たちは最後までお互いを鼓舞し合いながら、軍隊としてのまとまりを失わず、したがって、ヴァイキングの大軍に対して壊滅的な状態に陥ることなく戦い続けていたように描かれていると言うことができるであろう。

四 ofermod の解釈をめぐって

ビュルフトノースの ofermod(八九b)を否定的な意味と捉えるか、肯定的な意味と捉えるかという問題については、既に見たように議論のあるところであるが、スクラッグ(1981：38)の以下のような言葉が示すように、最近では、トルキーンの影響下で、否定的な意味合いで解釈されることが多い。

> [I]t has now been convincingly shown that the evidence for *ofermod* as a term of apprcval is nebulous, and Tolkien was undoubtedly right in regarding the term as pejorative.

今や ofermod を肯定的な意味の語とするはっきりした証拠はないということが説得的に示されたのであり、この語には非難の意が込められているとするトルキーンは疑いなく正しかったのである。

ofermod を否定的な意味とする最大の根拠は、この語が他には肯定的な意味で用いられた例がなく、常に否定的な意味で用いられているということである。しかし、現存する限られた文献の中で、一度しか用いられた記録のない単語が多くあるのと同様に、単語の意味についても、一例しか記録がないものがあるということは大いにあり得ることである。また、他の作品において、この語（同形で名詞と形容詞がある）は、主にキリスト教的な観点から、忌むべき高慢の罪を意味するのに用いられ、文脈的にも否定的な意味であるということが一目瞭然の場面でのみ用いられている。一方、『モールドンの戦い』の場合には、作品を通じてビュルフトノースの否定的な側面を示すような言葉は他には全く見られず、文脈的にはっきりとした意味の制限がなされていないという点で、他の作品における用例の場合とは異なっている。したがって、最初から文脈によって意味がはっきり定められている他の例と同列に論じることはできない。

ofermod とは、「心、精神、勇気」等を表す mod と、度合いの高さを表す ofer とからなっており、語源的な観点から考えた場合には、中立的な意味合いで、それ自体で明らかに肯定的あるいは否定的な響きのある語ではない。[33] 事実、語源的に ofermod とほぼ等しい原義があると考えられる oferhygd（ofer + hygd「心、思考」）に関しては、「高潔さ」という肯定的な意味と、「高慢」という否定的な意味の両方が記録されている。また、ofermod の第二要素の mod についても、これと語源的に連なりのある modig には、肯定的な「勇敢（な）、豪胆（な）」と、否定的な「傲慢（な）、高慢（な）」と両方の意味がある。[34] 同様に、（語源的には関係ないが）wlenc (o) も、肯定的な「豪胆さ」と否定的な「傲慢」の両義で用いられる。[35] 肯定的な意味と否定的な意味との両方が混在するこの種の語においては、その語がどちらの意味で用いられているのかを決するのは、語それ自体ではなく、前後の文脈である。そして、キリスト教的観点からの高慢の罪と関連した文脈で、明らかに否定的な意味で用いられる ofermod の場合とは異なり、ビュルフトノースの場合には、これを否定的な意味に限定するような、文脈的な制約は見当たらない。[36] それどころか、ビュルフトノースに代表されるアングロ・サクソン軍の戦士のこのような勇ましさについて、詩人は、「剛勇なる戦士達」（wlance þegenas（二〇五b行））という言葉を使って賞賛しさえしているのである。[37] 前章までに見てきたように、全体として古くから伝わる英雄詩の伝統にかなりの程度忠実に従い、ビュルフトノースおよび彼の軍勢の英雄的な働きや、戦士たちの彼に対する忠誠心がこれほどまでに前面に押し出されている作品で、戦士たちが忠実に従う大将の英雄的な性格が、敗戦の究極の原因であるといって非難されているのだとしたら、これは作品全体の雰囲気や流れとは全く調和しない。英雄詩の伝統は、このような批判には馴染まないものであり、ビュルフトノースを批判するのであれば、そもそもこのような英雄詩の伝統に従って、主従関係の徳が大仰に美化されているとも思われるような詩が作られることもなかったであろう。

このようなことを考慮に入れると、ofermod を含む問題の箇所は、おおよそ以下のように解釈すべきであるように思われる。

Ða se eorl ongan　for his ofermode
alyfan landes to fela　laþere ðeode.

（『モールドンの戦い』八九―九〇行）

この貴人（ビュルフトノース）は、その並外れた豪胆さ故に、忌むべき者達に、あまりに多くの土地を与えてしまったのであった。

「あまりにも多くの土地」（landes to fela）という言葉には、否定的なニュアンスが感じられるが、これを必ずしもビュルフトノースに対する非難と取る必要はないように思われる。この部分は、明らかに戦いの結果を踏まえて書かれており、否定的な響きのある to も、負け戦という否定的な結果を受けてのものであると捉えることもできる。ofermod が肯定的な「並外れた豪胆さ、勇ましさ」を表すものとすれば、ビュルフトノースの豪胆で英雄的な選択により、勇ましく戦いが行われたという肯定的な事実と、彼が戦死し、アングロ・サクソン軍が敗れたという否定的な結果とが、この二行の間に集約されていると読むことができる。そして、ここには、詩人の立場、つまり、アングロ・サクソン軍の勇ましい戦いぶりや、それを支えた主従間の理想的な関係を賞賛する立場と、敗戦や多くの戦士たちの死を悔やむ立場とが交錯していると捉えることができるように思われる。

おわりに

『モールドンの戦い』の結末部分は現存しておらず、戦況が徐々に悪化してきたことを暗示するような話の展開を最後に詩は完結せずに終わってしまう。[38] したがって、アングロ・サクソン軍は結局どのようにして敗れたのか、勇敢に戦っていた戦士たちはどうなったのか、ヴァイキングの側の被害はどの程度だったのか、彼らはその後どうしたのか、というようなことはこの詩からは分からない。この戦いの様子を記録した他の史料においては、この戦いの結果、ビュルフトノースは戦死し、戦いもヴァイキング軍の勝利に終わったとするだけで、それ以上の詳しい情報を与えていない史料も多いが、[39] 中にはいくつか戦いの後の様子を簡単に記しているものもある。例えば、モールドンの戦いの十年程後に書かれたという『オズワルド伝』には以下のような記述がある。

Ceciderunt enim ex illis et nostris infinitus numerus; et Byrihtnoðus cecidit, et reliqui fugerunt. Dani quoque mirabiliter sunt uulnerati, qui uix suas constituere naues poterant hominibus.

（『オズワルド伝』第五部、第五章）

我らおよび彼らの数えられぬ程の数の者達討死せし。ビュルフトノースも討死し、残りし者達は逃亡したり。デーン人達にも甚だしき損害あり、而して彼らが船に人員を配することもままならざりき。

一方、十二世紀の『イーリーの書』には以下のようにある。

Quorum ultimo die, paucis suorum superstitibus, moriturum se intelligens, non segnior contra hostes dimicabat, sed magna strage illorum facta pene in fugam eos converterat, donec adversarii paucitate sociorum eius animate, facto cuneo, conglobati unanimiter in eum irruerunt et caput pungnantis vix cum mango labore secuerunt, quod inde fugientes secum in patriam portaverunt.

(『イーリーの書』第二巻、第六二章)

最後の日、手勢の少なくなり、死を覚悟せしも、敵に対し少しも怯まず、彼らの側に多大なる損害与え、敵どもを今にも敗走させんが勢いなりしが、ついには仲間の少なさに危機感覚えし敵どもは、楔形の隊列組み、一丸となり結束し、彼(ビュルフトノース)に襲い掛かれば、大変な苦労の後、かろうじて彼の首を切り落とし、その場から逃れこれを祖国へ持ち帰りたり。

これらの記録に従えば、ヴァイキング軍にも相当の損害があり、この勝利の勢いに乗りモールドンの街を略奪するほどの力は残っておらず、半ば逃げるようにしてこの地を去ったということになる。このような記録がどの程度信頼の置けるものなのか判断するのは非常に難しいが[40]、少なくとも、負け戦の記録であっても、アングロ・サクソン側の名誉を保つべく、極力負け戦という印象を与えないような書き方がなされることがあったという例として捉えることはできるであろう。そして、これは、以下の『ベーオウルフ』からの一節にも見られるように、英雄詩の伝統の中に見られる記述の仕方とも通ずるものがある。

　　　　Þonan Biowulf com
sylfes cræfte,　sundnytte dreah ;
hæfde him on earme　(ana) þritig
hildegeatwa,　þa he to holme (st)ag.
Nealles Hetware　hremge þorf(t)on
feðewiges,　þe him foran ongean
linde bæron ;　lyt eft becwom
fram þam hildfrecan　hames niosan!

（『ベーオウルフ』二三五九b―二三六六行）

ベーオウルフは戦場より己れの力にて脱け出し、海原を泳ぎ渡りし。海岸に辿り着きし時、一人にして片腕に三十領の具足を抱えておりし。楯をかざして彼の行く手を遮り、立ち向かいしヘットワルの軍勢は、徒歩《かち》にての闘いでの勝利を誇る由もなかりし。勇士（ベーオウルフ）のもとより立ち戻り家郷に辿り着きし者達は寥々たる有様なりし。

これはベーオウルフの主君ヒュイェラークが討死した戦いにおいて、大将を失った負け戦にも拘らず、ベーオウルフの活躍により、相手方も酷い損害を被り、とても勝ち戦と言えるような状態ではなかったということが述べられた一節である。[41] このように、負け戦についての記録でも、負けたという事実や、その責任が誰にあるのかというようなことよりも、そこで如何に勇ましく戦い、善戦し、敵を苦しめたかということを強調することにより、敗北に起因する屈辱や不名誉を極力感じさせないような書き方がなされるということも、特に英雄詩やその伝統に従った作品にはよく見られるものである。[42]

『モールドンの戦い』の場合には、詩の結末部分が欠落しており、戦いの結果については、どのように語られていたのかわからないが、全編にわたって英雄的な勇敢さをもって敵に立ち向かった戦士たちを賞賛するように、英雄詩の伝統に従い、彼らが勇敢な忠臣であるかのように描かれているということを考えれば、そのような調子に合わせて、詩の結末も、彼らの働きを高く評価するような内容となっていて然るべきであろう。つまり、『オズワルド伝』や『イーリーの書』の場合のように、戦いの勝敗は結局非常に僅差であり、ヴァイキング軍にも多大な被害が出、これ以上侵略や略奪をするだけの勢いもなくなったとすることで、この戦いで勇ましく戦った戦士たちの働きを高く評価し、あるいはビュルフトノースをはじめ多くの戦士たちの死も無駄ではなかったとするような結末こそ、この詩には相応しいものであるように思われる。

『ベーオウルフ』の結末部分において、ベーオウルフが火を吐くドラゴンとの戦いで傷つき最期を迎えた時、残された人々は、主君を失い、隣国からの侵略を予見しながらも、ベーオウルフのことを、跡継ぎのないまま後先を考えずにドラゴンと無謀な戦いをして死んでしまったと言って非難するのではなく、[43]口々に彼の王としての偉大さを称える言葉を述べたとされており、その賞賛の言葉によって詩が結ばれている。同じように、現実的には（そして、少なくとも当時の状況をはっきりとは知り得ない現代の視点からすると）ビュルフトノースは負け戦の責任を追及されても仕方のない立場にあったのかもしれないが、[44]古英詩の伝統に従い英雄を称える一編の詩作品として、『モールドンの戦い』はそういう客観的で現実的な問題を超越したところにある理想に基づく作品であるように思われる。

（1）本稿は、二〇〇六年十一月五日に行われた、専修大学社会知性開発研究センター／言語・文化研究センター 平成十八年度国際公開講座における講演、「「事実」と虚構、「歴史」と文学の間　タキトゥスの *Germania*、*Beowulf* および *The Battle of Maldon* を中心に」の一部をもとにしたものである。また、基本的に同様のことを論文としてまとめたものに、唐澤（二〇〇七）がある。本稿は、この論文に加筆・修正を施し、再構成したものである。

（2）より早い時期の研究者の間では、『モールドンの戦い』を歴史的史料とみなす傾向にあり、かなりの程度事実・史実に基づくものという解釈がなされる傾向にあった。典型的な例として、Laborde（1936）が挙げられる。Stenton（1947：371）においても、この詩に述べられたことがあたかも史実であるかのように扱われている。このような考え方に対し、この詩は実際の戦いを題材としているものの、古英詩の伝統に根ざしたゲルマンの武人社会の理想が時代錯誤的に導入された作品であり、主従間の忠誠心や英雄精神などはみな当時の現実には即さない、空想上のものであるという解釈がより広く行われるようになり現在に至っているように思われる。例えば、Scragg（1993）を参照。とはいえ、比較的近年になっても、例えば、Abels（1991）の場合のように、この詩が作られた当時の状況に照らして、この詩で述べられていることがかなりの程度現実的であった可能性を示唆する研究もあり、この問題についてはまだ議論の余地が大いに残されていると言える。

（3）『ゲルマーニア』の記述の信憑性については、様々な異論もあろうが、最近でも、例えば Liberman（2005：113）には次のようなことが述べられている。「『ゲルマーニア』は信用に足る史料である。他の情報源がある場合には、タキトゥスの記録は常に正確だということがわかる。」（"*Germania* is a reliable source, and when we can draw on outside information, Tacitus's facts always turn out to be accurate."）

（4）例えば、Fanning（1997）を参照。このような「理想」について、タキトゥスはゲルマン人ではなくケルト人についての記録を利用したのであろうという人もいる。例えば、Tacitus（1999：185-86）を参照。

（5）モールドンの戦いについてのこれらの記録は全て Scragg（1991）に収められている。本稿におけるこの戦いに関する史料からの引用文は全てこの文献に基づく。訳は全て拙訳。

（6）『アングロ・サクソン年代記』の A 写本の九九三年の欄には、「この年に、オラフは九十三隻の船でフォークストーン

（Folkstone）にやってきて、その辺りを荒らし、そこから今度はサンドウィッチ（Sandwich）へ、それからイプスウィッチ（Ipswich）へ行き、全てを荒らし、そこからモールドン（Maldon）へ向かった。」（Her on ðissum geare com Unlaf þrim 7 hund nigontigon scipum to Stane 7 forhergedon þæt onytan, 7 for ða ðanon to Sandwic 7 swa ðanon to Gipeswic 7 þæt eall ofereode 7 swa to Mældune.）とある。年号が九九三年になっているのは、写字生が何らかの理由で混乱したせいであろうとされている（年号の問題については、Bately（1991）を参照）。この戦いの際のヴァイキング軍の船の数を記した記録はこれしかなく、九十三隻という数自体についても、信頼が置けるものとは捉えられないことが多いように思われる。例えば、Keynesもこの記録に基づいて船の数に言及しているが、'ninety-three' ships（Keynes（1991：90））と数字に引用符を加えており、これが文字通り信用できる数字かどうか定かでないということを示している。この数字の信頼性については、次の注も参照。

（7）『アングロ・サクソン年代記』のこの記述が事実に基づいたものではないであろうということは、Clark（1979：260–62）によって論じられている。これによると、モールドンの戦いにおいてヴァイキング達が乗ってきた船が九十三隻もあったということはほとんどあり得ず、実際にはせいぜい十隻前後であっただろうということが説得的に述べられている。

（8）例えば、Gneuss（1976：133-37）によると、九十三隻の船で押し寄せたヴァイキング軍の人数はおよそ二千〜三千五百人であったのに対し、当時のアングロ・サクソンの軍隊の組織法や後の『ドゥームズデイ・ブック』（Domesday Book）の記録から考えると、アングロ・サクソン軍はおよそ五百五十人程度だったのではないかということである。しかし、ヴァイキングの船の数が九十三隻であったという記録は信憑性が低く、これを基にした計算も同様に信憑性が低い。ヴァイキング軍の船の数に関する問題については、前注を参照。

（9）『イーリーの書』（第二巻、第六二章）には以下のような記述が見られる。「かの地に着きし時、自らの軍勢の小さきに動揺せず、敵の軍勢の大いなるに恐れをなすこともなく、激しく攻撃し、十四日の間彼らと戦いし。」（Quo perveniens, nec suorum paucitate movetur nec hostium multitudine terretur, sed adgregitur et per xiiii dies ardentur cum eis congreditur.）

（10）デーン人に対する初めての講和金の支払いに関しては、モールドンの戦いのことが記された『アングロ・サクソン年代記』の全ての写本において、モールドンの戦いの記述に続いて記されている。

（11）最近の論考においても、例えばScragg（2006）は上述のような史料を基にこのような解釈をしている。

（12）この詩を含んだ写本は一七三一年に火災に遭い、この詩を含む部分はこの時全て焼失してしまった。しかし、火事以前にこの写本から写しが取られており、そのためにこの詩は現在まで伝わっている。しかし、この写しが取られた時点（あるいはこの詩がこの写本に写された時点）には既に最初と最後が欠けた断片となっており、そのため本来はあったはずの詩の最初と最後がともに現存していない。この写本や写しについては、Scragg（1981：1-8）を参照。写しについては特に、Rogers（1985）を参照。

（13）Tolkien（1953；repr. 1966：21）. 括弧内は現著者による補足。

（14）この作品の中において、ティードワルドはビュルフトノースの戦略的失敗に関して以下のような言葉を述べている。

He let them cross the causeway, so keen was he to give minstrels matter for mighty songs. Needlessly noble. It should never have been: bidding bows be still, and the bridge opening, matching more with few in mad handstrokes! Well, doom he dared, and died for it. (Tolkien (1953; repr. 1966：16))

彼（ビュルフトノース）は彼ら（ヴァイキング軍）が土手道を渡ることを許した。彼は吟遊詩人に勇ましい歌の題材を提供するのに余念がなかったのだ。彼は無駄に高貴だった。そうすべきではなかったのに、彼は（敵が土手道を渡る間）射手に手を出さぬよう命じ、橋の守りを解き、少人数で大人数に戦いを挑むことを命じたのだ。彼は敢えて凶運に立ち向かい、そのために死んだのだ。

（15）例えば、Cross（1974）やGneuss（1976）等を参照。

（16）Woolf（1976）およびFrank（1991）を参照。

（17）このような解釈に関しては、例えば、上述のTolkien（1953）、Cross（1974）、Gneuss（1976）等を参照。

（18）このように宣言したのはビュルフトノース自身であるが、その言葉の中で、彼の軍勢の人々がこのような意気込みを口々に叫んでいるのが聞こえないのかと、ヴァイキングの使者に問いかけており、軍勢の士気の高さがうかがえる。このようにして、ビュルフトノース一人が勝手に戦うことを宣言したというよりは、軍勢全体として戦いに向かおうとしていた様子が描かれており、彼個人のprideに基づく独断により戦うことが選択されたわけではなく、一同は初めから戦いをするつもりでこの場に向かったように描かれていると言うことができる。

（19） Gneuss（1976：132-33）も、このようにして戦いが埒の明かない状態になれば、ヴァイキングたちは再び船に乗りどこか別の場所を襲撃したであろうとし、ビュルフトノースがヴァイキングを敢えて上陸させ戦ったのもこのためであろうと推測している。

（20） Clark（1968）およびClark（1979）を参照。

（21） これに加え、ビュルフトノースのエゼルレッド王（Æthelred）に対する忠誠心についても簡単に触れられた箇所（四九―五四a行）がある。この詩の中心的なテーマとしての忠誠心について、例えば、Scragg（1981：40）は「忠誠心は詩人のテーマであり、首領に対する献身という点において、モールドンで戦死した者達は勝者のように輝かしかったのである」（"Loyalty is the poet's theme, and in their devotion to their leader the men who died at Maldon were victorious."）としている。

（22） Scragg（1993：26-27）を参照。

（23） 例えば、ビュルフトノースの周りにいる戦士たちにはheorðgeneat（二〇四a）やheorðwerod（二四a）という語が用いられているが、これらはもともと館の中で主君とともに暖炉（heorð）を囲むような間柄の腹心の家臣に対して用いられる語であり、特に前者は『ベーオウルフ』において、ヒュイェラーク（Hygelac, 二六一b）、フロースガール（Hrothgar, 一五八〇b）、およびベーオウルフ（二一八〇a、三一七九b）の腹心の家臣に対して用いられている。

（24） Woolf（1976）およびFrank（1991）を参照。

（25） ここで「勇猛果敢な」と訳したwlancという形容詞は、肯定的な意味の他、文脈によっては、「高慢な、傲慢な」という否定的な意味で用いられることもよくある。同様に、「大胆不敵な、勇猛果敢な」等の意を表す語は、「高慢な、傲慢な」という否定的な意味でも用いられるものが多い。ここでのwlancの例が示すように、アングロ・サクソン軍の戦士たちの勇猛さが明らかに肯定的に捉えられているということは、以下で見るofermodの解釈とも関連して重要である。

（26）これについて、Woolf（1976：76）は「この詩では復讐という目標は実現不能であるので、この目標は事実上主君と共に死ぬということと同じようなものである」（"Since in this poem the aim of vengeance is a hopeless one, it merges readily with that of dying with one's lord."）と述べている。

（27）このような戦士たちの様子は、引用文中では wlanc（二〇五b）「勇猛果敢な」および unearh（二〇六a）「恐れを知らぬ」という形容詞により端的に表現されている。

（28）Dobbie（1942）より引用。訳は拙訳。

（29）特に byldan は、現存する古英語文献には十度（詩作品に八度、散文作品に二度）しか記録されておらず、そのうちの四度は『モールドンの戦い』において用いられている。この短い詩の中に、古英語文献全体で用いられたこの語の使用例の四割（あるいは詩作品における用例の五割）が含まれているというのは、使用頻度として非常に高いと言うことができる。この語は、王や首領等が、目下の者を鼓舞あるいは激励するという意味で用いられる。例えば、『ベーオウルフ』（一〇九四b）においては、フィン王が宝の分配によってフリージアの家臣たちを激励した様子を表現するのにこの語が用いられている。『アンドレアス』（*Andreas* 一一八六a）では、首領に喩えられた悪魔が人々を扇動する様を表現するのに、『エレネ』（*Elene* 一〇三八a）では聖霊がユダを悔悛へと導いた様子を表現するのに用いられている。『格言詩 二』（*Maxims II* 一五a）においては、「良き同胞ら、若き貴人らを戦へと、そして宝の分配へと鼓舞すべし」（geongne æþeling sceolan gode gesiðas byldan to beaduwe and to beahgife）と述べられており、「若き貴人ら」（geongne æþeling）とあることからもわかるように、年上の人々が年下の人々に武人としての徳を教育するようにとの趣旨の格言であると考えられそうである。

（30）逃亡者により隊列が乱されたということは、オッファが逃亡者たちを非難した言葉（二三一―二四三行）の中で述べられている。

（31）『ベーオウルフ』からの引用は全て Klaeber（1950）による。訳は拙訳。

（32）このような解釈に関しては、Robinson（1993：116-18）および、唐澤（2004：131-32）を参照。

（33）この作品における ofermod については、Gneuss（1976）において詳しい論考がなされているが、これに対する反証については、Clark（1979）を参照。

（34）なお、ofer- に関しては、上述の oferhygd の例からもわかるように、必ずしも否定的な意味合いを強めるためだけに用いられるものではない。oferhygd 以外にも、例えば、ofermaðum「非常に高価な宝」、ofermæcga「傑出した人物」、ofermægen「非常に強大な力」等の例がある。

（35）このような例は古英語に限らず、似たような意味を持つラテン語の animositas, audacia, sublimis 等にも同様のことが言えるし、現代英語の audacity や pride にも当てはまることから、これはこの種の意味を表す語によく見られる性質であると言えそうである。

（36）以下の、『ベーオウルフ』の中の以下の wlenco の例にも同じようなことが言えるように思われる。

hyne wyrd fornam,
syþðan he for wlenco wean ahsode,
fæhðe to Frysum.

（『ベーオウルフ』一二〇五b―一二〇七a行）

彼（ヒュイェラーク）、豪胆なるが故に、フリージアの民にとりての災い、争いを求めし時、運命が彼を連れ去りし。

ヒュイェラークはベーオウルフの君主であり、物語の中で称揚されることはあっても、否定的なことは述べられておらず、したがって、この for wlenco も、「傲慢にも」等というよりはむしろ、「豪胆なるが故に」等と解釈した方が適切であるように思われる。この問題や ofermod の問題については、Shippey（1972：28-29）も参照。

（37）一方、同じ wlanc という語はヴァイキングの兵士に対しても用いられているが（一三九a）、この場合は、否定的な意味合いで用いられていると考えるのが妥当であろう。

（38）Scragg によると、この詩は現存するものの前後に本来はそれぞれ五〇行あるいは六〇行程度ずつ詩行があったと考えられるようである。詳しくは Scragg（1981：4）および Scragg（2006：124）を参照。

(39)『アングロ・サクソン年代記』A、C、D、E、F、G写本、ウスターのジョンによる『年代記』、ハンティンドンのヘンリーの『英国民の歴史』、ダラムのシメオンの作とされる『王達の歴史』のこと。『ウィンチェスター死亡者記録』、『イーリー死亡者記録』、『ラムジー死亡者記録』には、ビュルフトノースが死んだということのみが記されていて、戦いの結果については全く触れられていない。これについてはScragg（2006：158）も参照。

(40) ヴァイキング軍が勝利したことを示す史料は多いが、この戦いの後、モールドンの街がヴァイキングによって略奪されたのかどうかということは、どの史料にもはっきり書かれておらず、戦いの後、ヴァイキング軍にどの程度余力が残っていたのかということも全く定かでない。

(41) なお、『ゲルマーニア』十四章で述べられているような、戦死した主君とともに戦場で死ぬという理想（the ideal of men dying with their lord）あるいはこの理想に従わないことに起因する不名誉や恥のことが問題とされる場合には、しばしばこの例が引かれる。つまり、ベーオウルフは主君であるヒュイェラークと共に戦場で死なず、戦列を離れて国に戻ったにも拘らず、不名誉なことをしたと非難されてはおらず、それどころか、ヒュイェラークの後を継いで王位にまで就いているということから、『ゲルマーニア』十四章に述べられたような理想は、アングロ・サクソン人の間には知られていなかった（あるいはこの時代にはもう完全に廃れていた）ということを示す証拠として言及されるのである。

(42) もう一つ別の例を挙げれば、『ベーオウルフ』のフィンの挿話（一〇六九—一一五九行）にも同様のことが言えるように思われる。フィンの挿話においては、デネ人とフリジア人との間の争いで、デネのフネフが泊まっていた館が夜襲に遭い、フネフは殺されたが、残された家来たちはヘンゲストを中心として勇敢に戦い続け、フリジアの大将フィンの家来の多くを殺し、その結果、フィンの側でもそれ以上戦いをすることは困難ということになり、両者の間に和議が結ばれたとされている。デネの側では、大将であるフネフが殺されたという意味でこの戦は負け戦であると言うことができるが、一方、その後の家臣達の勇ましい戦いにより、結局フリジア側が停戦協定を結ばざるを得ないような状況にまで追い込んだとされており、全体としては必ずしも負け戦とは言えず、デネの側の名誉が保たれた形になっている。

(43) フロースガールの戒め（一七二四—一七六八）にもかかわらず、ベーオウルフは高慢の罪に陥り、そのためにドラゴンとの戦いに臨んで命を落とし、イェーアトの国を崩壊に向かわせたというような読み方をする人もいるが、このような読みにはかなり無理があるように思われる。例えば、Goldsmith（1962）、Huppè（1984）等を参照。ここで詳しく述べることはできないが、この問題についての私見に関しては、唐澤（2003）および唐澤（2004）を参照。

（44）しかし、この点についても、臆病なゴードリーチらに厳しい非難の言葉を浴びせることにより、詩人は敗因の一端を、臆病者たちに帰しているようにも見える。ゴードリーチは、ビュルフトノースの馬に乗って戦場から逃げ出し、味方の多くに大将が逃げ出したという誤解を与え、それにより逃亡者が多く出て、結果としてアングロ・サクソン軍内に混乱を引き起こしたとされている。このようなことが事実に基づいているのかどうかはわからないが、詩の中でこのようなことが述べられているのは、敗戦の責任を負わせるべく、ゴードリーチをはじめとする臆病者たちを、スケープゴート的に用いようとする意図があったのかもしれない。

参考文献

Abels, Richard. "English Tactics, Strategy and Military Organization in the Late Tenth Century." D. Scragg, ed. *The Battle of Maldon AD 991*. Oxford : Basil Blackwell, 1991, pp. 143–55.

Bately, J. M. "The *Anglo-Saxon Chronicle*." D.G. Scragg, ed. *The Battle of Maldon AD 991*. Oxford : Basil Blackwell, 1991, pp. 37–50.

Clark, G. "*The Battle of Maldon* : A Heroic Poem." *Speculum* 43 (1968), pp. 52–71.

Clark, G. "The Hero of *Maldon* : Vir Pius Et Strenuus." *Speculum* 54 (1979), pp. 257–82.

Cross, J. E. "Mainly on Philology and the Interpretative Criticism of *Maldon*." R. B. Burlin, and E. B. Irving, Jr., eds. *Old English Studies in Honor of John C. Pope*. Toronto, 1974, pp. 235–53.

Dobbie, E.V.K., ed. *The Anglo-Saxon Minor Poems*. Anglo-Saxon Poetic Records 6. New York : Columbia University Press, 1942.

Fanning, S. "Tacitus, *Beowulf*, and the *Comitatus*." *The Haskins Society Journal* 9 (1997), pp. 17–38.

Frank, Roberta. "The Ideal of Men Dying with Their Lord in *The Battle of Maldon* : Anachronism or Nouvelle Vague." I. N. Wood, and N. Lund, eds. *People and Places in Northern Europe 500–1600 : Essays in Honour of P. H. Sawyer*. Woodbridge :

Boydell Press, 1991, pp. 95–106.

Gneuss, H. "*The Battle of Maldon* 89 : Byrhtnoð's *ofermod* Once Again." *Studies in Philology* 73 (1976), pp. 117–37.

Goldsmith, M. "The Christian Perspective in *Beowulf*." *Comparative Literature* 14 (1962), pp. 71–90.

Huppè, B. F. *The Hero in the Earthly City : A Reading of Beowulf*. MRTS 33. Binghamton : State University of New York Press, 1984.

Keynes, S. "The Historical Context of the Battle of Maldon." D. G. Scragg, ed. *The Battle of Maldon AD 991*. Oxford : Basil Blackwell, 1991, pp. 81–113.

Klaeber, F., ed. *Beowulf and the Fight at Finnsburg*. 3rd ed. with first and second supplements. Lexington : D.C. Heath, 1950.

Laborde, E.D. *Byrhtnoth and Maldon*. London : William Heinemann, 1936.

Liberman, A. *Word Origins ... and How We Know Them : Etymology for Everyone*. Oxford : OUP, 2005.

Robinson, F.C. "God, Death, and Loyalty in *The Battle of Maldon*." F.C. Robinson. *The Tomb of Beowulf and Other Essays on Old English*. Oxford : Blackwell, 1993, pp. 105–21.

Rogers, H.L. "*The Battle of Maldon* : David Casley's Transcript." *Notes and Queries* 32 (1985), pp. 147–55.

Scragg, D.G., ed. *The Battle of Maldon*. Manchester : Manchester University Press, 1981.

Scragg, D.G., ed. *The Battle of Maldon AD 991*. Oxford : Basil Blackwell, 1991.

Scragg, D.G. "*The Battle of Maldon* : Fact or Fiction?" J. Cooper, ed. *The Battle of Maldon : Fiction and Fact*. London : The Hambledon Press, 1993.

Scragg, D.G. *The Return of the Vikings : The Battle of Maldon 991*. Stroud : Tempus, 2006.

Shippey, T.A. *Old English Verse*. London : Hutchinson University Library, 1972.

Stenton, F.M. *Anglo-Saxon England*. 2nd ed. Oxford : Clarendon Press, 1947.

Tacitus. *Germania*. Trans. and ed. J.B. Rives. Oxford : OUP, 1999.

Tolkien, J.R.R. "The Homecoming of Beorhtnoth, Beorhthelm's Son." *Essays and Studies* 6 (1953), pp. 1–18.

Tolkien, J.R.R. *The Tolkien Reader*. New York: Ballantine Books, 1966.

Woolf, Rosemary. "The Ideal of Men Dying with Their Lord in the *Germania* and in *The Battle of Maldon*." *Anglo-Saxon England* 5 (1976), pp. 63-81.

唐澤一友『アングロ・サクソン文学史―韻文編』東京、東信堂、二〇〇四年。

唐澤一友「*Beowulf*における高慢への戒めについて―*Vainglory*との比較から」『横浜市立大学論叢』（人文科学系列）五四、二〇〇三年、二八一―三〇六頁。

唐澤一友「*Beowulf*における高慢への戒めについて―*Daniel*との比較から」『横浜市立大学論叢』（人文科学系列）五五、二〇〇四年、九三―一三二頁。

唐澤一友「「事実」と虚構、「歴史」と文学の間 *The Battle of Maldon* の解釈をめぐって」『横浜市立大学論叢』（人文科学系列）五八、二〇〇七年、七三―一一二頁。

第三部　中世フランス文学・中世ドイツ文学

比較神話学から見た騎士ゴーヴァンの諸相
――太陽・チェス・鹿との関連をめぐって――

沖田瑞穂

はじめに

「アーサー王伝説」の騎士ゴーヴァン（Gauvain）（英語名ガウェイン Gawain）は、神話学的にきわめて興味深い人物である。第一に、彼の背景に太陽の神話があることは間違いない。フィリップ・ヴァルテール（Philippe Walter）は、そのことを次のように約言している。

彼（筆者注――ゴーヴァンのこと）の太陽神としての性格はアーサー王伝承のテクストにくりかえしでてくる。彼の力は正午に絶頂に達する。その後は夕方にむかうにつれてだんだん力がよわまる。彼は太陽の力に左右されるのだ。(1)

ゴーヴァンはまた、アーサー王の剣として名高いエスカリボール（Escalibor）（英語名エクスカリバー Excalibur）の持ち主でもある。そのことは、クレティアン・ド・トロワ（Chrétien de Troyes）の『ペルスヴァルまたは聖杯の物語』(*Perceval ou Le Conte du Graal*)の以下のような記述から知ることができる。

今からは、なにが起ころうと、塔の扉も入口も守ることができると彼は考える。鉄も木同然に切ってしまう以上、これまで存在した最高の剣エスカリボールを、腰につけていたからだ。[(2)]（五八九九―五九〇四行）

この記述について渡邉浩司は「ゴーヴァンを名剣の最初の所有者とする伝承が存在した可能性は十分に存在する」と述べた上で、この剣の性質について次のように指摘している。

エスカリボールに含まれる「カル」が「熱い」「燃えている」を指すラテン語「カレオー」(caleo)に由来する可能性があり、そうであるならば、エスカリボールは「太陽の火を宿した魔剣」となり、太陽英雄ゴーヴァンに相応しい武具となってくる。[(3)]

本稿ではこれらの先行研究を踏まえたうえで、まずは「太陽の子」のテーマについて、続いてゴーヴァンの伝承と関連付けられて出てくる盤上遊戯のモチーフと、鹿のモチーフについて、広く世界神話との比較を試み、その深層にある意味を探っていきたい。

一　ゴーヴァンとカルナ――太陽の子

1　捨てられた太陽神の子

十四世紀の写本が伝えるラテン語の散文作品『アーサー王の甥ゴーヴァンの幼年時代』（*De ortu Waluuanii nepotis Arturi*）によると、ゴーヴァンは生まれてすぐに「箱（または樽）に入れられて海に流されるものの、漁師に拾われて育てられ、長ずるとローマ法王（または皇帝）から騎士に叙任される。」(4)

ヴァルテールはこのゴーヴァンの話をインド神話の『マハーバーラタ』（*Mahābhārata*）に現れる英雄カルナ（Karṇa）と比較している。(5)カルナ誕生の話は以下のようなものである。

カルナの誕生

王女クンティー（Kuntī）はまだ娘であった時、客としてやって来たドゥルヴァーサス（Durvāsas）という大変気難しい聖仙を丁重にもてなし、彼を喜ばせたので、この聖仙から、望んだ時に好きな神を呼び出して、その神の子を得ることができるという恩寵を授かった。クンティーはさっそく好奇心にかられて太陽神を呼び出した。太陽神は彼女に子を授けた。その子は生まれながらにして鎧と耳輪を付けていた。彼の名をカルナという。しかし結婚前の娘であったので、クンティーは自分の不行跡を隠すためにその子を河に流した。ラーダー（Rādhā）の夫スータ（Sūta）（御者）がその子を河から拾い、妻と共に育てた（1, 104）。(6)

太陽英雄ゴーヴァンが生まれてすぐに海に流されたように、太陽の子カルナも、生まれてすぐに河に流された。このカルナの話と構造的に対応する話が、同じ『マハーバーラタ』にある。曙の神アルナ（Aruṇa）の誕生の話である。

アルナの誕生

造物主プラジャーパティ（Prajāpati）にカドルー（Kadrū）とヴィナター（Vinatā）という二人の美しい娘がいた。この二人は共に聖仙カシュヤパ（Kaśyapa）の妻になった。カシュヤパはこの妻たちにとても満足したので、彼女たちの願いを叶えてやることにした。カドルーは千匹の蛇の息子を望んだ。ヴィナターは、カドルーの息子よりも優れた二人の息子を望んだ。しかしカシュヤパはヴィナターに、「一人半」の息子が授かるだろうと言った。そして彼は二人の妻に、それぞれの卵が生まれたら、それらに注意を払うようにと告げてから、森に去った。

やがてカドルーは千個の卵を、ヴィナターは二個の卵を産んだ。召使たちはこの両者の卵を、温かく湿った容器の中に五百年間置いた。五百年後に、カドルーの千個の卵は孵化して、蛇たちが産まれた。しかしヴィナターの卵はまだ孵化しなかった。哀れな彼女は恥ずかしく思い、一つの卵を割って中を見た。子どもは、上半身は備えていたが下半身はまだなかった。アルナという名のこの子は母を恨み、五百年の間ライヴァルの奴隷となるという呪いを母にかけた。さらに、もう一つの卵が孵るのを冷静に待たなければならないこと、もしその子が偉大な力を持つことを望むなら、さらに五百年を待たなければならないことをヴィナターに告げた。それから彼は空に行って、暁となった（1, 14）。

ある時ヴィナターとカドルーは、神馬ウッチャイヒシュラヴァス（Uccaiḥśravas）の尾の色について賭けをして、負けた方が勝った方の奴隷となることを決めた。ヴィナターが負けてカドルーの奴隷となった。ちょうどその時、時が満ちて、ヴィナターの産んだ卵から、鳥王ガルダ（Garuḍa）が自らの力によって誕生した。火のように輝く太陽に似たガルダは、全ての生類を恐れさせた。ガルダは母のもとへ行き、共にカドルーに仕えた。しかしある時ガルダは母が奴隷となったいきさつを知り、それを悲しんで、どうすれば奴隷の状態から解放されるのか、蛇たちに尋ねた。蛇たちは不死の飲料アムリタを求めた。ガルダは天界に行ってアムリタ（amṛta）を盗み、インドラ（Indra）と共謀してアムリタを蛇たちに与えるふりをして彼らを欺き、母と自分を奴隷の状態から解放させた。その後ガルダはインドラの恩寵によって、蛇たちを食糧とする者となった（1, 18-30）。

メータ（M. Mehta）はインドのスパルナ（Suparṇa）（＝ガルダ）神話を総体的に扱った論文において、上記のカドルー・ヴィナター神話と、『マハーバーラタ』の主筋の伝承である二人の王妃、ガーンダーリー（Gāndhārī）とクンティーの話に見られる類似点について指摘している。(7) それによれば、カドルーの邪悪な千匹の息子（蛇）とヴィナターの気高い息子（鳥）は、ガーンダーリーの百人の息子（カウラヴァ Kaurava）とクンティーの五王子（パーンダヴァ Pāṇḍva）に対応し、どちらの場合も従兄弟同士の確執とそれに続く争いが語られている。さらに、母親の過失から未成熟なまま生まれたために母を呪ったアルナは、クンティーの息子で、彼女の永遠の苦悩の原因となった不幸なカルナと対応している。アルナは太陽の御者（sūta）となるが、カルナもまた、御者の息子（sūtaputra）と呼ばれる。メータは、これらの類似から何らかの隠された象徴的意味を追求することはせずに、ただこの注目すべき奇妙な類似を指摘するだけに留める、と述べている。

筆者はカルナとアルナの類似は偶然ではないと考えている。あまりにもうまく構造的に対応しているからである。まず名前から考えてみよう。Aruṇa（暁）とKarṇa（耳、長い耳を持つ者）は無論同一の名称ではなく、語の意味も異なる。しかしその音の類似によって、一方の名は他方の名を想起させる。次に、アルナとカルナはどちらも、母の過失によって誕生する。アルナは、子が生まれないことに焦ったヴィナターによって卵を割られたために、未熟なまま生まれた。カルナは結婚前の処女であったクンティーが好奇心から太陽神を呼び出したことから、鎧と耳輪をつけた神々しい姿で生まれた。一方は未熟児であるという「不足」を特徴としているが、他方は鎧と耳輪をつけるという「過剰」を特徴としている点で、正反対である。似ているが細部が正反対というのは、レヴィ＝ストロース（Lévi=Strauss）が指摘した、神話に特徴的に現れる構造である。それぞれの母の過失にもあべこべの関係が見られる。ヴィナターは子を望むあまり卵を割るという過失を犯す。これに対してクンティーは、単なる好奇心で太陽神を呼び出すという過失の結果、望まない息子を授かってしまう。つまり、一方の過失の原因が息子の熱望であったのに対し、他方では過失の結果として望まない息子を得ている。

アルナは生まれるとすぐに母ヴィナターに、ライヴァルであるカドルーの奴隷となるという呪いをかけ、ヴィナターの長い苦悩の原因を作る。そして彼は天に昇って暁となる。このことは、アルナの母親からの「分離」ととらえることができる。カルナの場合は、〈母の苦悩の原因〉と〈母からの分離〉のモチーフが、アルナの場合とは逆の順番で現れる。クンティーは結婚前の不行跡を隠すために、生まれたばかりのカルナを河へ捨てた。アルナが自分の意志で天に昇ったのと反対に、カルナは捨てられるという受動的な行為によって分離させられている。その分離の方向も、一方は垂直方向に向うが、他方では水平方向に向うという点で、対照的である。成長したカルナは、母クンティーの五王子と敵対するガーンダーリーの百王子の側について戦うことで、クンティーの大きな苦悩の原因となっている。

このように、両者は共に、生まれの点では母親に属するが、それぞれの行為によって、この母と対立する「多数の子を産む母」とその息子たちに荷担し、母から分離している(8)。

このようにカルナとアルナは密接な対応関係にあるのであるが、そのアルナとよく似た神が、日本神話に認められる。

ヒルコの誕生

イザナキとイザナミは柱の周りを回って結婚することにした。イザナキは左から、イザナミは右から柱を回って、出会ったところで、まずイザナミが「あなにやし、えをとこを」（あなたはなんて素敵な男性なんでしょう）と言い、次にイザナキが「あなにやし、えをとめを」（あなたはなんて可愛い乙女なんだろう）と言って、二人は結婚した。この時女であるイザナミが先に言葉を発したのは良くないことであった。そのために、生まれてきたのは不具のヒルコだった。この子は葦の船に乗せられて棄てられた。次に生まれた淡島も、子どもの数には入らなかった。（『古事記』[9]）

右記の『古事記』の記述では、ヒルコがどのように不具であったか分からない。しかし『日本書紀』第五段本文や一書第二によると、ヒルコは三年たっても足のたたない子であったという。

次に蛭児を生む。已に三歳になるまで、脚猶し立たず。故、天磐櫲樟船に載せて、風の順に放ち棄つ。（紀第五段本文[10]）

（傍線筆者）

インドの曙神アルナと、日本のヒルコは、どちらも足が出来あがらないまま生まれた子であるという共通点を持つ。そしてどちらも太陽と関連する。アルナは曙の神であり、太陽神の太陽馬車を牽く御者である。ヒルコは、その名称が太陽神アマテラスの別名ヒルメ（日ル女）と対になると考えられるため、もとは太陽の男神であったのではないかとされている[11]。

ここまでの比較をまとめると、以下のようになる。

アーサー王伝説のゴーヴァンはインド神話の太陽英雄カルナと似ている。インド神話の内部では、カルナとアルナが似ており、構造的に対応関係にある。そのアルナは日本のヒルコと似ている。そしてヒルコとカルナとゴーヴァンは「流される太陽の子」であるという点で同質的な存在である。このように、四者による円環的な類似性を見いだすことができるのである。

2　車輪・馬の脚

ゴーヴァンとカルナとヒルコには、もう一つ重要な類似点がある。この三者は「脚」の不具合という特異なモチーフを共有しているのである。ゴーヴァンの場合は彼と一心同体の愛馬グランガレ号（le Gringalet）の脚、カルナの場合は彼が乗る戦車の脚ともいうべき車輪、そしてヒルコは文字通り脚である。ヒルコの話は先に確認したので、以下ではグランガレの話とカルナの車輪の話をみておこう。

ゴーヴァンの馬の蹄鉄が外れる

　ゴーヴァンがエスカヴァロンの町へ向かう途中の話である。「雌鹿の群れが森の緑で草を食んでいるのを認め、その後を追って行く。そのうち一頭の「白い」雌鹿を追いつめるが、乗っていた馬の前脚につけられていた蹄鉄が外れ、馬が歩行困難となり、獲物に逃げられてしまう。」[12]

カルナと車輪

　クルクシェートラ（kuruksetra）の戦いのさ中、カルナの戦車の車輪が大地にのめりこみ、動きが妨げられ、戦車はよろめいた。カルナが戦車から地面に落ちたところを、アルジュナ（Arjuna）が矢によって殺害した。[13]

ゴーヴァンが向かっていたエスカヴァロン（Escavalon）の町とは、その名称の中に「アヴァロン」（Avalon）を含んでおり、渡邉の表現を借りると「「異界」の雰囲気が漂う町」である（「ゴーヴァンの異界への旅」一五五頁）。もっと言うと、「死の世界」に近づいている証とも言える。カルナの方は、まさしく車輪が外れることによって、死に赴くこととなった。

これらの話はすべて太陽神話の一環と考えられるが、太陽神の脚に関して、もう一つ興味深い例がポリネシアにある。次のような話である。

マウイと太陽

大昔、太陽は今よりずっと早く空を渡った。マウイは、日は必要以上に短く、太陽はあまりにも早く空を横切る、と考えていた。ある時マウイは兄たちを説得し、太陽に縄をかけて動きをもっと遅くさせることにした。兄たちは麻を集めてロープを作り、太陽に見つからないように、夕刻に出発し、一晩中旅を続け、明け方になると身を隠し、夜になると再び旅を続けた。こうして東の果ての、太陽がそこから昇る穴の淵にたどり着いた。マウイは兄たちに太陽を捕える手順を説明し、太陽が昇るのを待った。太陽は何も怪しむことなく姿を現した。マウイが声を上げ、ロープが引かれた。巨大な、火を吐く生き物はあがき、のたうち、あちこち飛び跳ねた。しかしロープはますますきつくしまっていった。マウイはその時魔法の武器を持って飛び出し、太陽の頭に一撃を加えた。さらに顔面をむごいほど殴りつけた。太陽は絶叫し、唸り声を発し、悲鳴を上げた。マウイは追い打ちをかけ、さらに残虐な一撃をくらわせた。太陽はとうとうマウイに慈悲を願った。兄たちはマウイの指示でロープを放した。太陽はのろのろと弱々しく這うように空を進んだ。以来太陽は、弱々しく這うように空を進む。(14)（傍線筆者）

なぜこのような太陽神の脚の不具合の神話が広く世界中で認められるのであろうか。筆者はこのように考える。太陽は空を非常にゆっくりと歩む。その遅さが、古代人に、太陽は脚が悪いという神話を生ぜしめたのではないか。

太陽だけでなく、月も脚の不具、とりわけ一本足と関わりを持つことが、斧原孝守によって指摘されている。そのことは、「天道さん金の鎖」と呼ばれる昔話の中によく表れているという。例えばこの話は、沖永良部島では次のような形で残されている。

沖永良部島の「天道さん金の鎖」

母と娘二人が暮らす。姉は知恵が足らず妹は賢い。母を食った鬼が母に化けてやって来る。妹は隣の爺から母が本当の母でないことを教わり、姉を連れて池の堤の松の木に登る。追ってきた鬼が木に登ってくる。妹が太陽に願うと強い綱が下りてきたので、姉を先に妹が後になって綱を上ろうとするが、妹は片脚を鬼に食い切られてしまう。片脚の妹は今でも月のお供をしている。鬼も綱を太陽に願うと、腐れ綱が下りてくる。それにつかまって上った鬼は途中で綱が切れて死んでしまう。(15)

また、沖縄本島に、上記の昔話に似た、「天道さん金の鎖」の要素を部分的に持つ昔話が残されている。

沖縄本島の月の話

むかし欲張りと正直な目赤なあとがいて、二人で蜜柑を作る。上に青いのを盛って正直の分、下に隠した熟したのは欲張りが自分のものにして町で売る。しかし正直目赤なあのが高く売れて欲張りは損をする。二人は喧嘩して目赤なあは木に逃げて登る。おたすけ、というと天から綱が下りてくる。欲張りには腐れ縄が下がる。欲張りも後をおう。途中で綱が切れた。目赤なあは足を切られた。月の中には目赤ながいるので、今も片足だ。(16)

月の一本足のモチーフは大陸にも見られる。イザナキの呪的逃走を想起させる、次のような話である。

中部シベリア　ケートの天体神話

兄と妹がいる。太陽が兄を天に連れ去る。妹を懐かしく思った兄は、下界に帰してくれるよう太陽に頼む。太陽は砥石と櫛を持たせて下界にやる。化け物が妹を食い、妹に化けている。これを知った兄は逃げ、化け物に追われる。兄は太陽にもらった呪物を投げて追跡を阻もうとする。最後に太陽は光の手を伸ばして兄の片足を掴む。化け物は兄のもう一方の足を掴む。兄は二つに裂け、太陽は心臓のない方をとる。太陽がそれを暗黒の空に投げ、月になる。月が冷たいのは心臓がないからである。(17)

月の一本足の神話も、太陽と同じように、月が非常にゆっくりと空を歩むことからの連想から生じたものではないだろうか。

二　盤上遊戯、王権、宇宙――ゴーヴァンとユディシュティラ

ネーデルランドのアーサー王文学に、十三世紀頃成立した『ワルウェイン物語』(*Roman van Walewein*)がある。その始まりはきわめて神話的で、「空飛ぶチェスセット」がワルウェイン(ゴーヴァン)の旅の始まりを決定づけ

る。その様子は、以下のように描写されている。

アーサー王の広間に光り輝く「空飛ぶチェスセット」が窓から入ってきて床に着地する。このチェス盤は本体が象牙と宝石で作られ、金の脚がこれを支えている。アーサーはこう言った。「あのチェスセットは理由なくしてここに来た訳ではない。あれを持ち帰った者は自分の死後、この王国の跡継ぎとしよう」。騎士たちが尻込みする中、ワルウェインが愛馬に跨ってチェス盤を追跡しに旅立つ(18)。

栗原健は、中世（ヨーロッパ）においてチェス盤は「社会を統治する王権を表すもの」であると述べた上で、チェス盤をあくまで「俗界の」探索対象であるとして、ペルスヴァル（Perceval）が探索する霊的「聖杯」（グラアル Graal）と対比させている(19)。しかし広く世界の神話において、チェスやそれに類する盤上遊戯は、王権だけでなく、もっと大きな宇宙論や、運命との関連を示しており、その意味するところは俗界に留まらない。チェス盤は世界あるいは宇宙を、駒はその世界に生きる人間たちあるいは天体をも表している。

『マハーバーラタ』では、インド・ヨーロッパ語族の第一機能、すなわち聖性と王権を体現するユディシュティラ（Yudhiṣṭira）が骰子賭博を行うが、この骰子賭博は『マハーバーラタ』の主筋の物語の進行に決定的な意味を持つ。

ユディシュティラの骰子賭博

ユディシュティラは、彼に対抗心を燃やす従兄弟のドゥルヨーダナ（Duryodhana）の叔父シャクニ（Śakuni）と骰子賭博を行い、シャクニのいかさまによって負け続け、全財産と四人の弟を失い、最後に妻ドラウパディー（Draupadī）

を賭け、彼女をも失ってしまった。この時ドラウパディーは、生理のために人目に触れることを避け、一枚の布のみを身にまとって部屋にこもっていたのだが、ドゥルヨーダナの弟ドゥフシャーサナ（Duhśāsana）に髪を引きずられて皆の居並ぶ大広間へ連れて行かれた。ドゥルヨーダナたちは彼女を奴隷女と呼び、衆目の面前で彼女が身に纏うたった一枚の布を剥ぎ取ろうとさえした。結局、ドリタラーシュトラ（Dhṛtarāṣṭra）王の仲裁によってその賭けは無効になるのだが、その後に行なわれた二度目の賭博において、再びユディシュティラは負け、弟たちと妻と共に十三年間国を追放され、森を放浪することになった。この事件が、『マハーバーラタ』の主題であるクルクシェートラ（前出）の大戦争の原因となった。（2, 53-71）

骰子賭博とユディシュティラが本質的に結びついていることは、別の場面にも示されている。第三巻の、ヴィラータ（Virāṭa）王宮に五兄弟とドラウパディーが正体を知られないよう変装して潜り込む箇所である。ユディシュティラは自らの変装について次のように述べている。

「私はカンカ（Kanka）という名の、骰子に精通した、賭博を好むバラモン（dvija）となって、かの偉大な王の宮殿に仕える者になろう。猫目石や黄金や象牙（の骰子）と、輝いて好ましい木の実の骰子、黒色や赤色の魅力的な（骰子を）、私は転がそう。もし私について王に聞かれたら、私はかつてユディシュティラの親友であったと答えよう。」（4, 1, 20-22）

ウィカンデルは、パーンダヴァの個々の機能が特に際立って表れている場面として、このヴィラータ王宮での変装の場面を取り上げ、ユディシュティラの変装に対して以下のように述べている。

他の兄弟たちとは異なり、彼には特技がない。それは彼が「王」であるためで、王としての自身のダルマに従う以外に、彼は役割を持たない。二度の骰子ゲームは、彼が物語りの進行に対して行うほとんど唯一の貢献である。[20]

このウィカンデルの指摘にあるように、主権者であるユディシュティラが骰子賭博と密接に結びついていることは明らかである。このユディシュティラの骰子賭博によって『マハーバーラタ』の主題であるクルクシェートラの大戦争が始まるのであるが、インドの宇宙論的には、この大戦争は四つの時代区分（ユガ yuga）のうち、三つ目のドゥヴァーパラ（dvāpara）・ユガから、四つ目の最悪の時代、カリ（kali）・ユガへの移行の時期を表すとされる。四つのユガのそれぞれの名称は、骰子賭博の目を表している。最初の時代クリタ・ユガのクリタ（kṛta）は、四つの特徴を備えた最高の賽の目、次の時代トレータ（treta）はそのうち一つ欠けた賽の目、三つ目の時代ドゥヴァーパラは二つの特徴を備え、最後のカリは一つのみの性質を備えた賽の目を、それぞれ表している。インドでは、宇宙の循環がまさに骰子賭博の展開そのものであるのだ。

同じ『マハーバーラタ』で、ナラ（Nara）王も賭博を行う王である。

ナラ王の骰子賭博

ナラ王はスヴァヤンヴァラ（Svayaṃvara）（王女の婿選び式）でダマヤンティー（Damayantī）を妃に得たが、そのために悪神カリ（Kali）（四つの時代の末世、あるいは最悪の賽の目）の恨みを買った。カリはドゥヴァーパラ（Dvāpara）（四つの時代の三つ目、あるいは二番目に悪い賽の目）とともにナラ王を苦しめることにし、自分はナラ王に住みつき、ドゥヴァーパラは賽の中に入り込み、ナラと弟のプシュカラ（Puṣkala）に骰子賭博をさせた。ナラ王は負け続け、あらゆる財産を失い、ダマヤンティーとともに一衣のみを身に着けて城を出た。その後二人は別れ別れになり、それぞれ試練を経て、ダマヤンティーは故国に帰り再びナラ王を見出すための偽りのスヴァヤンヴァラの触れを出した。ナラ王の方は、賭博に秀でたリトゥパルナ（Ṛtuparṇa）王から賭博の真髄を伝授され、その瞬間にカリから解放された。ナラは妻を取り戻し、プシュカラを一回の賭博で打ち負かし、王権を取り戻した。（3, 50-78）

このナラ王の物語でも、ユディシュティラの場合と同様に、骰子賭博が王権の喪失及び獲得と密接に関わっており、王権の象徴となっていることが窺われる。

王権や世界そのものを表す盤上遊戯は、北欧ゲルマンの神話にも見られる。『エッダ』（*Edda*）では、世界の終末ラグナロクの後の新生した世界で、世界そのものを象徴するような盤上遊戯が出てくる。

巫女は見る、／ふたたび／たえず緑なる大地が／海原より出てくるを。／……そこでふたたび／げにも妙なる／黄金の駒が／草のなかに見いだされるだろう、／……種まかれぬまま／畑は実を結ぶだろう／災いはみな改められるだろう／バルドル（Baldr）は来るだろう。……／巫女は見る、／太陽よりも美しく／黄金で屋根ふかれた館が／ギムレーに立っているのを。／そこには誠ある／人々が住み／そしてとこしえに／幸せを楽しみ味わうことになる。[21]（傍線筆者）

新生した世界で、黄金の盤上遊戯の駒が発見される。盤上遊戯の始まりが、世界の始まりを象徴している。同じ盤上遊戯は、アース神族の歴史の始まりの象徴でもあったことが、次の記述からうかがわれる。アース神族の始まりの頃、ヴァン神族との戦も、巨人族との争いもなかった黄金時代の様子である。

草地で盤戯に興じ／彼ら（アース）は快活だった、／彼らには何一つ／黄金づくりのものは不足しなかった。[22]（傍線筆者）

盤上遊戯と黄金とが、アース神の歴史の始まりと、ラグナロクの後に新生した世界の始まりとに共通して現れている。これらは世界そのものを象徴していると考えられるだろう。

中国にも同様の意味を持つ盤上遊戯の話がある。中国では、碁である。

生死を司る星

管輅《かんろ》という人物がいて、占いなどに精通していて過去や未来のことを言い当てることができた。ある年の五月のこと、河南省の南陽の平原県を通りかかったとき、一人の少年が畑で麦刈りをしているのを眼にして、溜息をつきながらその側を通り過ぎた。すると少年は、「おじさん、どうして溜息をついているのですか」と尋ねた。管輅が「お前の名前はなんというのじゃ」と聞くと、少年は「趙《ちょう》というんだ。名前は顔《がん》」と答えた。管輅は「おまえの寿命はせいぜい二十まで。たぶん、その前に尽きてしまうだろう。だからつい溜息が出たのじゃ」と言った。

少年はそれを聞くと、地べたに頭をこすりつけ、管輅にすがってその訳を尋ねた。管輅が言うには、「人の命は天のおぼしめしのままじゃ。このわしにもどうしようもないのじゃ」

それを聞いて少年は急いで家に帰り、父親にそのことを告げた。父親は馬をとばして管輅のあとを追い、二里ほども行かないうちに追いついた。趙の親子は馬を下りると、恭しくお辞儀をして、「さきほどあなたさまが私の息子に申されますには、二十にならないうちに若死にするだろうとのことですが、あなたさまのお力でなんとか寿命を延ばしていただけませんでしょうか。延ばしていただいたら、きっとお礼をいたします」と懇願した。管輅は、「いやいや、人の寿命はこのわしがどうこうできるものではないし、誰もそれをどうすることもできない。だが、そなたがそれほどに熱心に頼むのなら、なんとかなるように考えてみよう。ひとまず家に戻って清酒ひと甕と、鹿の乾肉を少々用意しておきなさい。わしは明日昼飯どきに必ずそなたの家に戻るだろう、なんとか手立てを天神にお願いしてみるつもりだ。だが、うまくいくかどうかはわからんがね」と言った。

父親は家に帰ると、酒と乾肉を用意して管輅のやってくるのを首を長くして待っていた。するると、約束通り昼どきになると管輅がやってきて、少年にこう言った。「昨日麦を刈っていたところの南の方にある大きな桑の木の下で、二人の男が碁を打っているはずじゃ。お前は黙ってその酒と乾し肉をもって側に行き、酒をついだり肉を差し出したりしなさい。その二人は勝手に飲んだり食べたりするだろう。盃が空になったら、またすぐに酒をついでやり、全部飲み終わったらそれまでにしておきなさい。もし、なにか訊ねられてもただ頭を下げるだけにしなさい。決して口をきいてはならぬ。そうすれば、誰かがきっとお前を助けてくれるだろう。わたしはここでずっと待っているよ」

そこで少年が管輅の言うとおりに出かけてゆくと、確かに二人の男が碁を打っていた。側に行って酒を注いだり肉を進めたり一生懸命にお給仕をした。しかし、二人は碁に夢中で、飲んだり肉を摘んだりしながら、少年に気がつかないのか見向きもしない。こうして飲み続けていたが、やがて碁を打ち終わると、北側に座っていた人が、ふと顔を上げて見て、見知らぬ少年が側にいるのに気づき、ひどく腹をたて、少年をしかりつけた。

「どうしてこんなところにおるのだ」

しかし少年はただ頭を下げるだけで、何も答えなかった。すると、南側に座っている人が北側の人にこう言った。

「他人にご馳走になったら、少しは有難いと思わなけりゃ。さっきからずっとこの子の酒や肴をご馳走になったのだから、そんなにつれなくしたんじゃかわいそうだよ」

北側の人が「台帳にもうちゃんと記録されているのだから、そう簡単に書き換えるわけにはいかないよ」と言うと、南側の人は、「台帳をちょっと見せてごらん」と言って、その台帳に「趙の子、寿命十九前後とあるのを見て、「おやすいご用だ、こうしたらよかろう」と言うと、筆を執って十と九の間に上下を逆さまにする符号を入れた。それを見て少年は急にうれしくなった。そして二人から「お前の寿命を延ばし九十まで生かしてやるよ」と言われて、天にも昇る心地でなんどもなんども頭を下げてお礼を言い、急いで家に帰り、待っていた管輅に報告した。管輅は「お役に立ててなによりじゃ。寿命が延びてよかったね。ところで、忘れないようによく覚えておきなさい。北側に座っていた人が北斗星で、南側に座っていた人が南斗星じゃ。南斗は人間の生を扱う星で、北斗は人間の死を扱う星じゃ。そもそも人間がこの世に生まれるのはみな南斗が北斗のところに言って頼むのじゃ。なにか願いごとがあればみな北斗星に対してお願いするものじゃ」と語った。少年の父親がお礼に絹と三十両ほどのお金を管輅に贈ったが、彼は何一つ受けとろうとはしなかった(23)。

中国人の世界観では、世界は整然と方眼状に区画されていて、碁盤にたとえられる。黒と白の碁の石は陰陽の気を表す。碁石の展開は天体の運行を表すとともに、地上における人間の営みを表現するという(24)。

ケルトではアーサー王伝説ネーデルランド版のチェスセットがあり、インドではユディシュティラとナラ王の骰子賭博があり、ゲルマンでは世界のはじまりの盤上遊戯、中国では碁がある。これらの神話は皆共通して、盤上遊戯に王権や世界、宇宙を投影している。

三　境界の徴としての鹿

『聖杯の物語』に話を戻すと、ゴーヴァンがエスカヴァロンの町へ向かう途中で、雌鹿の話が出てくる。

雌鹿の群れが森の緑で草を食んでいるのを認め、その後を追って行く。そのうち一頭の「白い」雌鹿を追いつめるが、乗っていた馬の前脚につけられていた蹄鉄が外れ、馬が歩行困難となり、獲物に逃げられてしまう(25)。

この話について渡邉は、次のように述べている。

ゴーヴァンが仕留める寸前だった「白い」雌鹿は、ゴーヴァンを「異界」へと導く役割を担っていたのである。ケルトの神話伝承を考慮に入れれば、主人公を「異界」へと導く白い獣の原型は、妖精あるいは女神が変身した姿である可能性が高い。いずれにしても、ゴーヴァンがエスカヴァロンの若き王と対面するのは、失敗に終わったこの白鹿狩りの直後のことである。[26]

ここでは鹿という動物にこめられた神話的意味を考えたい。

鹿に関してクラッペ(A. H. Krappe)は、インド・ヨーロッパ語族の王権と女神との関連について論じた「エリーンの王権」("The Sovereignty of Erin")と題する論文の冒頭で、次のようなケルト神話を取り上げている。[27]

ダーレ(Daire)王にはルギド(Lugaid)という同じ名の五人の息子がいた。彼らのうち、黄金に輝く小鹿を得た者が王位を継ぐという予言がなされた。ある時五人の王子たちは従者を連れて、馬を駆って出かけた。小鹿を見つけて追っているうちに、濃い霧が出てきて、王子たちは従者と引き離された。ついにルギド・ライグデ(Lugaid Laigde)が鹿を捕らえて殺した。大雪が降ってきたので、王子の一人が避難場所を探しに行った。彼は火が焚かれ、食べ物とビールが豊富に用意された家を見つけた。そこには一人の醜い老婆がいた。彼女は、もし自分と床を共にするならば、ベッドを貸そうと言った。王子は拒んだ。ルギド・ライグデを除く他の王子たちも、次々とその家に行ったが、誰もそこで夜を過ごさなかった。最後にルギド・ライグデが家に入り、老婆についてベッドに行った。すると驚くべきことに、老婆の顔は五月の朝の太陽のように輝き、芳香にあふれていた。ルギドは彼女を抱きしめた。彼女は言った、「私は王権です。あなたはア

イルランドの王位を得るでしょう」。（傍線筆者）

これと同じ話は、次のようにも伝えられているという。

聖パトリックの時代、アルスターの王ダーレには、ルギドという同じ名の七人の息子がいた。王は神的な小鹿を持っていたが、それはある日、息子たちのうち四人によって狩り取られて殺されてしまった。四人の王子は森の中で従者と離れ離れになり、一つの家を見つけた。彼らが家の中で火を囲んで座っていると、醜く不潔で忌まわしい老婆が入ってきた。彼女は、兄弟のうち一人が自分と寝ないならば、彼らを皆犬に変えてしまうと脅した。ルギド・ライグデが、兄弟のために自分を犠牲にすることを申し出た。すると火が暗くなった瞬間に、醜い老婆は美しい女に変身した。彼女は自分がアイルランドとスコットランドの王権であることを明かした。しかしルギド・ライグデは結局彼女と床を共にしなかった。その栄誉は、やがて偉大な王となる彼の息子のために取っておかれた。（傍線筆者）

クラッペによれば、これら二つの神話の主要モチーフは、黄金の小鹿と、美女に変身する老婆である。小鹿を殺した勇者が、老婆とともに寝ることを承諾して王権を手に入れるのである。つまりアイルランドの王権は、黄金の鹿と、美女に変身する老女という二つの形で表されていたと考えられる[(28)]。さらにクラッペは、このようなアイルランドの王権観念はインド・ヨーロッパ語族に共通のものであると考え、ギリシア、イラン、インドとの比較を行っている。ただインドに関しては、幸運の女神ラクシュミー（Lakṣmī）（シュリー）が特に王の幸運と深く関わること、多くのテキストにおいてラクシュミーが王の妻とみなされていること、を指摘しているのみである。

『マハーバーラタ』では鹿は、「鹿狩り」のモチーフとして、人間の王と女神あるいは女神的女性との出会いの場面で、決まって出てくる。例えば『マハーバーラタ』の挿話の中でもひときわ名高いシャクンタラー（Śakuntalā）物語における、ドゥフシャンタ（Duḥṣanta）王とシャクンタラーとの出会いは次のようなものであった。

パウラヴァ（Paurava）の家系にドゥフシャンタという強力な王がいた。ある時彼は従者たちを引き連れて森で多くの鹿を（mṛgasahasrāṇi）殺した。鹿狩りに熱中するうちに（mṛgaprasaṅgena）、王はほとんど一人きりになり、飢えと渇きを覚えた。やがて彼は大きな森の中にある、心地よい隠棲所にたどり着いた。彼は偉大な聖仙カヌヴァ（Kaṇva）に会いたいと願い、その聖仙を探した。その時彼を出迎えたのがカヌヴァの娘シャクンタラーであった（1, 64-65）。

『マハーバーラタ』の別の挿話における、ヤヤーティ（Yayāti）王とその妻デーヴァヤーニー（Devayānī）の出会いも、これと似た状況であった。

アスラの王ヴリシャパルヴァン（Vṛṣaparvan）の娘シャルミシュター（Śarmiṣṭhā）と、大聖仙ウシャナス（Uśanas）の娘デーヴァヤーニーが、多くの侍女を引き連れて森へ遊びに行った時、二人は些細なことでけんかをした。シャルミシュターはデーヴァヤーニーを井戸に突き落として、侍女を連れてその場を離れた。たまたまそこに、鹿狩り（mṛgalipsu）をしていたヤヤーティ王が通りかかった。彼の馬は疲れていて、彼自身も渇きを感じていた。彼は水のなくなった井戸を覗いた。するとそこにデーヴァヤーニーがいた。ヤヤーティは彼女の右手を取って井戸から引き上げた（1, 73, 1-23）。

それから長い時間が過ぎた後、デーヴァヤーニーはヤヤーティに再会し、彼に熱心に求婚することになるのだが、その時の二人の出会いもまた、森、鹿狩り、疲れと渇きという状況で語られる。

デーヴァヤーニーは千人の侍女を伴ったシャルミシュターと共に、まさにあの森に遊びに出かけ、気の向くままに歩き回り、全ての女友達と共にこよなく楽しんだ。皆は遊び、蜜酒を飲み、様々な食べ物を食べ、果物をかじって楽しんだ。ヤヤーティ王も、鹿狩り（mṛgalipsu）をしてたまたまそこにやって来た。彼は疲れはてて、水を求めていた。（1, 76, 1-4）

シャンタヌ（Śantanu）王がガンガー（Gaṅgā）女神と出会ったのも、明記されてはいないものの、鹿狩りに出かけた時のことであったと思われる。この場面は、次のように記されている。

英邁なシャンタヌ王は弓取りとして世間に知られていた。彼は狩猟を好み（mṛgayāśīlaḥ）、いつも森を歩き回っていた。この最高の王は鹿や野牛を殺しながら、シッダやチャーラナ（半神族）の住むガンガーの川沿いを、一人で歩くのだった。ある日大王は一人の美しい女を見た。彼女はパドマー・シュリーの化身のようで、美しさに輝いていた。（1, 92, 24-26）

この美女がシャンタヌの妻になる、人間の女に姿を変えたガンガー女神であった。

次の話では、サンヴァラナ（Saṃvaraṇa）王と太陽神の娘タパティー（Tapatī）との森での出会いが語られている。

ある時、地上において誉れ高く広大な栄光を有する王は、森に鹿狩り（mṛgayā）に出かけたという。鹿を探していると、彼の比類ない馬は、森の中で空腹と渇きと疲れのために死んでしまった。馬に死なれた王は自分の足で森を彷徨っていると、切れ長の目をした、世に二人といない少女を見た。敵を滅ぼす王は一人、娘も一人であった。王は彼女を凝視して立っていた。その美しい姿から、彼は彼女をシュリーではないかと思った。あるいは、降ってきた太陽の光輝かと考えた。山の高原において、漆黒の瞳の娘が立つ場所、そこに生えている木や藪や蔦草は、黄金で作られたかのようになった。（1, 160, 21-26）

サンヴァラナ王はタパティーを得るために激しい苦行を行って太陽神を喜ばせ、彼女を妻とした。

このように見てくると、鹿は、ケルトでもインドでも、異界の存在である女神と人間の男との出会いの契機となっており、異界と現世、あるいは冥界とこの世の「境界」に現れる、境界の「徴」であるのかもしれない。

おわりに

フランスの比較神話学者ジョルジュ・デュメジル（Georges Dumézil）は、インド・ヨーロッパ語族の共通神話を再構築するための資料として、古い神話文献だけでなく、時代的には新しい叙事詩伝承や歴史伝説なども積極的に活用し、そのことによって大きな成果を出し続けた。本稿ではそのような姿勢にならい、素材としては新しい「アーサー王伝説」のゴーヴァンの話を出発点とし、インド・ヨーロッパ語族にとどまらず、広く世界の神話との比較を試みた。そのことによって、ゴーヴァンという人物の、人間の騎士としての姿の背後に隠された、きわめて豊かな神話的要素を見出すことができたと思われる。

（1）『古今東西のおさな神』アジア遊学87、勉誠出版、二〇〇六年、七〇―七一頁。

（2）渡邉浩司訳を引用した。「ゴーヴァンの異界への旅―クレティアン・ド・トロワ作『聖杯の物語』後半再読」『アーサー王物語研究　源流から現代まで』中央大学出版部、二〇一六年、一四九―一五〇頁。

（3）渡邉、前掲論文、一五〇頁。

（4）渡邉、前掲論文、一五四頁。瀬谷幸男訳『アーサーの甥ガウェインの成長記』（論創社、二〇一六年）によれば、生まれたばかりのガウェインは母によって商人に預けられ、多くの財宝とともに船に乗せられた（八頁）。

（5）Philippe Walter, *Gauvain le chevalier solaire*, Paris, Imago, 2013, pp. 43-54.

（6）以下、『マハーバーラタ』の訳は基本的にプーナ批判版を用いた。訳に際しては上村勝彦訳『原典訳　マハーバーラタ』及び高橋壯訳を参照した。貴重な高橋訳は定方晟・東海大学名誉教授よりお譲りいただいたものである。記して感謝申し上げる。

（7）M. Mehta, "The Evolution of the Suparṇa Saga in the *Mahābhārata*", *Journal of the Oriental Institute* 21 (1971-72) : 51-52.

（8）沖田瑞穂『マハーバーラタの神話学』参考論文より。

（9）倉野憲司校注『古事記』岩波文庫、一九六三年を参照した。

（10）坂本太郎・家永三郎・井上光貞・大野晋校注『日本書紀』（一）岩波文庫、一九九四年、三四頁。

（11）神田典城「ヒルコの出現位置」『古事記・日本書紀論集』続群書類従完成会、一九八九年、八八頁。次田真幸「蛭児神話と太陽信仰」『えびす信仰事典』吉井良隆編、戎光祥、一九九九年、二四三頁。越野真理子「太陽神アマテラスの誕生―ツクヨミ・スサノヲ・ヒルコとの兄弟関係」『太陽神の研究』上巻、リトン、二〇〇二年、一六八頁。K. Watanabe, 'L'énigme de Hiruko dans la mythologie japonaise. Le mythe de l'enfant-sangsue ou le mythe du jeune soleil ?',

Iris, 23, été 2002, pp. 55-62.

（12）渡邉、前掲論文、一五四―一五五頁より引用。

（13）Dutt英訳を参照した。北インド版8, 90.

（14）アントニー・アルパーズ著、井上英明訳『ニュージーランド神話』青土社、一九九七年、七四―七九頁を参照した。

（15）斧原孝守「天道さん金の鎖―天体神話への遡源」『昔話―研究と資料』三二号、二〇〇四年、一七〇頁より引用した。

（16）斧原、前掲論文、一七一頁より引用した。

（17）斧原、前掲論文、一七三頁より引用した。

（18）栗原健「中世ネーデルランドのアーサー王文学―ワルウェインをめぐって」『アーサー王物語研究　源流から現代まで』中央大学出版部、二〇一六年、二〇一―二〇二頁を参照した。

（19）栗原、前掲論文、二〇三―二〇四頁。渡邉浩司によれば、ケルト文化圏ではミディルとエオヒド（『エーダインへの求婚』）、アーサーとオウァイン（『ロナブイの夢』）がチェスを行うが、これらは「支配権」をめぐる戦いの様相を呈しているという。「浦島伝説の日本語版とフランス語版の比較―中世フランスの短詩『ガンガモール』と八世紀の浦島譚」註13。（『現代の東西文化交流の行方Ⅱ―文化的葛藤を緩和する双方向思考』大阪教育図書株式会社、二〇〇九年所収）

（20）"Pāṇḍavasagan och Mahābhāratas mytiska förutsättningar", *Religion och Bibel, Nathan Söderblom-sällskapets Årsbok* VI (1947): 27-39. この論文はデュメジルによって、若干の省略を伴って仏訳されている。"La légende des Pāṇḍava et la substructure mythique du Mahābhārata", *Jupiter Mars Quirinus* IV, Paris, 1948, pp. 37-53. 訳出箇所は四八―四九頁。

（21）「巫女の予言」。菅原邦城『北欧神話』東京書籍、一九八四年、二九六―二九七頁より引用した。

（22）「巫女の予言」。菅原邦城『北欧神話』東京書籍、一九八四年、四九頁より引用した。

（23）大室幹雄『囲碁の民話学』岩波書店、二〇〇四年、九七―一〇〇頁を参照した。

（24）大室幹雄『囲碁の民話学』岩波現代文庫、二〇〇四年、二三―五一頁。

（25）渡邉、「ゴーヴァンの異界への旅」、一五四頁より引用した。

（26）渡邉、「ゴーヴァンの異界への旅」、一五四―一五五頁。なお渡邉によると「白い鹿」は、フランスのアーサー王物語では、異界の女神あるいは妖精の化身で、自ら選んだ勇士の前に姿を現す。このことは、『マハーバーラタ』において鹿狩りと女神が密接に関連していることと大変よく似た表現であると考えられる。

（27）“The Sovereignty of Erin” *American Journal of Philology* 63 (1942)：444–454. アイルランド語の固有名のカタカナ表記については、ご教示いただいた田付秋子氏に感謝いたします。ケルトの王権女神については、渡邉浩司「フラシウス――アイルランド神話の王権女神」（篠田知和基編『神話・象徴・儀礼』Ⅲ、二〇一六、八九―九二）に詳しい。

（28）インド神話における老婆に変身する美女のモチーフに関しては、クマーラスワミ（A. K. Coomaraswamy）が“On the Loathly Bride”において、美と豊穣の女神であると共に王権と深い関わりを有する女神シュリー・ラクシュミーが、アラクシュミーやカリなどの反対の性質を持つ女神と対になっていることを指摘している。*Speculum* 20 (1945)：392–93.

三本目の剣を祖国に残すメリヤドゥック
――十三世紀古フランス語韻文物語『双剣の騎士』を読む――

渡邉浩司

はじめに

「アーサー王文学」[1]史上、「聖杯物語群」[2]を始めとした古フランス語散文による長編作品群が台頭し始める十三世紀前半にあって、古フランス語韻文による作者不詳の『双剣の騎士』(*Le Chevalier aux deux épées*)[3]は特異な位置を占めている。一二三〇年から一二五〇年の間の作[4]と推測されるこの物語を伝えているのは、フランス国立図書館一二六〇三番写本[5]のみである。八音節詩句で一二三六〇行を数えるこの長編作品には、クレティアン・ド・トロワ(Chrétien de Troyes)[6]の物語群、中でも『エレックとエニッド』(*Erec et Enide*)、『イヴァンまたはライオンを連れた騎士』(*Yvain ou Le Chevalier au Lion*)(以下『イヴァン』と略記)および『ペルスヴァルまたは聖杯の物語』(*Perceval ou Le Conte du Graal*)[7](以下『聖杯の物語』と略記)の影響が顕著である。その他にも、韻文作品では『聖杯の物語』の「続編群」(Continuations)、ルノー・ド・ボージュー(Renaut de Beaujeu)作『名無しの美丈夫』(*Le Bel Inconnu*)、ラウール(Raoul)作『ラギデルの復讐』(*Vengeance Raguidel*)、『危険な墓地』(*L'Âtre périlleux*)[8]、散文作品では「聖杯物語群」(流布本物語群 Vulgate Cycle)、『ペルレスヴォース』(*Perlesvaus*)、「後期流布本物語群」(Post-Vulgate Cycle) の『続メルラン物語』(*La Suite du roman de Merlin*) との影響関係が取り沙汰されてきた。これらの作品群と『双剣の騎士』には、共通した登場人物、エピソードやモチーフ群が認められるが、各作品の創作年代が確定できていないため、『双剣の騎士』が着想を受けた側なのか否かを特定することは難しい。

クレティアン・ド・トロワの遺作『聖杯の物語』と同じく、『双剣の騎士』は二人の主人公を擁する物語であり、「騎士の鑑」であるアーサー王の甥ゴーヴァン (Gauvain) が、若き騎士メリヤドゥック (Mériadeuc) と主役の座を分け合っている。『聖杯の物語』前半の主人公ペルスヴァル (Perceval) は、物語に登場する時点では「寡婦の息子」で己の名前を知らぬ若者であり、メリヤドゥックもこうした「名無しの美丈夫」の系列に属している。『双剣の騎士』の読者＝聴衆は、メリヤドゥックが己の名を発見する場面を、物語の結末近くまで待たねばならない。

『双剣の騎士』はこれまで長きにわたり、クレティアン・ド・トロワの作品群や「聖杯物語群」の威光の影に隠れていたため、先行作品の「模作」(pastiche) や「剽窃」(centon) と見なされ、然るべき評価を受けてこなかった。物語を伝える写本が一点のみであることのほかに、「聖杯」神話が独自の進展を遂げていく十三世紀前半にあって、『双剣の騎士』に「聖杯」のテーマが欠落していることも、不興を買った要因の一つであろう。中世フランス文学研究のパイオニアの一人ガストン・パリスは、『双剣の騎士』の難点として、独創性や本当らしさの欠如、作品全体を貫く道徳的な思想の不在をあげている。それでもパリスは一方で、脈絡を欠くかに見えるエピソード群をまとめあげた、構成の妙に触れるのも忘れてはいない(9)。副次的に添えられた冒険群を別にすれば、作品全体の構成はむしろ単純かつ明瞭であり、二人の主人公の冒険譚は有機的なつながりを持っている。本稿では、二人の主人公の動向に留意しつつ『双剣の騎士』の筋書きを順に辿り、物語を彩るエピソードやモチーフ群の来歴に迫りながら、物語の独創性について考察する。

一　物語の発端――リス王と「カラディガンの姫君」(一―一〇四四行)

アーサー王の「気前の良さ」('larguece', v. 28)を称えるプロローグから始まる『双剣の騎士』の筋書きは、カルデュエル(Carduel)のアーサー王宮廷で「聖霊降臨祭」('Pentecouste', v. 45)(「復活祭」後の第七日曜日)を祝う場面から始まる。この先、誰も名を知らない若き主人公が物語の前景に登場するまでの約一五〇〇行では、「オンブルの彼方」('Outre-Ombre')のリス(Ris)王がアーサー王に対して行う挑発が、ヒロインの登場をお膳立てする。リス王は九年以上前に自国を離れて以来、各地を転戦して制圧した九人の王たちから切り取ったひげを、愛する「イスランド」('Yselande')の姫君」に捧げる外套の裏地に使った。姫君は外套の襟の部分をアーサー王のひげで作るよう望んだため、リス王は伝令を介してアーサー王に臣従の誓いを求めるとともに、自ら切ったひげを送って寄越すよう命じた。アーサー王は当然のことながら、この要求をはねつける。リス王は、征服したカラディガン(Caradigan)(10)の町に滞在中であったが、そこへ恋人の姫君から伝令の小人を介して、一対の足枷('unes pastures', v. 407)が届けられる。足枷の鎖('les encheneüres', v. 408)は黄金、輪('li aniel', v. 409)は水晶でできていた。リス王はアーサー王にその足枷をつけ、捕虜として恋人に送るつもりだった。

カラディガン近郊の森には、一度訪ねたら戻ってこられないという噂の「荒廃した礼拝堂」('Gaste Capele')があった。リス王は一昨日この礼拝堂へ出かけ、祭壇にあった聖母像を自分の外衣で覆い、無事に戻ってきていた。そこでリス王は、礼拝堂へ一人で出かけ、足枷を祭壇に置き、彼が聖母像に掛けた外衣の一部を持って、夜のうちに戻ってこられるような勇敢な者がいれば、どんな望みでも叶えてやろうと宣言する。その話を聞いていた「カラディガンの姫君」は、リス王に奪われた領国を取り戻すべく試練に挑む。礼拝堂に辿り着いた姫君は物陰に隠れ、ある家令が現れて祭壇の前に穴を掘るのを目撃する。家令は亡くなった主君の遺骸に剣を結びつけて埋葬し、誰かがその剣を外して身につけた場合、亡き主君に武勇と美貌の点で匹敵する者でなければその剣を外すことはできないと独白する。家令が立ち去ると、姫君は祭壇へ足枷を置いた後、埋葬場所を掘り起こして亡き騎士の剣を手にすると、それを身につけて帰途につく。姫君は、この剣を外すことのできる者を夫に迎える決意を固める。リス王の外衣の一部を証拠として持ち帰った姫君は、カラディガンの領国と捕虜の返還をリス王から認められる。その後、姫君は領国を家令に任せ、自ら雌ラバにまたがり一人でアーサー王宮廷へ向かう。

ここまでの物語の前段では、「ひげ剥ぎ」の系列に属するリス王の来歴と、「カラディガンの姫君」が「荒廃した礼拝堂」を訪れて不思議な剣を獲得する場面が注目される。まずはリス王であるが、その雛形は早くもジェフリー・オヴ・モンマス（Geoffrey of Monmouth）作『ブリタニア列王史』（*Historia Regum Britanniae*）（一一三八年頃）に見つかる。(11) ジェフリーによると、殺害した王たちのひげで毛皮の外套を作っていた、アラウィウス山に住む巨人リトー（Ritho）は、自分のひげをはぎ取って速やかに差し出すようアーサー王に命じた。リトーは己の名誉のために、高名なアーサー王のひげを他の王たちのひげの上に飾りたかったのである。アーサー王はリトーの要求を拒み、決闘を制して、相手のひげを奪ったという。『ブリタニア列王史』を古フランス語で翻案し、『ブリュット物語』（*Roman de Brut*）として公にしたヴァース（Wace）も、アーサー王による「ひげ剥ぎ」巨人退治を伝えている。(12) クレティアンの『聖杯の物語』冒頭には、ヴァースがリトン（Rithon）と呼んだ巨人が、「群島国の王」（le roi des Iles）リヨン（Ryon）の名で登場している。(13) このように、打ち負かした相手のひげをむしり取るというモチーフの源泉はおそらく、怪力の拠り所を毛髪に求める信仰にある。ひげであれ、髪の毛であれ、これをもぎ取ることは男性的特徴を消し去ることであり、去勢行為に等しいものだと考えられる[14]。「荒廃した礼拝堂」のエピソードの中では、まずは「カラディガンの姫君」が持ち運んだ足枷の動きに注目する必要がある。祭壇上に置かれた足枷は、姫君の眼前でその場に長く留まることなく、礼拝堂の中央で空中を浮遊する。これに驚いた姫君が神に祈りを捧げると、足枷はようやく元の位置に戻る。この超自然的な場面は、『ペルレスヴォース』[15]で主人公の妹ダンドラーヌ（Dandrane）が「危険な墓地」（'chimetere perilleus'）を単身で訪ねる場面を想起させる。ダンドラーヌは母の敵を倒すために、墓地内の礼拝堂で、イエス・キリストの遺体を包んだとされる布、いわゆる「聖骸布」の一部を手に入れる必要があった。礼拝堂に安置されていた聖母像に祈りを捧げたダンドラーヌは、祭壇上に「聖骸布」を認め、手にしようとする。すると「聖骸布」は風に運ばれたかのように空中を浮遊し始める。そこでダンドラーヌが神に加護を求めると「聖骸布」が元の位置に戻ったため、ダンドラーヌは布の一部を手にすることができた。『双剣の騎士』の作者は明らかに『ペルレスヴォース』が語るこの伝承から着想を得て、リス王が聖母像に自分の外衣をかける場面と、祭壇に置かれた足枷が空中移動する場面を創り出している。

同じエピソードの中でとりわけ重要なモチーフは、アレクサンドロス大王伝説に出てくる「ゴルディアスの結び目」を想起させる、外すべき剣のモチーフである[16]。祭壇上に足枷を置いた後で姫君が、埋葬されていた騎士から手に入れたこの剣は、後に主人公の異名の由来となる剣である。リス王の周囲には九百人もの騎士がいながら、誰一人として「荒廃した礼拝堂」に向かわぬ中、「カラディガンの姫君」が果敢に試練に挑んだ結果、主君にあたるアーサー王の助力なしに、自ら領国の奪還に成功してしまうというのは何とも皮肉な話である。一度訪ねたら帰還が叶わぬという「荒廃した礼拝堂」は、クレティアンの『ランスロまたは荷車の騎士』（*Lancelot ou Le Chevalier de la Charrette*）（以下『荷車の騎士』と略記）で王妃グニエーヴル（Guenièvre）が幽閉される、「何人たりともそこを出ずる能《あた》わざる国」[17]と呼ばれたゴール（Gorre）国と同じ「異界」の範疇に属している。『双剣の騎士』では、ランスロ（Lancelot）のような救世主的な主人公ではなく、アーサー王に敵対するリス王が「荒廃した礼拝堂」から帰還を果たしたことは、『双剣の騎士』全体に認められる「噂」と「実態」の乖離を示す好例であり、「笑い」を指す王の名「リス」（Ris）は、物語の基調を予告するものだと言えるだろう[18]。

二　「双剣の騎士」の最初の武勲（一〇四五―一二三七六行）

カラディガンの町を後にした姫君は、カルデュエルのアーサー王宮廷に到着すると、彼女の脇につけていた剣を外すことのできる勇敢な者を夫に迎える意向を王に伝える。両親を亡くしていた姫君は、カラディガンの唯一の後継者だった。そこでクウ（Keu）、イヴァン（Yvain）、ドディネル（Dodinel）が順に、姫君の剣を外そうとするが失敗に終わる。翌日には宮廷に集っていた三百六十六人[19]の騎士を始めとして、多くの人が試練に挑むが誰一人成功しない。宮廷にはゴーヴァン、ジフレ（Gifflet）、トール（Tor）の三人が不在だった。一同が食事を終えた頃、ゴーヴァンの近習を務めていた、二十二歳ほどの大柄で美貌の若者がアーサー王の御前に赴き、騎士叙任を求めて認められ、王から剣を授かる。その後、若者は「カラディガンの姫君」をテーブルに登らせ、自らは馬上のまま、姫君の剣の帯革（'les renges', v. 1647）をつかんで難なく解き、剣を外して身につけると、何も言わずにその場を後にする。しばらく前から宮廷にいながら、誰も名を知らなかったその若者を、クウは「双剣の騎士」（'Li chevaliers a .ii. espees', v. 1669）と呼ぶべきだと述べたが、去り際にこの呼称を耳にした若者は、以後そう名乗ることにする。アーサー王は四人の騎士に後を追わせるが、「双剣の騎士」はその騎士たちを打ち負かし、そのまま道を進める。一方のアーサー王はリス王の征伐へ向かい、「カラディガンの姫君」はカルデュエルの宮廷に留まることにする。「双剣の騎士」は向かう先々で武勇を見せ、その噂は姫君の許にも届く。

その後、クラモルガン（Clamorgan）の居城に移っていたアーサー王一行の許へ、リス王を含む十人の負傷した騎士が、担架で運ばれてくる。リス王の話によると、カラディガンを姫君に返還し、カルデュエルへ向かう途中で遭遇した「双剣の騎士」との槍試合で全員が敗北を喫し、捕虜としてアーサー王宮廷行きを命じられたのだという。この話にアーサー王は喜び、「カラディガンの姫君」は「双剣の騎士」との再会を待ち望む。病床にあったリス王は、臣下たちを自国へ帰らせ、家令に後事を託す。一か月の間に回復したリス王は、アーサー王から捕虜の身を解かれ、王の偉大さに感服して臣従の誓いをすると、自国への帰還が許される。

名無しの主人公が初めて物語に姿を見せるこの件では、「カラディガンの姫君」が身につけていた誰にも外せない剣を、若者が難なく外して手にするという「剣の試練」が一番の見せ場である。騎士叙任の折にアーサー王から一本目の剣を授かった若者は、姫君が身につけていた剣も手にしたため、以後「双剣の騎士」、「双剣の人」（‘cil as deus espees’）や「複数の剣を持つ人」（‘cil as espees’）という異名で呼ばれ、自らもそう名乗ることにする。物語の冒頭、「荒廃した礼拝堂」の試練を克服し、剣を身につけて馬上のままアーサー王宮廷を訪れるまでの「カラディガンの姫君」は女傑と呼ぶに相応しい存在であるが、「双剣の騎士」から剣を外されるや否や、勇者との結婚を望むだけの受動的な存在へと劇的な変貌を遂げている。[20]

若者が挑んだ「剣の試練」は、十二世紀から十三世紀にかけて著された数多くの作品に様々な形で登場し、試練を完遂できる者だけに課された「宿命」を表している。「アーサー王物語」に限れば、その最初期の例は、クレティアン作『荷車の騎士』の「未来の墓」エピソードに見つかる。それによると、主人公のランスロは、持ち上げるのに大力の大男が七人必要な墓碑板を、何の苦もなく一人で持ち上げてしまう。その試練は、ゴール王国に幽閉されていた、アーサー王妃を含む全ての人々にとって、ランスロが救世主となる予兆だった。[21]これに対し、誰にも抜けない剣を抜くという試練の最初期の例は、ロベール・ド・ボロン（Robert de Boron）作『メルラン』（*Merlin*）（一二一〇年頃）に見つかる。[22]試練の発端は、クリスマスの朝、大聖堂前の広場に、一本の剣が突き刺さった鉄床を備えた石板が出現するというものだった。その剣には金色の文字で、「この剣の持ち主、すなわち剣を引き抜くことのできた者は、イエス・キリストに選ばれし、当国の王となるだろう」と記されていた。多くの騎士が試練に挑んで失敗する中、馬上槍試合が催された元旦に、若きアーサーが偶然、剣を抜いてしまう。その後「聖燭祭」（二月二日）と「復活祭」にも剣を抜いたアーサーは、「聖霊降臨祭」に至ってようやく王として戴冠する。[23]

類例は『聖杯の探索』（*La Quête du saint Graal*）（一二二五—一二三〇年頃）の冒頭にも見つかる。物語によると、アーサー王の館の下の岸辺に、剣が突き刺さった岩が流れ着き、剣には金の文字で「吾を脇に吊すべき者以外に決して吾をここから抜き取ってはならぬ。吾を抜き取る者こそは世界第一の騎士」と彫られていた。アーサー王に求められてゴーヴァンとペルスヴァルが相次いで剣を抜こうとするが叶わない。ところがそこへ到着したガラアド（Galaad）が、剣を軽やかに抜き取ってしまう。[24]「聖杯」の探索を終わらせる英雄を選出するこの「剣の試練」の雛形は、アーサーが石板の剣を抜き去る先述のエピソードである。『双剣の騎士』の作者は、こうした「剣の試練」伝承から着想を得て、メリヤドゥックが姫君の剣を外す場面を創り出したと考えられる。[25]こうして「双剣の騎士」となった若者は旅の途上で、「カラディガンの姫君」に領国を返還して帰途に就いていたリス王に遭遇し、一騎討ちで倒してアーサー宮廷へ捕虜として送り届ける。つまり、先行作品群ではアーサー王自身が征伐する「ひげ剥ぎ」を、『双剣の騎士』では若き主人公が倒している。

三　ゴーヴァンの冒険（二三七七―五〇九〇行）

アーサー王宮廷を半年以上留守にしていたゴーヴァン、トール、ジフレが別々のルートでクラモルガンに到着するのは、リス王がアーサー王の許を去った後のことである。物語の焦点はここからしばらく、「双剣の騎士」と並ぶもう一人の主役であるゴーヴァンの動向に移る。アーサー王宮廷に戻ったゴーヴァンは、ある朝のこと、「白い跳ね馬」（'Le blanc joëor', v. 2683）[26]にまたがり、皆に気づかれぬよう森へ入って行くと、馬上の騎士に出会う。それはイスランド王妃の姉妹に愛を懇願した、「群島国」出身の陪臣の息子だった。しかし美貌と家柄を誇るその貴婦人は、身分の劣る彼の懇願を侮辱と受け取った。貴婦人は、彼よりも優れたゴーヴァンを見つけ出し、その首を刎ねるか、戦いで打ち負かすことができるのなら、自分の身柄と領国を差し出すと約束していた。そのため騎士は三か月前からゴーヴァンを探し求めていた。甲冑をまとっていなかったゴーヴァンが、身許を聞かれて名を明かすと、相手はすぐさま決闘を申し込む。完全武装を許されぬまま戦う羽目になったゴーヴァンは、相手の剣の一撃を腹に受け、落馬して意識を失う。ゴーヴァンの死を確信した騎士は、相手の首を刎ねることも馬を奪うこともせず、大喜びで貴婦人の許へ向かう。

重傷を負ったゴーヴァンは一か月のうちに回復し、報復を目指す旅の途上で出会った使者から、不忠の騎士が「群島のブリアン」（ブリアン・デ・ジル Brien des Illes）という名であり、戴冠式が近いことを知る。ブリアンの許へ行く近道は、ル・ポール城（'le castel du port'）を通過するルートだったが、城主はノロンベランド（'Norhombellande'）のジェルヌマン（Gernemant）から攻撃を仕掛けられ、一週間後には降伏を余儀なくされる運命にあった。城主の美しい娘がジェルヌマンの求婚を拒んだのが、攻撃の発端だった。そこでゴーヴァンは城主の娘の代理騎士として、周囲に堀のある草原でジェルヌマンとの一騎討ちを制し、その首を刎ねる。草原にはジェルヌマンがそれまでに殺めた騎士の生首が四四個さらされており、ゴーヴァンはジェルヌマンの首を四五番目の杭に突き刺した。城内には喜びが広がり、夕食後にはゴーヴァンが寝室で姫君と枕をともにする。ところがゴーヴァンが一線を越えようとすると、突然姫君が涙に暮れる。十七歳に満たぬ姫君の話によると、十五歳にならぬ頃、礼節、美貌、武勇の点で最良の騎士だというゴーヴァンの噂を聞いて以来、彼に処女を捧げる誓いをしていた。そのため、ブリアンによるゴーヴァン殺害の知らせを思い出し、悲しみを新たにしたのだという。そこでゴーヴァンが名乗ると、姫君は相手を当人だと信じることができず、カラエ（Carahet）のアーサー王宮廷に赴いて真相を確かめることにする。

中世フランスの物語群が描くゴーヴァンは、円卓騎士団の筆頭騎士であり、若い騎士たちの「指南役」であると同時に「試金石」でもある。甲冑をまとわぬゴーヴァンを殺害したと信じた「群島のブリアン」でさえも、神を称えながら「この世で最も素晴らしく、最も美貌の者」（'tout le meillor / Et le plus biel de tout le monde', vv. 3066–67）、「円卓の中の、バラにしてルビーを殺めた」（'de la table reonde / Ocis la rose et le rubi', vv. 3068–69）と述べ、図らずもゴーヴァンへの最大級の賛辞を吐露している。それ以上に印象的なのは、病床に就く甥のゴーヴァンを前に、アーサーが述べた次の言葉である。

(...) Et je comment
Tenrai terre, se vous mourés,
Vous ki tout le mont honnerés,

Vous ki portés les fais en tous,
Vous ki apaisiés les courous,
Vous ki estes du mont escus,
Vous ki estes tous jors vescus
Por povres dames soustenir,
Vous ki soliés si maintenir
Les puceles [des]iretees,
Vous ki avés tous jors gietees
Les malvaistés arriere dos ?

誰もが称えるそなたが、あらゆる重荷を背負ってくれるそなたが、どんな怒りでも鎮めてくれるそなたが、この世の楯であるそなたが、寄る辺ない貴婦人たちを助けるために、その身を常に捧げてきたそなたが、恵まれない乙女たちを支えるのが常だったそなたが、卑劣な行為にいつも背を向けてきたそなたが亡くなってしまったら、わしはどうやって国を治めたらよいのだろう？（三三〇八―三三一九行）

その後、ゴーヴァンの死の噂が各地に伝わり、ゴーヴァン自らがこの虚報と戦う羽目に至る経緯は、作者不詳の『危険な墓地』の筋書きを想起させる(27)。

クレティアン・ド・トロワ以降、韻文と散文により増殖していく「アーサー王物語」の中では、宮廷風礼節の鑑だったはずのゴーヴァンは言わば「常套表現」として使い古され、十三世紀になるとこうした傾向に拍車がかかる。とりわけ散文作品群ではゴーヴァンは悪意を込めて描かれるようになり、『聖杯の探索』では作中人物から「悪魔の手先」と呼ばれ、『散文トリスタン物語』（*Le roman de Tristan en prose*）（一二四〇年以降）では裏切りや殺人にまで手を染める残酷な騎士へと変貌していく。[28] これに対して『双剣の騎士』が描くゴーヴァンは、散文作品群でのような否定的な扱いを受けてはおらず、作中では常に敬称でゴーヴァン「殿」（'mesire'）と呼ばれ、「騎士の鑑」としての威厳を失ってはいない。ところが恋愛の分野では、意中の奥方を持たないゴーヴァンは、移り気が災いして、不名誉な扱いを受けることが頻繁にある。「アーサー王物語」では、一度も会ったことがないのに噂を聞いてゴーヴァンを熱烈に愛する乙女が一つの類型となっており、[29]『双剣の騎士』ではル・ポール城主の娘がこれに相当する。ゴーヴァンに処女を捧げる決意をしていたこの乙女は、ゴーヴァン殺害の虚報を鵜呑みにしており、命の恩人自らがゴーヴァンだと名乗っても、それを信じることができない。ゴーヴァンは己の死の虚報のみならず、噂が創り出した自分の虚像＝分身とも戦わねばならなかったのである。[30]

　ル・ポール城のエピソードには、クレティアン・ド・トロワの物語群の顕著な影響が二か所で認められ、「間テクスト」（intertexte）としての重要性を明らかにしてくれる。[31] その一つは、城主夫妻の前で、美しい娘が「トロイの物語」（'un romans de Troie', v. 4276）を読み聞かせている件である。これはクレティアン作『イヴァン』の結末近くに見つかる、貴族の両親が十六歳になった娘の行う物語《ロマン》の朗読に耳を傾ける場面と同工異曲である。[32]『イヴァン』の語り手は貴族の娘が読んでいた物語の内容を知らぬと述べているのに対し、『双剣の騎士』の作者がこれを「トロイの物語」としたのは、ジェルヌマンによるル・ポール城の攻囲が、ギリシア軍によるトロイの攻囲になぞらえられたためであろう。[33]『双剣の騎士』後半には、アーサー王妃が泉の近くで騎士と乙女たちのために、物語《ロマン》を朗読する場面も認められ（vv. 8955–8957）、語り手はその場に居合わせていた美しき「カラディガンの姫君」を、トロイと関連した二人の美女ポリュクセネ（'Polixena'）およびヘレネ（'Helaine'）になぞらえている（v. 8986）。そのためル・ポール城主の娘もアーサー王妃も、ブノワ・ド・サント＝モール（Benoît de Sainte-Maure）

作『トロイ物語』(*Roman de Troie*)(一一六五年頃)を手にしていたと考えられる。これに対して、着想源としての『イヴァン』の重要性を考慮すれば、エレーヌ・ブージェが指摘したように、城主の娘が朗読したのは「(クレティアン・ド・)トロワの物語」、つまり『イヴァン』自体だった可能性も捨てきれない[34]。

クレティアンの作品の影響を留めるもう一つの例は、ジェルヌマンとゴーヴァンの果し合いの場面であり、『エレックとエニッド』の筋書きを締めくくる「宮廷の喜び」(Joie de la Cour)の冒険と酷似している。『エレックとエニッド』によると、エヴラン(Evrain)王の居城ブランディガン(Brandigan)の城内には、空気の壁に取り囲まれた庭園があり、周囲の杭には兜をつけたままの騎士たちの生首が掛けられ、最後の一本には角笛が掛けられていた。エレックは、庭園の番人マボナグラン(Mabonagrain)との一騎討ちを制し、角笛を吹くことで、魔法の解除に成功する[35]。これに対して『双剣の騎士』の決闘の舞台には、ジェルヌマンとの決闘に敗れた四四人の騎士の生首がさらされていた。ゴーヴァンは、草原の中央に聳える木の下にあった角笛を吹くことで、ジェルヌマンを呼び出して決闘を制すると、角笛を首にかけて城主とその娘が待つ「宮廷」へ戻り、「喜び」をもたらす。そもそも『双剣の騎士』が『エレックとエニッド』を重要な着想源としていることは、ヒロインの領国カラディガンの名と、ゴーヴァンに重傷を負わせた「群島のブリアン」の名が如実に物語っている。『エレックとエニッド』の前半では、「白鹿狩り」と「ハイタカをめぐる戦い」に続いて、エレックがフィアンセのエニッドをカラディガンのアーサー王宮廷へ連れて行く場面が山場となっているのに対し、物語を締めくくる主人公の戴冠式の参列者には、「群島のブリアン」の異本である「群島のブリュイヤン」('Bruianz des Illes', v. 6722)[36]が見つかるからである。

四　ゴーヴァンと「双剣の騎士」の再会と決別（五〇九一―六二九六行）

「双剣の騎士」の最初の武勲と、ゴーヴァンの冒険を順に辿ってきた物語は、中盤に来て二人の再会をお膳立てするが、同時に二人の友情は一時的に解消されてしまう。ブリアンへの報復を目論むゴーヴァンが「群島国」の首府ラッド（Rades）に到着したのは「聖ヨハネ祭」（'feste saint Jehen', v. 5265）のことであり、その日にはブリアンの戴冠式が予定されていた。教会では大司教が、ゴーヴァン殺害により最良の騎士であることを証明したブリアンが、女王と結婚することになった経緯を語る。すると、その場に来ていた「双剣の騎士」が、ゴーヴァン亡き後は自分こそが最良の騎士だと述べる。そこへゴーヴァンが割って入り、身許を知られぬまま異を唱えたため、女王はブリアンの戴冠式を中断し、二人の騎士の戦いを認める。激戦の最中にゴーヴァンが名乗ったため、「双剣の騎士」は攻撃を中止して謝罪する。女王の許へ戻ったゴーヴァンは、ブリアンの不忠な振舞いを暴露し、自分の身許を明かさぬまま、ゴーヴァンの生存を証明するために戦うと宣言する。ブリアンとの一騎討ちを制したゴーヴァンは、カムロット（'Kamelot'）のアーサー王宮廷へ捕虜として向かうことを条件に、ブリアンの助命を認める。ゴーヴァンと「双剣の騎士」がその場を去ると、ゴーヴァンの身許を知らされた十八歳に満たぬ美しき女王は、誰よりも彼を愛していたため卒倒する。その後、女王はゴーヴァンとの結婚を望むが、縁者たちから反対される。

ゴーヴァンは「双剣の騎士」とともにアーサー王宮廷へ向かう途中、ある広野で「双剣の騎士」を探す旅に出ていた近習に出会う。「双剣の騎士」は近習と二人だけで話をする中で、父がゴーヴァンにより殺害された経緯を知る。近習は「双剣の騎士」の母から、騎士の父の楯を預かっていた。母が父の仇討ちを切望していることを知った「双剣の騎士」は、友情を抱いてきたゴーヴァンとその場で戦う訳にいかず、だからと言って仇討ちを行わぬ訳にもいかない。父の楯を手にした「双剣の騎士」は、自分の楯を託した近習を帰途に就かせる。その後「双剣の騎士」は、父を殺害したゴーヴァンを非難し、その場を離れる。その後を追ったゴーヴァンは、途中から違う道を辿ってしまう。

ゴーヴァンと「双剣の騎士」が再会する契機となったのは、「聖ヨハネ祭」（六月二四日）に予定されていた「群島のブリアン」の戴冠式、および女王との結婚式であるが、このイベントが物語の中間地点に配置されているのは、物語の構造上重要である。なぜなら、「聖霊降臨祭」で賑わうカルデュエルのアーサー王宮廷から始まった物語は、その大団円にカラディガンでの「双剣の騎士」の戴冠式、および姫君との結婚式を「聖霊降臨祭」に設定しているからである。つまり『双剣の騎士』は、二つの祝祭日（「聖ヨハネ祭」と「聖霊降臨祭」）が、それぞれ「群島のブリアン」と「双剣の騎士」に関連した二つの戴冠式および結婚式と呼応する形で、新たな二部構成を生み出している。(37) さらにはゴーヴァンが、彼に重傷を負わせた「群島のブリアン」との対決を制するのが「聖ヨハネ祭」であるのも偶然ではない。一年で日の長さが最大になる「夏至」を背景に持つ「聖ヨハネ祭」は、その力が「正午」になると最高点に達するという伝承(38)を持つ「太陽英雄」ゴーヴァンには最も相応しい祝日だからである。(39)「群島のブリアン」との決闘を制したゴーヴァンが己の死の虚報をめぐる戦いに終止符を打ち、ブリアンとの結婚が予定されていた「群島国」の若き女王がゴーヴァンに寄せていた愛も明らかになる。こうして改めてゴーヴァンの「騎士の鑑」としての名声が強調されている。その後、物語の筋書き上では、「双剣の騎士」が近習からゴーヴァンによる父親殺害の経緯を聞かされ、ゴーヴァンと決別することが新たな展開を招く。

五　「双剣の騎士」の冒険（六二九七―九三二一行）

ここから物語は再び「双剣の騎士」に焦点を当て、彼の親族にまつわる謎を少しずつ解き明かしていく。ゴーヴァンと仲違いした「双剣の騎士」は旅の途上で、広野に二つの塔を見つける。二つの大きな塔は全く同じで、驚くほど高かった。近くには湖があり、そこは母の居城だった。「双剣の騎士」は双子塔へ向かう前に草原に行き、泉のそばで見つけた剣を手に取る。鞘から剣を抜くと、その先端から中程まで鮮血が残っていた。「双剣の騎士」は着ていた服の裾で剣をぬぐったが、血の流れが止まる気配がなかったため、剣を鞘に納める。そこへ乙女がやって来ると、「双剣の騎士」は「真紅の剣」を手にし、乙女の案内で船に乗り、双子塔に至って奥方と対面する。まもなく「双剣の騎士」を探しに出ていた近習が戻ったことを契機に、奥方と「双剣の騎士」が母子だと判明する。母は再会を喜び、息子が「ブランクモールの谷」（'Vaus de Blanquemore'）と「双子塔の湖」（'Lac as Jumeles'）の領主だと明かす。

母の話によると、亡き父ブレエリス（Bleheris）の仇敵ブリアン・ド・ラ・ガスティーヌ（Brien de la Gastine）は長期に及んだ戦いの果てに敗北し、領国を返還してもらうためブレエリスの娘と結婚する約束をした。ところが卑劣なブリアンは約束を反故にし、両軍が集結したときブレエリスに決闘を提案し、勝者が二つの国の支配者となることにした。決闘が六か月後に定められると、ブリアンはそのままカラエのアーサー王宮廷を訪ね、主君にあたるアーサーに内容を明かさぬまま頼み事をし、助力者としてゴーヴァンを連れて行く許可を得る。(40) 決闘の日、ブリアンに命じられるまま代わりに出陣したゴーヴァンは、ブレエリスを瀕死の状態に追い込む。死の間際に相手がゴーヴァンだと知ったブレエリスは、敗北を認めて相手を許した。ブレエリスは「荒廃した礼拝堂」での埋葬を望み、いつか彼の剣が立派な騎士の手に渡ることを願った。ブレエリスの死後、ブリアンは「双剣の騎士」の妹を幽閉し、母の城市を奪ったという。このように一門を襲った悲劇を母から伝え聞いた「双剣の騎士」は、父の仇討ちを誓って出立する。

「カラディガンの姫君」が身につけていた剣とともに「真紅の剣」を携えた「双剣の騎士」は、旅の途上で「恐怖の城」(‘Castel Paorous’)の城主メネライス(Menelaïs)の亡骸を抱えていた妻メリー(Melye)に出会い、城主を遺言通り「荒廃した礼拝堂」に埋葬する手伝いをする。メリーはブレエリスの従姉妹だった。「荒廃した礼拝堂」に入った「双剣の騎士」は、父の眠る墓穴を前に、生前の父を称えながら涙する。その後「双剣の騎士」は、救出した「恐怖の城」の貴婦人たちを伴って騎行を続けると、その噂を聞きつけてやって来たブリアンと「恐怖の城」の近くで遭遇する。そして相手を倒し、刎ねた首を母の許へ送り届ける。こうして父の仇討ちを果たした「双剣の騎士」は、同行する貴婦人たちの望み通りアーサー王宮廷を目指すが、途中で宿泊した修道院で父の妹にあたる院長の尼僧に会い、仇敵ブリアンの征伐を報告する。その修道院には尼僧になるはずだった「双剣の騎士」の妹が身を寄せていたが、「双剣の騎士」は院長から妹を宮廷に連れて行く許可を得る。こうして一行が森の中を進み、アーサー王の野営地に至る。アーサー王は不在だったが、「双剣の騎士」は「貴婦人たちを連れた騎士」(‘Li chevalier as dames’, v. 8564)と名乗り、妹を含む貴婦人たちの保護を王妃に託し、自らは「真紅の剣」の謎を明かしてくれる者が見つかるまで旅を続ける覚悟をする。「双剣の騎士」の出立後にアーサー王が天幕へ戻ると、「双剣の騎士」の妹が兄の身許とこれまでの活躍を語ったため、アーサー王は「双剣の騎士」の探索を急ぐことにする。「双剣の騎士」がゴーヴァンと再会して干戈を交えるのを避けたかったからである。

三本目の剣を祖国に残すメリヤドゥック

物語後半のこの件では、「双子塔の湖」に辿り着いた「双剣の騎士」が母との対面を果たし、母から父の死の詳しい経緯を直接聞かされるだけでなく、その後の親族や妹との出会いを通じて、一門を襲った悲運が固有名とともに明らかにされる。物語の冒頭で「カラディガンの姫君」が「荒廃した礼拝堂」で目撃した、家令の埋葬した騎士は、主人公の父ブレエリスだったことが判明する。「カラディガンの姫君」が身につけていた剣は、「双剣の騎士」の父が元来所有していた剣だったのである。さらに「双剣の騎士」は、ブレエリスの従姉妹メリーに頼まれ、その夫の埋葬を手伝うことで、自らも運命に導かれるかのように「荒廃した礼拝堂」を訪れ、亡き父を偲んでいる。このように物語は、「双剣の騎士」の一門に連なる登場人物たちを通じて、「荒廃した礼拝堂」での埋葬を反復している(41)。さらに反復という観点から注目すべきは、主人公にとっての仇敵の名である。物語の前半では、ゴーヴァンに重傷を負わせた「群島のブリアン」が、戴冠式の日にゴーヴァンとの一騎討ちで敗れるが、ここではブレエリスの長年の仇敵だったブリアン・ド・ラ・ガスティーヌを、息子の「双剣の騎士」が討ち取っている。したがって二人の主人公の敵はいずれもブリアンという名であり、二つの対戦は鏡像関係にあると言えるだろう。

「双剣の騎士」が母と再会した場面でとりわけ印象的なのは、息子が身につけていた「三本の剣」（'.III. espees', v. 7159）の中に、母が「真紅の剣」（'l'espee vermeille', v. 7160）を見つけて驚く件である。母の説明によると、「真紅の剣」は三か月以上も前から泉の近くに置かれており、誰も敢えて剣に触れることはなかったという。剣に添えられていた手紙に、鞘から抜いた剣を手にして戦いに挑めば、ただ一人を除き、必ずその日のうちに命を落とすことになる（vv. 7186–7191）と記されていたからだという。「双剣の騎士」がこの剣を鞘から抜いた場面で、剣が鮮血で先端から中程まで真っ赤であり（vv. 6350–6352）、強く拭うほど血がさらに流れ出てくる（vv. 6360–6362）と記されている件は、クレティアンの『聖杯の物語』前半でペルスヴァルが漁夫王の館で目撃する、「血の滴る槍」（lance qui saigne）(42)を念頭に置いたものなのかもしれない。さらには、周囲に深い湖のある双子塔の位置も、

『聖杯の物語』の漁夫王の館の記憶を留めた「異界」である可能性がある。(43)

これに対して、いずれも「寡婦」である主人公の母親が物語で果たす役割は、『聖杯の物語』と『双剣の騎士』では大きな違いを見せている。『聖杯の物語』によると、ペルスヴァルがアーサー王宮廷へ向けて出立した後、彼の母は橋のたもとで気を失って倒れ、「その苦しみゆえに亡くなった」(`Et de ce duel fu ele morte.', v. 6398) と記されているが、この表現に呼応するかのごとくに、『双剣の騎士』では近習が「双剣の騎士」に対して、「私の思うところ、(奥方は) 苦しみゆえに亡くなりました」(`K'est morte de duel, je cuic.', v. 6221) と述べている。実際には「双剣の騎士」の母は亡くなってはおらず、夫の仇討ちを果たすべく、「双子塔の湖」にやって来た異国の人たちが命を失う慣例 (`coustume', v. 6577) を定めていた。このように『双剣の騎士』では、主体的に行動する「双子塔の湖」の奥方は、夫の仇討ちを息子に託し、息子から送り届けられた仇敵ブリアン・ド・ラ・ガスティーヌの首級を喜んで受け取るのである。

六　ゴーヴァンと「双剣の騎士」の再会と和解 (九三二二—一〇九〇七行)

「双剣の騎士」の消息が得られないゴーヴァンは、辿ってきた道を引き返すことにする。その途上でサンディック (Sandic) という町から逃れてきた騎士の一群に出会い、「双子塔の湖」の奥方 (「双剣の騎士」の母) がティガン (Tygan) の城で、ブリアンの息子ガリアン (Galien) から攻囲されていると聞く。そこでゴーヴァンは戦いが終わるまでは名を聞かぬよう求め、ともに奥方の救援に向かう。ゴーヴァンは奥方に仕える騎士たちの指揮官となり、ガリアン軍との戦いを優勢に進める。両軍の戦いに決着をつけるためにゴーヴァンとガリアンが一騎討ちを行うことになると、ゴーヴァンはこれまでに犯した可能性のある罪の許しを奥方に求めた上で出陣する。決闘を制したゴーヴァンは、降伏を拒んだガリアンの首を刎ねる。奥方から領土を奪った者たちの中には、ガリアンの死を知って反撃に出た者もいたが、ゴーヴァンはわずかの間に争い事を収束させる。出立するゴーヴァンから身許を知らされた奥方は、夫自身が死の直前にゴーヴァンを許したことを思い出しながら、それまでに抱いてきた恨みを捨てることにする。

この間に「双剣の騎士」は、森の中で出会った四人の炭焼きから、貴婦人たちが一人の騎士を担架に乗せて「驚異の泉」（la fontaine des merveilles）へ向かう話を聞き、その方角へ向かっていた。ところが途中で出会った使者から、「双子塔の湖」の奥方がガリアンにより攻囲されている話を聞く。そこで泉行きを中断して母の救出に向かった「双剣の騎士」は、ティガンの町から出てきた騎士から、ゴーヴァンが奥方のために戦いを終結させた経緯を聞く。「双剣の騎士」は、母がこの世で最も憎むゴーヴァンの行った偉業が信じられず、すでに出立していたゴーヴァンに追いつき、戦いを仕掛ける。二人の身許を知った「双子塔の湖」の奥方は、戦いを中止させ、息子には命の恩人との戦いをやめるよう求める。こうしてゴーヴァンと「双剣の騎士」は和解に至る。

ゴーヴァンからアーサー王宮廷行きを求められた「双剣の騎士」は、それに先立って「驚異の泉」へ立ち寄り、「真紅の剣」の謎を解くことを望む。そこでゴーヴァンはともに何日も騎行を続け、森の中で問題の泉に至る。森に用意されていた天幕には、貴婦人たちが負傷した騎士を担架で運んできており、そこへゴーヴァンと「双剣の騎士」が向かう。貴婦人の一人によると、手負いの騎士は冒険の旅の途上でこの泉へ向かい、出会った騎士との決闘で不治の怪我を負った。相手の見知らぬ騎士は、怪我をもたらした同じ剣で名無しの騎士が斬りつけぬ限り、怪我は治らないと述べたという。中程まで毒が塗られていたこの剣には勇者の名が刻まれていたが、その勇者が自ら剣を振るうまでは、剣に残る鮮血が名前を隠しているという。貴婦人たちの許へ戻った手負いの騎士が、この冒険を語ったため、貴婦人たちは手紙を鞘に吊るした剣を、遍歴の騎士たちが頻繁に通過する場所に置いたのだという。

ゴーヴァンが先に名乗った後、身許を聞かれた「双剣の騎士」は己の本名を知らぬと明かす。さらに、宮廷で近習を務めていた頃には「美丈夫の若者」('Le biel vallet')、その後は「双剣の騎士」や「貴婦人たちを連れた騎士」と呼ばれてきたと言い添える。「双剣の騎士」は貴婦人たちに求められるまま、「真紅の剣」を鞘から抜き取る。そして手負いの騎士の望み通り、その剣で打ち据えると、すぐさま毒が傷口から落ち、剣に残っていた鮮血が消え去る。手負いの騎士はアーサー王に仕える、ノルヴァル(Norval)の王の息子ゴー(Gaus)だった。食事後に先の剣が運ばれてくると、そこに刻まれた「メリヤドゥック」(古フランス語では「メリヤデュエス」、'Meriadues', v. 10869)の名が露わになっていた。「双剣の騎士」によると、それは祖父の名でもあった。翌朝、ゴー・ド・ノルヴァル一行がアーサー王宮廷へ向かったのに対し、ゴーヴァンとメリヤドゥックは森へ進み、宮廷に戻る前に新たな冒険に挑むことにする。

三本目の剣を祖国に残すメリヤドゥック

ブリアン・ド・ラ・ガスティーヌを征伐することで「双剣の騎士」は父の復讐をすでに果たしていたが、物語はここで新たにブリアンの息子ガリアンが「双子塔の湖」の奥方を攻囲する場面を用意し、ゴーヴァンに活躍の場を与えることで「双剣の騎士」との和解をお膳立てしている。物語後半のこの件でとりわけ重要なのは、「驚異の泉」で「双剣の騎士」が二度目の「剣の試練」に挑むことにより、己の本名を発見する場面である。この試練は、かつてアーサー王に仕えていたという「不可思議な」('faés', v. 10705)騎士がゴー・ド・ノルヴァルに不治の怪我を負わせた剣を使って、「名無しの騎士」が再びゴーに斬りつけるというものである。ゴーに治癒をもたらした主人公は、剣の上に祖父の名でもあった自分の名「メリヤドゥック」を認める。

「アーサー王物語」では、誰も知らなかった主人公の名が作品の途中で明かされるケースは数多く、例えばクレティアンの『聖杯の物語』前半の主人公ペルスヴァルは、漁夫王の館での試練に失敗した翌日、出会った従姉から尋ねられて自分の名を「言い当てる」[44]。これに対してルノー・ド・ボージュー作『名無しの美丈夫』の主人公ガングラン（Guinglain）は、「荒廃した町」（Gaste Cité）の城内で、二人の騎士を倒した直後に現れた大蛇から接吻を受けた後、ある声から己の名を告げられる。この「恐ろしい接吻」（Fier baiser）により、魔法で大蛇の姿に変えられていた王女ブロンド・エスメレ（Blonde Esmérée）は、元の姿を取り戻すことができた[45]。以上二つの例では、通過儀礼的な試練の最中に己の名前を発見した主人公が、騎士としてさらなる成長を遂げていくのに対し、『双剣の騎士』では主人公がすでに主要な冒険を終えた、物語の結末近くで己の名を発見している点が注目される[46]。

ゴー・ド・ノルヴァルが負った不治の怪我を直す手立ての類例は、古くはギリシア神話が伝える、テーレポス（Telephos）がアキレウス（Achil(l)eus）の槍で怪我を負う話に見つかる。アキレウスは神託により、怪我を負わせた者が怪我を招いた武器を使わぬ限り、怪我を直すことができぬと知る。戦友としてテーレポスが必要だったアキレウスは、自分の槍に錆をつけ、それをテーレポスの傷口に載せたところ、傷口はたちまち閉じたという[47]。これに対して、中高ドイツ語で著されたヴォルフラム・フォン・エッシェンバハ（Wolfram von Eschenbach）作『パルチヴァール』（*Parzival*）には、不治の怪我を負った聖杯王アンフォルタス（Amfortas）が悪寒に苦しむとき、怪我の原因となった槍を傷口に刺し込むことで、痛みを鎮めていたと記されている[48]。「双剣の騎士」がゴーの怪我を治す場面には、怪我を招いた武具が同時に治癒をもたらすという、こうした神話伝承が認められる。

七　最後の冒険と大団円（一〇九〇八―一二三五三行）

アーサー王が「双剣の騎士」を探すために宮廷を離れてサルディックの森に入っていた間に、アーサー王一門に属する「危険な谷の赤毛男」（'Rous du Val Perilleus'）は王の臣下たちを攻撃していた。軍勢を進めた「赤毛男」は、アーサー王に仕える騎士たち約二百名を捕虜にし、カラディガンへ侵攻すると二つの城を奪取し、ディスナダロン（Dysnadaron）を征服してしまう。この話を伝え聞いたアーサー王は、臣下たちをカルデュエルへ集結させ、ディスナダロンへ向かう。アーサー王の進撃を伝え聞いた「赤毛男」がこっそりディスナダロンを離れて森に逃げ込んだため、指揮官を失った「赤毛男」の軍は家令を先頭に丸腰のまま降伏する。一方、ゴー・ド・ノルヴァルと別れてから森の奥を進んでいたゴーヴァンと「双剣の騎士」は、自国へ向けて逃亡中の「赤毛男」に出会う。「双剣の騎士」との戦いに敗れた「赤毛男」は、「カラディガンの姫君」の許へ足枷をつけたまま捕虜として赴くことと、幽閉中のアーサー王の騎士たちの解放を条件に助命を認められる。「赤毛男」がカラディガンのアーサー王宮廷へ到着したのは、「キリスト昇天祭」（'l'Ascencion', v. 11560）（「復活祭」後の四〇日目）の四日前のことであり、「双剣の騎士」から受けた命令を実行に移す。

「赤毛男」の領国「危険な谷」に赴き、幽閉されていた騎士たちを解放したゴーヴァンと「双剣の騎士」が、アーサー王一行の集うカラディガンに到着したのは「キリスト昇天祭」の日のことだった。ル・ポール城主の娘はゴーヴァンとの再会を、「双剣の騎士」は妹との再会を喜ぶ。一年以上も「双剣の騎士」を待ち続けた「カラディガンの姫君」から約束の履行を求められたアーサー王は、ロット（Loth）王、ユリアン（Urïen）王、アレス（Arés）王、ドー（Do）伯に、姫君と「双剣の騎士」の結婚を提案し賛同を得る。そこでアーサー王は「双剣の騎士」を呼び寄せ、一年前のカルデュエルで、誰にも抜けない剣を外した者を姫君の夫にすると約束したことを明かす。「双剣の騎士」が姫君との結婚に同意したため、戴冠式が「聖霊降臨祭」に定められる。式にはアーサー王を含む十二人の王、多くの公や伯のほか、「双剣の騎士」の母も参列する。その後、王となった「双剣の騎士」メリヤドゥックは妻の女王ロールとともに、子宝と長寿に恵まれたという。(49)

ジェフリー・オヴ・モンマス作『ブリタニア列王史』が描いた「征服王」としてのアーサーの姿は、クレティアン・ド・トロワ以降になると影を潜め、アーサーは暇を持て余し、円卓騎士団に活躍の場を提供する側にまわる。ところが、こうした消極的なアーサー王の姿は、『双剣の騎士』には認められない。アーサー王の不在に乗じて王の騎士たちを捕虜にしていた「危険な谷の赤毛男」が、ディスナダロンへの王軍の到着を伝え聞いただけで逃亡を図る件では、アーサー王の威厳が際立っている。「アーサー王物語」では、王宮は複数の居城へ移動するものの、遍歴の騎士たちにとって王宮は「定点」であり、王宮から冒険に出立した騎士たちが、帰還を果たすことが筋書きを進展させていく。『双剣の騎士』では、こうした伝統的な枠組みが踏襲されている。物語の冒頭では、カルデュエルのアーサー王宮廷に集う十人の王と一万人の会食者（'.x. mile menjans', v. 136）への言及があるが、大団円のカラディガンでのメリヤドゥックの戴冠式には、十二人の王と一万三千人の会食者（'.xiii. miles mengans', v. 12300）への言及が認められ、物語中でのアーサー王の威信の高まりを裏付けるものとなっている。

「双剣の騎士」が物語中で見せる最後の偉業は「赤毛男」との対決であるが、戦いに敗れた「赤毛男」が捕虜として、「カラディガンの姫君」の前に「足枷」をつけた状態で姿を見せるのは示唆的である。これにより「足枷」が、物語全体をつなぐ「たすき」の役割を果たしていることがわかるからである。物語の冒頭で「イスランドの姫君」から恋人のリス王に届けられた「足枷」は、「カラディガンの姫君」によって「荒廃した礼拝堂」の祭壇上に置かれ、それを後にメリヤドゥックが持ち去り、「赤毛男」を介して「姫君」の許へと戻っていく。黄金と水晶でできた不可思議な「足枷」は言わば、メリヤドゥックとそのフィアンセを結ぶ、象徴的なオブジェとなっているのである。(50)

おわりに

十三世紀前半に著された作者不詳の『双剣の騎士』は、十二世紀後半にクレティアン・ド・トロワが著した物語群を始めとした先行作品、さらには韻文や散文による同時代の物語群を念頭に置いた作品であるため、登場人物、モチーフやエピソード群を正しく理解するには、物語伝承のネットワークを考慮に入れる必要がある。『双剣の騎士』の同時代の読者＝聴衆はおそらく、確立しつつあった「アーサー王物語」の「伝統」と同時に「革新」を感じ取ったことだろう。二人の主人公を登場させ、両者の冒険を絡みあわせながら筋書きを進めていく手法には数多くの先行例がある。「名無しの美丈夫」型の物語では、いまだ騎士としての経験がない若者にとって「引き立て役」に甘んじることの多いゴーヴァンが、『双剣の騎士』では同等かそれ以上の働きをしている点が目を引く。二人の主人公はいずれも「遍歴の騎士」としての冒険を重ね、己のアイデンティティーの発見に至っている。クレティアンの『聖杯の物語』では、ゴーヴァンとの対比でペルスヴァルの「愚直さ」が際立ち、ペルスヴァルが伯父の隠者と出会う場面では宗教色が全面に出てくるのに対し、『双剣の騎士』のメリヤドゥックは「愚直さ」とは無縁の完璧な騎士であり、物語からは宗教色が排除されている。(51)

『双剣の騎士』の作者は、クレティアンの物語群のうち、『エレックとエニッド』、『イヴァン』、『聖杯の物語』の三作品を主な着想源としたのに対し、『クリジェス』（*Cligès*）と『荷車の騎士』に対しては一定の距離を見せている。特に『荷車の騎士』については、意図的にその痕跡を消し去ろうと努めたかのごとくである。『双剣の騎士』ではアーサー王妃の名が明かされず、ランスロ（Lanselos, v. 2612）の名はクラモルガンに集う騎士の一人として一度あがるのみである。さらには、ランスロの育ての親の異名「湖の貴婦人」（Dame du Lac）を彷彿とさせる「双子塔の湖」の貴婦人は、主人公メリヤドゥックの母である。『荷車の騎士』で王妃を誘拐するメレアガンの父バドマギュ（Bademagu）王についても、『双剣の騎士』の冒頭で王宮に集う十人の王の一人（v. 101）、物語を締めくくるメリヤドゥックの戴冠式に参列する十二人の王の一人（v. 12126）として名を連ねているだけである。[52]

アーサー王妃とランスロの姦通愛は、クレティアンの『荷車の騎士』を契機にして、十三世紀前半に成立して人気を博した『ランスロ本伝』（*Lancelot propre*）が、「アーサー王物語」の主要な筋書きとして定着させたものであるが、この伝承は「聖杯」のテーマとともに、『双剣の騎士』の作者の関心を惹くには至らなかったのであろう。『双剣の騎士』が描くアーサー王妃は、寄る辺のない貴婦人たちに救援の手を差し伸べる寛大な存在であり、だからこそ「双剣の騎士」は「恐怖の城」の貴婦人たちと自分の妹の身柄を王妃に託すのである。また作中のアーサー王妃は、長らく宮廷を不在にしていたゴーヴァンが帰還したとき、互いに口と目にキスをしたり何度も抱き合ったりするなどゴーヴァンとの親密ぶりを見せてはいるが、それが友情のレベルを越えることはない。物語の眼目はむしろ、「カラディガンの姫君」、ル・ポール城主の娘、「双子塔の湖」の奥方がそれぞれに置かれた立場が示すように、悪しき王たちに蹂躙されていた高貴な女性たちの救援にある。[53]

このように『双剣の騎士』では、アーサー王世界が二人の主人公の活躍とともに肯定的に描かれている一方で、こうしたユートピア的な騎士道社会に対する「距離」が、様々な形で示されており、物語の新機軸となっている。まずは『双剣の騎士』が、「本名」よりも「異名」の優勢な世界である点が注目される。主人公メリヤドゥックの名が判明するのは一〇八六九行目、結末から遡って約千行の時点であり、それまでは「双剣の騎士」と呼ばれ続け、物語後半には高貴な女性たちに愛されるゴーヴァンにこそ相応しい、「貴婦人たちを連れた騎士」という呼称も併用されている。メリヤドゥックの名以上に印象的なのは、彼の妻となる「カラディガンの姫君」の名である。その名ロール（Lore）が明かされるのは、筋書きの最終行（エピローグの直前）である。六九五〇行からなるクレティアンの『エレックとエニッド』では、ヒロインの名が一九九三行目で明らかになり、結婚した二人は一緒に冒険の旅に出ることで夫婦愛を確認していく。これに対して『双剣の騎士』のヒロインは、名が明かされた時点で、皮肉なことに筋書き上の役割を全て終えてしまっている。(54)

物語を締めくくる戴冠式で、ロールは豪華な外套を身にまとって登場するが、その着想源は『エレックとエニッド』の大団円で、主人公エレックが戴冠式のために身につけた外套である。(55) 四人の妖精が作ったエレックの外套には、「四科」（幾何学、算術、音楽、天文学）の寓意的な図柄が刺繍されていたが、『双剣の騎士』の作者はこの図柄を独自に改変した。ロールの外套に描かれていたのは、魔術師メルラン（Merlin）がゴルロイス（'Gorloÿs'）公の姿に変身させたユテル（Uter）王が、イジェルヌ（Ygerne）と枕をともにしてアーサーをもうけた経緯、夫の戦死をその後に知ったイジェルヌがユテル王と再婚した経緯、アーサーが行った偉業（vv. 12189-12206）という図柄だった。このように魔術師メルランが介在したアーサーの異常出生を描いた衣装をまとったロールは、アーサー王世界そのものが幻影であることを、物語の結末で示唆しているのかもしれない。

このロールの衣装以上に示唆に富むのは、物語の後半で「双剣の騎士」が母の支配する「双子塔の湖」に至り、父の死の経緯を聞いた後、父の仇討ちを誓いながら母の許を離れる場面である。その時点でメリヤドゥックは、一時的に「三本の剣の騎士」になっていたが、次の詩行が記している通り、再び「双剣の騎士」に戻っている。

L'espee demie vermeille
A par desus son hauberc chainte,
Et puis celi k'il ot deschainte
A Carduel. La tiece laissa,
Dont li rois Artus l'adouba,
K'il n'en voloit pas trois porter.

彼は半ば真紅の剣を、鎖かたびらの上につけ、次にカルデュエルで帯革を解いた剣を身につけた。アーサー王が騎士叙任のときに授けてくれた、三本目の剣は残しておいた。剣を三本も持っていくつもりはなかったからである。（七二三二—七二三七行）

騎士叙任の折に王宮でアーサー王から厳かに受け取った最初の剣を祖国に残し、父ブレエリスの形見である剣と「真紅の剣」を身につけるメリヤドゥックの所作は、騎士としての主人公の成長の証であると同時に、『双剣の騎士』の作者がアーサー王世界に対して抱く「距離」を如実に物語っているように思われる。

（1）フィリップ・ヴァルテール（渡邉浩司訳）「アーサー王文学の発生と展開—八世紀から十三世紀まで」（中央大学人文科学研究所編『アーサー王物語研究—源流から現代まで』中央大学出版部、二〇一六年、三—三一頁）を参照。

（2）拙稿「十三世紀における古フランス語散文《聖杯物語群》の成立」（中央大学『人文研紀要』第七三号、二〇一二年、三三五—五九頁）を参照。

（3）『双剣の騎士』のテクストは、ロックウェルの校訂本による（Rockwell, P. V. (ed.) (2006), *Le Chevalier as deus espees*,

Woodbridge：Brewer)。ロックウェル版には現代英語訳が添えられているが、この他にも一九九六年に刊行されたアーサーとコーベットによる現代英語訳がある（Arthur, R. G. and Corbett, N. L. (trad.) (1996), *The Knight of the Two Swords : A Thirteenth-Century Arthurian Romance*, Gainesville : University Press of Florida）。現代仏語訳はダミアン・ド・カルネが二〇一二年に刊行している（De Carné, D. (trad.) (2012), *Le Chevalier aux deux épées, roman arthurien anonyme du XIIIe siècle*, Paris : Classiques Garnier）。

（4）Trachsler, R. (1997), *Les Romans en vers après Chrétien de Troyes*, Paris-Roma, Mémini, p. 20.

（5）この写本については、リシャール・トラクスラーの論考を参照（Trachsler, R. (1994), “Le recueil Paris, BN fr. 12603”, *Cultura neolatina*, 54, pp. 189-211）。この写本は十三世紀末から十四世紀初めにかけて筆写されたと推測されている。三〇二葉からなるこの写本のうち、『双剣の騎士』は最初の七一葉を占めている。

（6）本章でのクレティアン・ド・トロワ（クレチアン・ド・トロワ）の作品の引用は、ガリマール出版から一九九四年に刊行されたプレイヤッド版（Poirion, D. (dir.) (1994), *Chrétien de Troyes, Œuvres complètes*, Paris : Gallimard, Bibliothèque de la Pléiade）による。なおこの物語作家については、拙稿「クレチアン・ド・トロワ」（原野昇編『フランス中世文学を学ぶ人のために』世界思想社、二〇〇七年、五三―六二頁）、および拙著『クレチアン・ド・トロワ研究序説―修辞学的研究から神話学的研究へ』（中央大学出版部、二〇〇二年）を参照。

（7）拙稿「ペルスヴァルに授けられた剣と刀鍛冶トレビュシェットの謎―クレチアン・ド・トロワ『聖杯の物語』再読」（中央大学人文科学研究所編『続　剣と愛と―中世ロマニアの文学』中央大学出版部、二〇〇六年、一六九―二一七頁）、および「ゴーヴァンの異界への旅―クレティアン・ド・トロワ作『聖杯の物語』後半再読」（前掲書『アーサー王物語研究―源流から現代まで』、一四五―一九四頁）を参照。

（8）拙稿「フランス中世盛期の《ゴーヴァン礼賛》―『危険な墓地』をめぐって」、慶應義塾大学文学部高宮研究室 *The Round Table* 第二三号、二〇〇八年、九六―一〇九頁を参照。

（9）Paris, G. (1888), « Mériadeuc ou Le Chevalier aux deus épées », *Histoire Littéraire de la France*, 30, pp. 237-246.

（10）作中ではこの町の名の異本として、「ガラディガン」（Garadigan, Garadigain, Garadigam）や「ガランディガン」

（Garandigan）が出てくる。

（11）ジェフリー・オヴ・モンマス（瀬谷幸男訳）『ブリタニア列王史』南雲堂フェニックス、二〇〇七年、二九一―二九二頁。

（12）ヴァース（原野昇訳）『アーサー王の生涯』（『フランス中世文学名作選』白水社、二〇一三年）一四五頁。

（13）クレチアン・ド・トロワ（天沢退二郎訳）『ペルスヴァルまたは聖杯の物語』（『フランス中世文学集二』白水社、一九九一年）一五九頁。一方で、イングランドのトマも『トリスタン物語』（一一七〇―一一七六年頃）の中で、自らむしり取ったひげを送って寄越すようアーサー王に命じた巨人について触れている（トマ、新倉俊一訳『トリスタン物語』、『フランス中世文学集一』白水社、一九九〇年、二八九―二九一頁）。それはアフリカから出陣し、各地の王侯に戦いを挑んだオルグイユー大王である。「傲慢男」を意味する名前の通りオルグイユーは、多くの者を殺めてはその顎からひげを引きむしり、手に入れたひげで長い外套を作っていた。外套に欠けていた縁飾りと総飾りを補うため、戦いで無敵を誇ったアーサーのひげを求めたのだった。その後、二人で一騎討ちが行われ、勝利したアーサーは大王の外套と首級を奪い取ったという。

（14）拙稿「《ひげ剥ぎ》の文学的肖像―群島王リヨンをめぐって」（中央大学『仏語仏文学研究』第四二号、二〇一〇年、九―三三頁）を参照。

（15）Strubel, A. (éd et trad.) (2007), *Le Haut Livre du Graal (Perlesvaus)*, Paris : Librairie générale française (Le Livre de Poche), pp. 584–595.

（16）Micha, A. (1948), « L'épreuve de l'épée », *Romania*, 70, pp. 37–50 (ici, p. 47).

（17）クレチアン・ド・トロワ（神沢栄三訳）『ランスロまたは荷車の騎士』、前掲書『フランス中世文学集二』、四三頁。

（18）Rockwell, P. V. (2000), "Appellation contrôlée : Motif Transfer and the Adaptation of Names in the *Chevalier as deus espees*", Busby, K. et Jones, C. M. (éd.), *Por le soi amisté. Essays in Honor of Norris J. Lacy*, Amsterdam et Atlanta : Rodopi, pp. 435–452.

（19）カルデュエルのアーサー王宮廷には「聖霊降臨祭」を祝うために人々が参集していたが、このうち剣の試練に挑戦した騎士の数（三六六）は、ほぼ一年の日数に相当する。このことは、重要な祝祭に宇宙的な時間が関与していることを表しているのかもしれない（Walter, P. (1989), *La Mémoire du temps. Fêtes et calendriers de Chrétien de Troyes à La Mort Artu*, Paris : Champion, p. 723）。

（20）Lacy, N. J. (2003), "Naming and the Construction of Identity in *Li Chevaliers as deus espees*", *Romance Philology*, 56, pp. 203-216 (ici, pp. 205-210).

（21）前掲書『ランスロまたは荷車の騎士』、四二―四五頁。ランスロが見せる怪力については、フィリップ・ヴァルテール（渡邉浩司・渡邉裕美子訳）『中世の祝祭』原書房、二〇〇七年、一五四―一五五頁を参照。

（22）ロベール・ド・ボロン（横山安由美訳）『魔術師マーリン』講談社学術文庫、二〇一五年、二三二―二五一頁。

（23）アーサーが複数回剣を抜き、「聖霊降臨祭」になってようやく戴冠式を挙行するという筋書きは、トマス・マロリーも『アーサーの死』の中で踏襲している。アーサーが剣を抜く日は全て、重要なキリスト教の祭りに対応しているが、アーサーの名がケルト諸語で「熊」を意味するため、熊にまつわる俚諺との関連がある「聖燭祭」はとりわけ重要である（拙稿「《アーサー王物語》とクマの神話・伝承」『中央大学経済学部創立百周年記念論文集』、二〇〇五年、五三一―五四九頁、特に五四五―五四六頁を参照）。

（24）天沢退二郎訳『聖杯の探索』人文書院、一九九四年、一五―二九頁。

（25）マリー・ド・フランス作「ギジュマールの短詩」（*Lai de Guigemar*）（邦訳は新倉俊一訳、前掲書『フランス中世文学集二』、三一七―三五〇頁）によると、主人公ギジュマールは異界で出会った奥方と相思相愛の仲になるものの、別離を余儀なくされる。その折に奥方はギジュマールの上衣に、彼女以外には誰にも解くことのできない結び目を作る。一方でギジュマールは、奥方の脇腹あたりに一本の帯を締める。留め金を壊すことなくその帯を解くことができるのは、ギジュマールだけだった。その後、奥方は夫から二年以上、塔の中に幽閉されるが、ある日のこと塔を抜け出して船に乗ると、メリヤデュック（Meriaduc）の居城のほとりの港に着く。奥方は留め金を壊すことなく帯を解くことのできる人を恋人に望んだため、メリヤデュックが試みるが失敗に終わる。その後、ギジュマールと再会した奥方が相手の上衣の結び目を解き、ギジュマールはメリヤデュックを倒して恋人を取り戻す。この短詩は、「双剣の騎士」の本名の異本（メリヤデュック）と、解くべき結び目や帯のモチーフを含んでいるため、『双剣の騎士』の典拠の一つと考えられる。

(26)「アーサー王物語」伝承によると、ゴーヴァンの愛馬は「グランガレ号」(le Gringalet) とされているが、『双剣の騎士』では「白い跳ね馬」と呼ばれている。この馬の呼称は、ベルール作『トリスタン物語』に言及のある、主人公の馬の名「美しい跳ね馬」(le bel joëor) を想起させる。

(27) 拙稿「十三世紀フランスの《ゴーヴァン礼賛》―『危険な墓地』をめぐって」（中央大学『仏語仏文学研究』第四〇号、二〇〇八年、三七―八三頁）を参照。

(28) こうしたゴーヴァン像の変遷については、拙稿「動かぬ規範が動くとき―十三世紀古仏語韻文物語『アンボー』の描くゴーヴァン像」（中央大学人文科学研究所編『剣と愛と―中世ロマニアの文学』中央大学出版部、二〇〇四年、六七―九二頁）を参照。なお『散文トリスタン物語』については、佐佐木茂美「『トリスタン物語』―変容するトリスタン像とその「物語」」（中央大学人文科学研究所、二〇一三年、人文研ブックレット三〇）を参照。

(29)『アンボー』(*Hunbaut*) には、一度も会ったことがないのにゴーヴァンを熱烈に愛する、ゴー・デストロワ (Gaut Destroit) の姫君が登場する。この姫君はゴーヴァンを愛するあまり、ついには職人に命じて木製のゴーヴァン像を作らせ、寝室に置かせるまでになっていたという。

(30) ストイアン・アナタソフが行ったように、「アーサー王物語」の動かぬ「規範」の一つとして、ともすれば「常套表現」に堕してしまうゴーヴァンを、「作中人物」としてではなく、一つの「記号」として読み解く試みもある (Atanassov, S. (2000), *L'Idole inconnue : le personnage de Gauvain dans quelques romans du XIIIe siècle*, Orléans : Paradigme)。

(31) 先行作品群の二番煎じとして否定的な評価を与えられてきた『双剣の騎士』を再評価するには、クリスティーヌ・フェルランパン＝アシェが指摘するように、「間テクスト」との共鳴が生み出す「多音」(polyphonie) や「多義」(polysémie) に注目する必要がある (Ferlampin-Acher, C. (2003), *Merveilles et topique merveilleuse dans les romans médiévaux*, Paris : Honoré Champion, pp. 442-451)。

(32) 拙稿「《短詩》から《ロマン》へ―《ブルターニュの素材》における口承性をめぐって」（中央大学『人文研紀要』第

五〇号、二〇〇四年、七三―一〇〇頁、特に八三―八四頁）を参照。

（33）Colliot, R. (1985), « Petit vocabulaire de la communication dans *Li Chevaliers as deus espees* », *PRIS-MA*, 1-2, pp. 50-56 (ici, pp. 50-51).

（34）Bouget, H. (2010), "*Gaber* et renouveler la tradition des romans en vers : pastiche de genre et pastiche de style dans *Le Chevalier aux deux épées*", *Etudes françaises*, 46, n.3, pp. 37-56 (ici, pp. 50-51). フランス国立図書館一二六〇三番写本が『双剣の騎士』の直後に、『イヴァン』を収録している事実は、この推測にとって有利に働く。

（35）拙稿「《アーサー王物語》における《異界》―不思議な庭園とケルトの記憶」（細田あや子・渡辺和子編『異界の交錯（上）』リトン、二〇〇六年、一二七―一四八頁）を参照。

（36）Walter, P. (2014), *Dictionnaire de mythologie arthurienne*, Paris : Imago, p. 82 ('Brian des Iles').『エレックとエニッド』によると「群島のブリュイヤン」は、全く同じ二つの象牙の肘掛け椅子を、アーサー王夫妻にプレゼントしている。

（37）Walter, P., *La Mémoire du temps*, *op. cit.*, p. 181.

（38）古フランス語散文による作者不詳の『アーサー王の死』（一二三〇―一二三五年頃）によると、ゴーヴァンが「正午」に最大の力を発揮するようになったのは、嬰児の頃に森で隠者から「正午」に洗礼を受けたためだという（天沢退二郎訳『アーサー王の死』、『フランス中世文学集四』白水社、一九九六年、一九四―一九五頁）。これは太陽英雄ゴーヴァンにまつわる異教的な神話伝承が、キリスト教的に再解釈された例である。

（39）ゴーヴァンに備わる「太陽英雄」としての側面については、フィリップ・ヴァルテールの著作を参照（Walter, P. (2013), *Gauvain le chevalier solaire*, Paris : Imago）。また「聖ヨハネ祭」にまつわる神話伝承については、前掲書・ヴァルテール『中世の祝祭』第七章を参照。

（40）これは「アーサー王物語」に頻出するモチーフで、「強制的贈与」（don contraignant）と呼ばれている（Walter, P., *Dictionnaire de mythologie arthurienne*, *op. cit.*, pp. 134-135）。この場面でのゴーヴァンは不条理な状況に追い込まれ、ロボットのごとくブリアンの言いなりになっている。それでも「強制的贈与」の却下は許されず、ゴーヴァンはこのことでアーサー王を咎めることもしない（Colliot, R. (1986), « Problèmes de justice dans *Li Chevaliers as deus espees* »,

Senefiance, 16, pp. 127–137）。

（41）Watanabe, K. (2016), « Les rites funéraires dans les romans arthuriens en vers des XIIe et XIIIe siècles », Caiozzo, A. (dir.), *Mythes, rites et émotions : les funérailles le long de la Route de la soie*, Paris : Honoré Champion, pp. 51–71 (ici, pp. 68–71).

（42）拙稿「クレティアン・ド・トロワ作『聖杯の物語』前半における《血の滴る槍》の謎」（宮本悟編『フランス―経済・社会・文化の実相』中央大学出版部、二〇一六年、二三七―二六九頁）を参照。

（43）Guyénot, L. (2010), *La Lance qui saigne. Métatextes et hypertextes du* Conte du Graal *de Chrétien de Troyes*, Paris : Honoré Champion, p. 122.

（44）前掲書『クレチアン・ド・トロワ研究序説』第Ⅲ部第二章「アーサー王物語における固有名の神話学―ペルスヴァルの名をめぐって」を参照。なおペルスヴァルが自分の名を「言い当てる」エピソードについては、天沢退二郎「誰が「ペルスヴァル」を見抜いたか」、名古屋仏文学会論集『フランス語フランス文学研究 Plume』第四号、一九九九年、九―一一頁を参照。

（45）拙稿「『名無しの美丈夫』におけるゴーヴァン」（中央大学『仏語仏文学研究』第三八号、二〇〇六年、七七―九一頁）を参照。

（46）エレーヌ・ブージェによると、メリヤドゥックは、クレティアン・ド・トロワの作品群の主人公（エレック、イヴァン、ランスロ、ペルスヴァルなど）のように「危機」を経験することがなく、彼が挑む一連の冒険には、際立った進展が認められない。したがって物語の終盤に置かれた名前の発見も、騎士としての成長が主人公に認められぬことの裏付けになるという（Bouget, H. (2007), « *Li chevaliers as deus espees* : la fabrique ratée d'un personnage ? », Connochie-Bourgne, Ch. (éd.), *Façonner son personnage au Moyen Age*, Aix-en-Provence, Publications de l'Université de Provence, *Senefiance*, 53, pp. 77–86）。

（47）Walter, P., *Dictionnaire de mythologie arthurienne*, *op. cit.*, p. 178.

（48）ヴォルフラム・フォン・エッシェンバハ（加倉井粛之・伊東泰治・馬場勝弥・小栗友一訳）『パルチヴァール』郁文

堂、一九七四年、二六〇頁。

（49）筋書きは一二三五三行目で終わり、これに七行のエピローグが続いているため、物語は全体で一二三六〇行を数える。エピローグでは語り手が、削除や追加を行うことなく、筋書きを結末まで正確に辿ってきたと述べている。

（50）Colliot, R. (1985), « Thématique et vocabulaire du fantastique dans le *Chevalier aux Deux Epées* », *PRIS-MA*, 1-1, pp. 1–6 (ici, p. 5).

（51）Kelly, D. (2000), "The Name Topos in the *Chevalier aux deux épées*", Busby, K. and Jones, C. M. (éd.), *Por le soi amisté*, *op. cit.*, pp. 257–268 (ici, pp. 267–268).

（52）物語の冒頭で「いかなる異邦人もその国から戻ったことがなく、これからも戻ることがない」（'De cui tiere n'est revenus / Nus estranges, ne ne revient', vv. 102–103）国の王と紹介されているバドマギュは、物語の大団円では名前だけがあげられ、「誰もそこから戻ってくることのない国を支配していた」（'ki tint / La terre dont nus ne revient', vv. 12129–12130）という形容語はアマンゴン王（'li rois Amangons', v. 12129）に添えられている。『荷車の騎士』ではゴール（Gorre）国とよばれる異界の王の名が、物語の結末で変わっているのは、物語の作者か写字生が犯した誤謬なのだろうか。さらにはアマンゴン王の娘で、ゴーヴァンの恋人として物語の冒頭で名があがるグインロイ（Guinloïe, v. 91）が、その後一度も話題にならぬことも不可解である。

（53）Corbett, N. (2001), "Power and Worth in *The Knight of the Two Swords*", Grimbert, J. T. and Chase, C. J. (ed.), *Philologies Old and New : Essays in Honor of Peter Florian Dembowski*, Princeton : The Edward C. Armstrong Monographs, pp. 319–337.

（54）ダミアン・ド・カルネによると、『双剣の騎士』にとって最も重要な「間テクスト」は、クレティアンの『エレックとエニッド』であり、ヒロインたちの振舞いは対照的である。『エレックとエニッド』のヒロインは、結婚後の蜜月を経て、夫とともに冒険の旅へ出立すると、決して話しかけぬよう夫から命じられていたにもかかわらず、危険が迫る度に夫に知らせてしまう。このようにして夫婦愛が再確認される冒険の旅の過程では、エニッドの賢明さが際立っている。これに対し『双剣の騎士』のヒロインは、物語の冒頭では華々しく「荒廃した礼拝堂」での試練を果たすものの、アーサー王宮廷に到着して以降は、メリヤドゥックとの結婚を実現するよう、アーサー王にしつこく迫るだけの存在に留まっている（De Carné, D. (2011), «D'*Erec et Enide* au *Chevalier aux deux épées* : quelques sourires adressés à l'éthique courtoise », Arseneau, I. et Gingras, F. (dir.), *Cultures courtoises en mouvement*, Les Presses de l'Université de Montréal, pp. 105-115）。

（55） Walter, P. (2012), « Chrétien de Troyes et Macrobe (*Erec et Enide*, v. 6730 et 6733) », *Transports. Mélanges offerts à Joël Thomas*, Textes réunis par Courrént, M., Jay-Robert, G. et Eloi, T. , Presses Universitaires de Perpignan, pp. 325-337.

〈追記〉

本研究は、中央大学特別研究費（二〇一六年度）の助成を受けたものである。ここに特記して感謝申し上げたい。

カール大帝の妃に対する不倫疑惑の物語
――『モーラントとガリエ』(『カールマイネット』第二部)について――

渡邊徳明

はじめに――「不倫疑惑と宮廷の陰謀」の系譜

アレクサンドル・デュマの『三銃士』では、フランスの宰相リシリューがライバルの王妃に英国王の重臣バッキンガム公との姦通の罪を着せようと画策し、それを国王の銃士たちおよび主人公ダルタニアンが阻止しようとする。この種の姦通にまつわる陰謀のモチーフは、更に古いものとしてシェイクスピアの『オセロー』によって広く知られていよう。都市国家ヴェニスの軍人のライバルに姦通の罪を着せようとする巧妙な陰謀が描かれている。そのような陰謀の背景にはほぼ常に権力争いが存在するのだが、これはまだ国家の大義と結びつきうる、ときに正当化しうる動機であるとも言える。しかしさらに目をこらすならば、こういった陰謀の元となるのは、かなり素朴なレベルの嫉妬心であることが多いことに気づく。

筆者の専門領域であるドイツ中世文学について言えば、姦通の罪を着せることによってライバルを蹴落とそうとする陰謀で有名な例としてゴットフリート・フォン・シュトラースブルク(Gottfried von Straßburg)の『トリスタン』（*Tristan*）[1]を挙げることができる。『トリスタン』のマルケ王は、妻を寝とられながら身内愛と憎しみの狭間に立って悩む、それこそ「近代的」とも称すべき人間像として描かれる。

『オセロー』にしても、『三銃士』にしても、奸臣たちの策略は手が込んでいて、それ自体が読者をひきつける魅力であると言える。それに対して『トリスタン』ではむしろ、奸臣による陰謀自体よりも、主人公であるトリスタンとイゾルデによる、そのような陰謀に対抗する「策」の方こそ巧妙である。トリックを使うのはむしろこの主人公たちの方なのである。なにしろこの二人は実際に密会を重ねていて、今日の言葉で言えば「不倫」に他ならない関係を継続するために知恵を絞るのだから。

『トリスタン』に描かれるトリスタンとイゾルデの文字通りの「道ならぬ愛」は、マルケ王が支配する宮廷の秩序に照らせば到底許容されるものではない。さりとてマルケ王自身がトリスタンとイゾルデの愛の現場を直接確認するまでは二人を罰することができない。いや、むしろマルケ王自身が二人の愛の現実から目を背けたい、という気持ちを少なからず有しているようにも見える。統治者として王妃と家臣の所業をどのように処断すべきかという判断を迫られたとき、彼はもはや理知的な判断に頼るのを止め、理知よりもさらに確かな力を持つ神意に頼ることに決めるのである。

論理学をベースとして急速に発展した十二世紀の神学において、神の奇蹟は人間の論理の限りを尽くしても最終的には理解することが不可能である、という立場がとられた[2]。そのような思想はゴットフリートの『トリスタン』にも反映されている可能性がある。

ところが、である。神意は理知を超越しながらも、理知を否定する訳ではない（さもなくば神学は意味を失おう）。トリスタンとイゾルデはそのような神の合理性に望みをかけ、神明裁判をある種の詭弁によって乗り切ろうとする。みずぼらしい姿の巡礼者に抱かれて小舟を降りて浜辺に到着したイゾルデは巡礼者が転んだためにともに倒れ伏し、彼を抱きかかえてしまう。直後の熱鉄裁判では、かの巡礼者を除いて夫以外を抱きかかえたこともないし、添い伏したこともないと誓い（一五七〇六—一五七一六行）、実際、彼女は熱せられた鉄片を持ちながら火傷ひとつ負わず、疑惑を晴らす。実は巡礼者の姿の者こそトリスタンその人であった。

ただし、ここで一つ気をつけなければならない微妙な問題は、このような神明裁判での成功が、彼ら二人の知恵に神が乗せられた結果なのか、それとも二人の小細工とは関係なしに、神が二人の愛を許した結果なのか、という点である。

さらに余談であるが、トリスタンとイゾルデの「神」がキリスト教の神であるのか、それともヴェーヌス（Venus ビーナス）であるのか、という点について、古典的なトリスタン研究において既に二つの立場が存在していた[3]。ヴェーヌスを信仰するならば、愛は至高の価値となる。十二世紀後半以降のキリスト教社会において制度化された結婚を基盤とする男女関係を超越する、男女の激しい愛を認める神こそヴェーヌスである。やはりトリスタンとイゾルデはキリスト教を信じながら、愛の神であるヴェーヌスにも仕えている。つまり彼らが仕えているのはミンネの女神（Minne、愛の女神）である。

この『トリスタン』が書かれたのが一二一〇年頃とされるのであるが[4]、そこに描かれる君主の妃と、君主の寵臣の間のいわゆる「不義密通」の疑惑と、それを公にしてこの二人を失脚させようという宮廷の陰謀、という構図は、その十数年後の一二二〇年代に別の詩人によって引き継がれたようだ。この詩人は全く別の物語素材とこれらの構図を結びつけて新しい作品に仕立てた。それが本論で扱う『モーラントとガリエ』（*Morant und Galie*）[5]である。

この物語は、後に大帝と呼ばれるフランク王国の王カール（Karl）の若い頃の、彼の后ガリエ（Galie）と寵臣モーラント（Morant）との不義密通疑惑に伴う宮廷内の暗闘と決闘裁判の経過を扱っている。既にこれだけ書くだけでも、『トリスタン』とのモチーフ上の共通点が多いことに気づかされるであろう。

実際にこの物語を後世に伝えているのは十四、十五世紀の写本であり、一二二〇年代にこの物語の原形が生まれていたという説はあくまで推定に依るものに過ぎない[6]、ということを踏まえた上で、しかしこの物語がベースとしている不義密通疑惑や宮廷の暗闘、それに決闘裁判といったエピソードが一時代前の『トリスタン』から借用されたのだろう、という考えは非常に魅力的であるように思う。それほどにこの二つの作品の間のモチーフレベルの共通性は目につきやすい。とはいえ、両者の間には文学的な質の差が明らかに存在する。この二つの叙事詩の間を隔てる十数年という時間的経過の中で、ドイツ語圏の文学における人物描写の傾向が変わったようだ、ということは『モーラントとガリエ』の作風からも読みとることができる。

どのような変化が目につくかといえば、「愛」の微妙さを許容する『トリスタン』の文学的自律性が後退し、恋愛に対する倫理的な裁きが画一的なものになった、ということがまず挙げられる。これは一一八〇年代から一二一〇年ごろまでに花開いたいわゆる宮廷騎士文学の古典期が過ぎ去りつつあったことを暗示する傾向である。けれど、『モーラントとガリエ』が必ずしも堅苦しい、教条主義的な空気を反映したつまらぬ作品であるのかと言えば、そうでもない。たとえば、ガリエがもともとイスラム教徒であったにもかかわらず、キリスト教への改宗の後には、理想的な婦人として賞賛され、むしろ彼女とモーラントを陥れようとする奸臣たちこそが悪魔の手下として語り手に明確な形で非難されていることなどは、「宗教的な寛容性」をも示すもので非常に興味深い。この作品に大きな影響を与えたであろう十二世紀後半に書かれた[7]『ローラントの歌』（*Das Rolandslied*）では、イスラム教徒たちと彼らに加担したゲネルン（Genelun）というカール大帝の重臣が悪魔の手下として一義的に否定されているからである。

一二二〇年といえば、神聖ローマ皇帝はフリードリヒ二世（Friedrich II）であり、彼はドイツの支配者であるより先にシチリア王であったため、イスラム教圏から伝わる異文化をたくさん身体に取り込んで成人した。[8] それと調子を合わせるかのように、一二二〇年代から三〇年代のドイツ文学において、当時のキリスト教文化の枠組みを越えそうな、地中海的とも異教的とも呼べそうな叙事詩が表れたことは特筆に値する。一例を上げれば一二三〇年ごろにハインリヒ・フォン・デム・テュールリーン（Heinrich von dem Türlin）によって書かれたとされる『王冠』（*Diu Crône*）などは、一二一〇年代ごろまでに最盛期を迎えた中高ドイツ語の「古典的」宮廷騎士文学とは趣を異にしている。円卓の騎士ガーヴェインが聖杯探索を行うのだが、彼は幸運の女神（vrou sælde）の助力によりそれを達成する。『パルチヴァール』（*Parzival*）において主人公パルチヴァールが辿る聖杯城再訪問への長く重苦しい旅路、それに伴う内面の深化の過程と比べると、それとは質的に異なる現世肯定的な明るさが『王冠』には感じ取られるのである。[9]

いわゆる古典的な叙事詩群においては、騎士が正しき行いの道を踏み外し、改心の末に再び神の許しを得て名誉を取り戻すアルトゥース・ロマーンの基本的筋立てに代表されるように、人々の倫理についての問題を取り扱うものが主流であった。

そのような倫理的な論争をベースとして、さらにその枠組みを踏み越えてしまうのではないかという危惧を抱かせかねない際どい「不倫劇」を描く『トリスタン』が書かれたのは前述のように一二一〇年頃とされる。この叙事詩の主人公であるトリスタンとその恋人イゾルデは、愛の殉教者であり（ドイツ語で書かれた物語は未完に終わり、二人は死なないのであるが）、その恋路は決して平坦ではなくて、むしろ露見すれば命も危うい忍ぶ恋を貫く。そこには旧来の倫理観とは別の、愛を至高の価値とする新たな価値基準が存在していたことに気づかされる。

これら古典期の諸作品は、人々の内面を掘り下げようと真正面から取り組んだ。そこでは登場人物たちが若き日の過ちを償うべく苦行に耐えたり、敢えて罰をも恐れず全てを捨てて破戒の道を貫こうとしたり、といずれにせよ、抜き差しならない「人生」を歩んで行った。それに比べると、一二二〇年代以降に書かれてゆく叙事詩には、そのような深刻さが影をひそめている。

デア・シュトリッカー（Der Stricker）の小話によく見られるように、物語の「見せ場」はトリックが重要な比重を占めるようになる。理知を小器用に用いて人をだましたり、あるいは局面を切り抜けたり、という部分で読者の関心をひきつけて行く（このようなトリックは古典期の『トリスタン』にも、また『ニーベルンゲンの歌』（*Das Nibelungenlied*）[10]にも見られたものであるのだが、これらの叙事詩においては、それが主人公の能力の取るに足らない一断面であって、彼らの本来の魅力は別の部分に、むしろ可視化されない隠れた部分に存在する）。

一二二〇年代の中高ドイツ語の叙事文学に、このような表面的な主知主義、理性重視の傾向が現れてきたということは否定できないだろう。そこでは人物の行動について、勧善懲悪の単純な価値判断が適用され、もはや複数の党派や宗派の板挟みにあって懊悩する登場人物の内面などを斟酌するような風情は感じられない。善玉は善玉であり、悪玉は悪玉である。『トリスタン』ではトリスタンとイゾルデの「道ならぬ恋」が悪として断罪されることはついぞ無かったのであるが、そのような自由な文学的気風も今や消え去っている。

一　作品について

『モーラントとガリエ』はカール大帝の生涯を扱った物語集『カールマイネット』（*Karlmeinet*）の第二部として位置付けられている。第一部の『カールとガリエ』（*Karl und Galie*）の続編とされる物語である。

この『カールマイネット』自体が「元ネタ」の寄せ集め（Kompilation）と称されており、全体を構成する六部の物語それぞれ同士は内容的に必ずしも整合しあっているわけではない[11]。それに、カール大帝の伝記として、史書的な意味でその機能を果たしているものでもない。少なくとも本論で扱う第二部の『モーラントとガリエ』や、その前段の物語という位置付けを与えられる第一部の『カールとガリエ』について言えば、史実性よりもむしろ物語的要素が重視されている。

この物語集が注目されるのはむしろ僧コンラートによって十二世紀後半に書かれたとされる『ローラントの歌』のドイツ語圏内における受容の証左としてである。この物語集『カールマイネット』全体の大まかな内容について、『中世ドイツ文学事典』（*Verfasserlexikon*）[12]を頼りにして以下に記したい（『カールマイネット』全体についての本論筆者の研究はまだ初期の段階にあり、それぞれの物語の原文の内容を確認しえぬ部分も多い。しかし、この物語集自体が日本においてまだわずかしか知られていない現状を考えるならば、ここに二次文献より得た情報をまとめて記すことも、今後の我が国における本分野の研究の一助として有益かも知れないと筆者は考える。本論が今後の我が国における『カールマイネット』研究の本格的な発展へと続く「踏み石」の一つとなることを願うものである）。

第一部『カールとガリエ』

王国の摂政フーデリッヒ（Huderich）とハンフラート（Hanfrat）による暗殺の陰謀から逃れるために、王位継承者であるカールはわずかな供回りとともにカールマイネット（[Karl]Meinet＝「小カール」）という偽名を用いて国外へ脱出する。その後サラセン人の王であるトレドのガラファー（Galafer）の宮廷に客分として迎えられる。ほぼ二年間の亡命生活の間に彼は騎士に相応しい立派な青年となり、ガラファーの娘ガリエは彼を密かに愛するようになる。カールは野蛮なアフリカの王ブレムント（Bremunt）とその甥であるカイファス（Kaiphas）に対し決闘して勝利を収め、その勇猛さを遺憾なく示す。ガラファーの援助により彼が自分の王国を再び武力で取り戻して、王位に就いた後、彼は密かに二人の側近とトレドに戻り、ガリエを誘拐するのだが、このときカールは彼女の父親が誰かを知らずに婚約する。王国へと戻る旅の途上、二人はサラセンの太守オリアス（Orias）に迫害される。このオリアスはガリエを誘拐したいと考えるのである。しかしフランス国境にある砦テルミス（Termis）において、サラセン人の追跡者はキリスト教徒の国境警備隊に殲滅され、オリアスはカール自らによって殺される。カールは君侯たちによって護衛され、今や花嫁ガリエをザンクト・デニス（以下本稿では「サン＝ドニ」と記載）へと連れてゆき、そこでガリエは洗礼を受ける。華やかな婚礼と祝典の場面で第一部は終わる。

第二部　『モーラントとガリエ』

裏切り者の宮廷人が、カールの旗手を勤めるモーラントがガリエと不義の関係にあると告発し、モーラントは諸侯法廷でカールに無実を証明させねばならなくなる。裏切り者に対して裁判での決闘に勝ったモーラントは、告発が根拠なきものであることを示し、自分と王妃の名誉を回復する。この二人とカールとの和解が盛大な祝典によって祝われ、ガリエの親友の女性フロレッテ（Florette）とモーラントが婚姻を結ぶ（密接なる内容的な繋がりにもかかわらず、第一部［MG］と第二部［KG］はもともと別々の作者によるものであり、独立した作品であったことは疑う余地がないとされる。というのも、両者の間に内容的な矛盾が見られるからである）。

第三部　カールの聖戦、戴冠、異教徒との戦い

この部分については前の二つの物語ができた後に、ラテン語の原典を基にして書き足された部分であると考えられる。その物語はカールの人生の半ばあたりにおける戦争についてである。ザクセン、バイエルン、ランゴバルド、フンなどの部族に対する戦争、それから彼自身の個人的な生活に関するいくつかのエピソード（とりわけ

彼の密かな罪と、それが関係しているアーヘン建設）、それに教皇の救出と皇帝戴冠、さらに聖地への遠征、とりわけスペインにおけるサラセン人との戦いについて詳しく書かれている。

この部分についてはヴァンサン・ド・ボーヴェ（Vincent de Beauvais）の『歴史の鑑』（*Spektrum Historiale*）のカールの項目が元本とされているほか、アインハルト（Einhard）の『カール大帝伝』（*Vita Karoli Magni*）、『ザクセン世界年代記』（*Sächsische Weltchronik*）、ヤーコプ・フォン・メーアラント（Jacob von Maerlant）の『歴史鏡』（*Spieghel Histriael*）などが元となっている。

第四部　『カールとエレガスト』（*Karl und Elegast*）

インゲルハイムにて行われる宮廷会議の前夜に、不可解なことにカールは盗みに入るようにと神より促される。そのお陰で彼は救われる。彼の命を狙う義兄弟のエッケリーヒ（Eckerich）のたくらみが、何年も前にカールによってささいな過失ゆえに追放され、それ以来盗賊として生きていたエレガスト公（Herzog Elegast）により暴露され阻止されるのである。

第五部　『ロランの歌』の書き換え版とオスピネルの挿入（Ospinel-Einschub）

この第五部は六つの章に別れている。そのうち第一章、三章、五章は疑いなく古いコンラート（Konrad）の『ローラントの歌』のテクストの改編で、『ローラントの歌』の三一―五六六行、五八五―二〇一七行および七〇七〇―八六五八行にあたる。第四章も『ローラントの歌』の二〇一八―七〇六九行の内容に（かなりかいつまんだ描写であるが）対応している。

第二章は失われた元本に従って編集された挿入で（つまり『ローラントの歌』より借用されたものではない）、その内容はローラントとオリビエが高貴なる異教徒オスピネル（Ospinel）と出会うというもの。最後の第六章はコンラートのテクストとは離れていて、バリガントの戦いの後の出来事とローラントの遺体の発見について扱われている。

第六部　カールの死と終末論的エピローグ

ローラント伝説を長々と記述した後に、わずか五五〇詩行のカールの晩年と死の描写が詩的に描かれる。この部分の元になったのは前出のヤーコプ・フォン・メーアラントの『歴史鏡』とされる。エピローグの終末論的な記述に関して言えば、作者が『世界年代記』の写本から想を得たのではないかという可能性も指摘される。

ここまでが『カールマイネット』全体の内容をそれぞれの部分に分けて紹介したものであるが、次にこの『カールマイネット』第二部の『モーラントとガリエ』について説明したい。

二　さまざまな対立・葛藤

宗教的な寛容

『カールとガリエ』も『モーラントとガリエ』も、パリとサン＝ドニを舞台としているが、この二つの地はカール信仰と結びついている。ドイツではシュタウフェン朝の治世において、カール信仰が高まりを見せた。一一六五年にはフリードリヒ一世（Friedrich I.）の立ち合いのもとに、アーヘンの大聖堂でカールが聖人とされた。一二一五年には孫のフリードリヒ二世（Friedrich II.）がカール大帝の遺骨を、金銀で設えられた極めて美しい棺に入れて、この大聖堂に納めさせている[13]。

世俗君主のトップとして君臨した皇帝たちがカール大帝への信仰を抱いたのは自然であろう。それはキリスト教世界の守護者としてのアイデンティティーがあればこそのことである。十二世紀後半のフリードリヒ一世ならなおのことであろう。「カノッサの屈辱」に象徴される聖俗の権力の対立は、ヴォルムス協約を経てもなお、ますます強まった。そのような状況下、皇帝フリードリヒ一世はローマ教皇から独立して自らキリスト教世界の代表者を自任した。世俗君主でありながら、直接に神から統治を委ねられたものであるという考えである[14]。

そのような当時の世俗君主のキリスト教指導者としての自負を考えてみれば、『ローラントの歌』において、宗教的な傾向が依然として強いということも理解に難くない（しかも作者は僧とされる）。たしかにこの作品はエピローグに記されるように、フリードリヒ一世の政敵ハインリヒ獅子公（Heinrich der Löwe）の援助の下に書かれたとされるが、彼自身が帝位への野心を隠さなかったのだから、皇帝と同様に彼もまたカール大帝の末裔たる自負を強く持っていたと考えられよう[15]。

さてフリードリヒ一世とは対照的に、その孫の皇帝フリードリヒ二世は多文化・多言語の環境の中で育った人であり、ローマ教皇との関係や十字軍遠征に対する態度も随分と冷めたものであった[16]。時代状況の変化という全体的な背景も当然ながら影響していたであろうが、彼の治世において原物語が書かれたであろうと推定される『モーラントとガリエ』においては、異教徒を悪とする思想がかなり相対化されているように見える。

内容的にこの『モーラントとガリエ』の前編にあたり、また実際の成立年代でも先行する物語とされる『カールとガリエ』においては、カールが異教徒の娘を妻とするに至る過程が描かれていた。キリスト教をザクセンに定着されるために苛烈な戦争を長期にわたって行ったカール大帝をモデルとした人物が、よりによって異教徒と結婚するというのは非常にラディカルな展開である。その続きの物語として位置付けられる『モーラントとガリエ』ではさらに、この異教徒の娘であったガリエを陥れようとする廷臣たちこそが語り手によって悪魔の手先として罵られる。

『ローラントの歌』において、イスラム教徒たちや、彼らに加担するゲネルンこそが悪魔にとりつかれた者たちというレッテルを貼られていたことを考えると、これらの物語においてキリスト教、イスラム教の別に関係なく人物を公平に評価する傾向は特筆に値する。ヴォルフラムによって一二〇三年から一二一五年の期間に各巻が書かれたとされる『パルチヴァール』では、[17] 主人公の父親ガハムレトがイスラム教徒の黒人女性ベラカーネと結婚するのだが、このような文学史上の風潮の変化を経て初めて『カールとガリエ』及び『モーラントとガリエ』での異教徒に対するより公平な視点の導入が可能となったのだろう。

王カールの葛藤

『モーラントとガリエ』では王カールの裁判者・裁定者としての役割がクローズアップされる。モーラントとガリエの間に不義が存在していたのか、についての問題の決着はたしかに決闘裁判という解決法にゆだねられることになるのだが、その裁判に至るまでの過程を決めて行くのは王カールであり、その際に被告であるモーラントとガリエの側と、告発者であるルーハルト（Ruhart）、フーカルト（Fukart）らの側との、両方の意見対立の狭間にあって、さらに自身の心に巣食う疑心を制御しながら、カールが君主としての道を踏み外すまい、としばしば努力する様子が描かれる。

この物語は、王カールを中心に置いて二派が相争う物語である、と単純化して理解することが確かに可能である。これは一種の裁判劇であり、それを仕切るかに見えて右往左往する王カールは、単に宮廷闘争の両派の間で揺れ動く風見鶏のように見えてしまうかもしれない。彼は人格を持った統治機関に過ぎず、読者が感情移入しうるような物語の主人公にはなりえないかもしれない。

けれど、君主として絶対的な権限を持ち、国そのものに他ならない王カールには、最初からプライベートの内面的領域を認められていない。なればこそ、本来は自分の妻であるガリエについて持ち上がった不倫疑惑の解明のために国中から重臣を呼び寄せて公開の裁判を行うのである。彼にとってプライベートはあくまで公に等しい。そのことを踏まえるならば、（逆説的な結論と言えようが）この物語に王カールの内面的な深みは描かれていないと考えることはむしろ不当である。家来たちが相争い論争し、決闘して、その結果を踏まえて妻の不倫疑惑の真偽を見極めねばならない王カールにとって、このような公開の場での廷臣たちの宮廷闘争は彼の心の内の葛藤を具象化し代弁しているものに他ならないのだから。

三人の奸臣のたくらみ

三人の奸臣は領国へと帰るために騎行するモーラントの馬の前に立ちはだかり、自分たちが彼に誠意を向けてきたことを訴え、彼からロバと金銀、服を与えられる。彼らはそれを持ってサン＝ドニにいる王のもとに向かい、モーラントはガリエとの不義密通の口止め料として、これらの金品を自分たち三人にくれたのだ、と言いながら王の疑心を煽る。

この三人に物乞いされる直前に、モーラントは国王夫妻とサン＝ドニの教会の礼拝に参じ、王夫妻と自分の安寧を神に祈っていた。ガリエからは帰郷の直前に白鳥のように白いロバを贈られている。

モーラントの留守中に彼とガリエに「無実」の罪を着せようとして王に訴えた悪党三人衆の企みは成功するかに見えた。しかし、賢明なる君主カールは三人の讒言に心を揺らされながらも、モーラントと甥の二人を裁判にかけて、素早く処刑すべきと言う三人の進言を拒絶し、あくまで慎重に事態を処理しようとする。

カールは、自分の父のように慎重に対処する、と明言する。つまり、自分は策略的に人を陥れて殺してしまうようなことに許可を与えることはしない、と表明するのである。あくまで公平に、裁きにはモーラントの親族も証人として出席させることにする。このような知性的で落ち着いたカールの決断に、悪党三人衆は、自分たちが不利な立場に置かれると怖れ始める。

カールは数名の使者をモーラントの領国リヴィエールに遣わすが、その中には彼を陥れようと企むフーカルトの姿もある。モーラントはカールの使者たちを歓待する。フーカルトは彼が自分の二人の甥たちを伴って王のもとに参上すれば、甥たちは王から領地を貰えることになる、とそそのかすが、使者の一人ベルトラムは、もしモーラントが王の不興を買うようなことをしたという心当たりがあるのなら、伺候するのは控えた方が良い、という助言をする。

モーラントは神の加護を信じつつ、カール宮廷に参内することを決めるが、その晩、彼は不吉な夢を見る。彼の右腕を摑み引き寄せる王、炎上する宮殿、それに王が后に暴力を振るうさま。それでもフーカルトはモーラントの不安を打ち消そうと、皆の前で夢に勝手な解釈を加える。つまり、腕を摑んで引き寄せるのはカールがモーラントに領地をくれるという意味だと。

モーラントらは旅に出るが、途中で恐ろしい光景に出会う。血だらけのたくさんの鳥がいるのである。そして王妃ガーリエから贈られた白毛のロバは死んでしまう。家来たちはモーラントに旅をやめるようにと説得するが、やはりフーカルトはそれを阻止する。フーカルトはモーラントを説得して、旅を続けさせる。一行はサン＝ドニに近づいたところでむごたらしい姿の鷲を見て、不吉なものを感じる。

モーラントは王カールのもとに赴き、旅装も解かずに参上してあいさつするが、王からは言葉を返されず、重臣ベルトラムから目くばせを送られるのみである。次にモーラントは王后ガリエのところに行き、彼女もモーラントを心からねぎらい傍に控えさせる（この二人の親密な様子は、もちろんのこと王の不信感を増大させるものである。この箇所については後述する）。奸臣たちは王に改めてモーラントとガリエの不義を訴え、王は苦しむ。しかし、そのことにモーラントとガリエは全く気づいていない。

ゴットフリートの『トリスタン』におけるのと異なるのは、この物語においてはモーラントもガリエも自分たちの間の「恋愛関係」を全く意識していないように描かれていることである。トリスタンとイゾルデは完全に「確信犯」であり、そのことに誇りすら覚えていて、知恵の限りを尽くしてその関係を隠蔽するのだが、モーラントとガリエの場合には、全く別の対応をとる。

モーラントとガリエは自分たちの状況の悪化を全く意識していない。そしてあまりにも無防備である。『トリスタン』において宮廷のライバルたちのことをトリスタンとイゾルデが常に警戒しているのと、対照的な構図である。

そのようにメロートとマヨドーは振る舞った。彼らは再びしばしばトリスタンのところに来るようになり、非常に頻繁に、本心を隠しながら側に控えた。彼ら二人は虚言と悪だくみをもって彼を助け、親しげに近寄った。しかしトリスタンはそれに対して常に用心し、イゾルデにも気をつけるように言った。「見て下され」と彼は言った、「心から愛する王妃さま、あなた様と私の言動と振舞いに気をつけねばなりません。私たちは非常に危険な状況に陥っています。二匹の毒ヘビが、鳩の外見をして、甘言を弄して、常に私たちと一緒に居ようとすり寄ってきます。」

（『トリスタン』一五〇七三―一五〇九〇行）

『モーラントとガリエ』においては、むしろカールもモーラントとガリエもあまりに愚鈍であるかのように見えるほどである（これに似た話として、不義密通の嫌疑がかけられている男女が、それとは気づかずに関係者の前で親密な態度をとってしまう好例として一般に知られているものを挙げるなら、前出の『オセロー』におけるデズデモーナとキャシオーの振る舞いがそれであろう）。

モーラントがガリエに帰参の報告をし、かつて王カールがガリエをトレドから連れて来て、キリスト教に改宗させたことを称えると、ガリエもその話を喜び、モーラントに優しく振る舞う。

「（……）私は朝に夕に、天上の神に感謝しております。私の御主君が大変な苦労をされながら、ある晩ひっそりとスペインのトレドから、あなた様を連れだされたことを。それもあなた様の御父上のお考えも知らずに。そして王様があなたさまに偶像にすぎないマホメットを諦め、聖なるマリア様とお優しき御子なる方を信じるように促されたことを。そのあと王様はあなた様にここパリで洗礼を受けさせました。今やあなた様は王国の冠を戴き、賞賛されておられます。そして堂々と天上の神の御前にお立ちになって然るべきなのです。それをお忘れなきように。（……）」

（『モーラントとガリエ』一五一三—一五三二行）

この言葉を聞いてガリエは非常に喜び、優しい気持ちになっていった。その白い手で彼女はモーラントの頭と髪、さらに両頬を撫でた。それはまことのこと！　たっぷりと愛情（van grozer lieve）を込めて彼女は彼に触ったのだ。リヴィエレの殿もそれを受け、嫌がることなどなかった（ane zoren he id ouch verdrůch,）。

（『モーラントとガリエ』一五三三—一五四一行）

この様子を見てカールは怒り、ガリエに対し、モーラントとの「不義」を責め立てる。

王は言った。「妃よ、私はあなたがある男をいたく賞賛するのを聞かされておるが、それを余は証明もできるぞ、その者に対してあなたは心密かに愚かなる愛情（dumbe minne）を抱いておるのだ。そしてその者も常にそなたと心を共にしているのだ。そう報告し証言しておるのは、ヘルトヴィッヒ、ルーハルト、それにバリエンのフーカルトだ。（……）」

（『モーラントとガリエ』一五五四—一五六四行）

ガリエは故郷も宗旨も捨ててカールについて来たのに、異国で寄る辺なき身にして、しかも罪を着せられるという苦しさを嘆く。

「（……）私は異国でひとり不運なる女の身。この哀れなる私にこのような恥辱を加えた者たちは、いったい何の恨みがあるのかわかりません。主よ、どうぞ私がトレドとマホメット、それに名誉も城も国も捨てて来たということを温情を持ってお考えくださいませ。私がいま恥辱にまみれねばならぬとは、イエス・キリストの温情をもって、私の命をお救いになり、お守りくださいませ、私は本当に何もしておりませんし、あなた様に対し無実で参りましたのですから。（……）」

（『モーラントとガリエ』一六一六—一六三一行）

さらに、ここでモーラントはかつてカールが少年だった頃、モーラントが裏切り者たちの手から彼を助け、ともに国を離れ、トレドの王のもとに辿り着き、カールを「マイネット」と呼び、自らモーラント・フォン・リビエレと名乗ったこと。そしてサラセン人の王ガラファースがカールに騎士叙任を行った後、さらに自分こそが仲立ちとなりガリエにカールへの妻としての誓いを立てさせ、誠実を約束させたこと、を訴える。それなのに悪き者の勧めに乗って、妃を罪人のように殺そうとするとは何事か、と嘆き、きちんとした審判者として裁き、自分の命と名誉を運命に委ねさせて欲しい（so wil ich up der stede/ lif inde ere setzen in heil/ inde nemen al sulich urdeil/〔一七九〇―一七九二行〕）と懇願する（このくだり、単にモーラントとガリエが自分のこれまでの主君に対する貢献・忠誠を思い出させるために述べる場面である、と理解することは、ごく普通の正しい解釈であろう。しかし筆者は、このモーラントとガリエの必死の訴えという場面を巧みに利用しながら、作者がこの『モーラントとガリエ』を『カールとガリエ』の続編として読者に印象づけることに、見事に成功していることに注目したい。もっとも、その成功は見方によっては部分的な成功に過ぎない。というのも、『カールとガリエ』においてはモーラントの役割はここで独白されているのと随分と異なるからである。この物語ではモーラントはカールが結婚するより前にイスラム教徒との戦いで死んでしまうことになっている。[18] ここに、物語集たる『カールマイネット』の各パート同士の内容的齟齬の一例が表れている）。

モーラントは彼の親族が総勢七百名の騎士を率いて来ていると告げ、それに対しカールは自分を脅すつもりか、とますます怒りを強める。カールはモーラントにすぐに保証人を指名するよう命ずるが、誰も引き受けようとはしない。モーラントは悲しい気持ちになるが、彼の年若い二人の甥が保証人の役を引き受ける。しかし、彼ら二人は王の命令で拘束されてしまう（この二人については、やがてモーラントが決闘に勝利して無実を証明したあとに、親族のもとに戻される。つまり彼らは人質である）。

三　王と妃と「愛」

「未熟なる」君主

カールが頑なにモーラントとガリエを有罪と決めつけて罰しようとするのは一体なぜであろうか。一つの理由として、カールがまだ年若い人物であるということを挙げることができるのではないか。ドイツ語圏において十二世紀後半以降に最も大きな影響力を持っていたカール大帝についての伝承は『ローラントの歌』である。この物語では、カール大帝がイベリア半島への遠征を試み、退却途中に殿軍を率いた寵臣ローラントが命を落とす。この叙事詩の内容に相当する部分は『カールマイネット』においては第五部であり、これが最終部分である。いわばカール大帝の生涯の中でも後期に属する部分と考えるべきで、それに比べると、『モーラントとガリエ』に登場するカールはまだ若い未熟な君主であると言えよう。

モーラントはカールとガリエの若いころからのすべてを知っており、二人の仲を結び付けたその人であり、そして、この『モーラントとガリエ』の中でのモーラント自身による訴えから判断するに、ガリエにとっては異国にあって保護者と言っても良い存在であった。だからこそ、モーラントがまるで肉親のようにガリエを優しくねぎらう様子も正当化されるべきだ、というのがモーラントの立場ではないか。

まだ年若き王にとってモーラントは誰よりも頼りになる重臣であり「守り役《もり》」である。そしてそこに悪魔の手先とも呼ぶべき三人の奸臣が現れる。彼ら三人は実に悪魔そのものであり、そして敢えて大胆な言い方をするのであれば、三人はカールの心に内在する邪心、疑心が姿をとって具象化した存在なのだ、と読み換えることも可能であるように思う。まさにカールの心に無意識的に巣くっていた、「守り役《もり》」であるモーラントに対する反感が、この三人の奸臣に投影される形で心の中から飛び出した、という理解すら可能であるかもしれない。若き君主が独り立ちしようとするとき、師とも仰いだ重臣や「守り役《もり》」を疎んじるという例は古今東西に少なくない。

モーラントはカールに正しき裁き手であってほしい、と諭している。しかし、こういった言葉は、独り立ちしようと背を向けて反発する王の耳には届かない。ここにはあくまで未熟なカールの姿が描かれている。その意味では、自分の甥と妻が密通を繰り返すのを知りながら、ある意味で老練に、三人の関係を決定的な破局へと持ち込もうとはしない（とはいえ、熱鉄裁判を命じはするのだが）『トリスタン』のマルケ王と比較すると、カールはまだ政治力が十分に発達していないようにも見えてくる。

このあたりの不義密通疑惑のもみ消し方については『ニーベルンゲンの歌』におけるグンテル王も興味深い人物として引き合いに出して良いのではないか。グンテル王は、自身がアイスランドの女王プリュンヒルトと結婚して彼女を后とした経緯において、英雄ジーフリトの助力に頼り、さらに結婚初夜に彼女が体を許さない状況の打破までもジーフリトの手を借りる。このようなグンテルとプリュンヒルトとの結婚についての秘密が、プリュンヒルトとクリエムヒルト（グンテルの妹にしてジーフリトの妻）の喧嘩の中で公衆の面前で話題とされてしまい、言わばジーフリトがグンテルの后プリュンヒルトと同衾したのだ、という話が暴露されてしまうに至る（その真偽について読者は判断がつかないのであるが）。グンテル王というのは、まことに煮え切らない男であって、このような事態に陥ってもジーフリトに怒りを表明するという訳でもない。ジーフリトも自分がプリュンヒルトを抱いたなどと吹聴したことはない、と疑惑を否定するので、とりあえずこの二人の男性の間では問題が解決するかに見えるのである（実際のところはプリュンヒルトと重臣ハゲネのジーフリトに対する怒りは収まらず、そのためにジーフリトはハゲネに殺されることになるのだが）。この一連の話も、言わば一種の不義密通のもみ消しに関するエピソードと理解することが可能なのではないか。

余談ながら、このジーフリトとプリュンヒルトとの間には、婚約が結ばれていたのだが、ジーフリトが忘れ薬を飲まされてその記憶を失ってしまった、という有名な北欧神話があり、(19) これはニーベルンゲン伝説のより古い伝承の内容に含まれていた可能性がある。仮にそれを考え合わせるならば、なおさらのこと、ジーフリトとプリュンヒルトの「密通」疑惑は説得力を増してしまうであろう。

マルケ王、グンテル王のような「大らかな」君主たちに比べると、『モーラントとガリエ』におけるカールの怒り方は特筆に値する。そして、このような制御しがたい彼の怒りの理由を彼の未熟さに見出すことは、前述の通り、確かに可能なのだと思う。実際、彼は決闘裁判でモーラントが奸臣ルーハルトを倒して「真実」を明らかにしたのち、后のガリエに対して自分の不明を反省して許しを請うている。そこには自分の未熟さを率直に反省する青年君主の様子がうかがえる。

カールは自らを恥じ入り始め、大いなる苦しみから両手を打ち合わせた。「王妃ガリエよ」と彼は言った、「心の底から愛する、すべての婦人より選り抜かれたひとよ、いかにしてこの侮辱の償いをし、あなたの多いなる痛みを緩和することができるのであろうか。ああ我が心の苦しさよ。余はなんと不幸な男であろうか。わが心はかくも理を失って、三人の盗賊どもに操られ、あろうことか我が心から愛する女性に不信をいだくとは。そのこと、余はいつまでも後悔するであろう（……）」

（『モーラントとガリエ』四七〇二―四七二二行）

ただ、「火のないところに煙は立たぬ」という言葉の通り、このカールの怒りが単に悪人にそそのかされて正気を失ったために燃え上がったのだ、とは言い切れないのではないか、という疑念も、この物語を読んでいると随所に湧いてくる。すなわち、本当にモーラントとガリエの間には愛が存在しないのか、彼ら二人の間は本当にニュートラルな状態なのか、ということである。確かに語り手は二人を陥れようとするルーハルトら奸臣たちこそが悪魔の手下であり、モーラントとガリエについては罪を免れるべきである、という考えを再三にわたって強調している。しかし、これは語り手が物語ることがすべて真実であると前提にした場合にのみ当てはまるものである。

実のところ、この語り手によって描かれているモーラントとガリエ自身は、自分たちの間に愛が存在しない、などということを明言してはいない。本人たちが気づかぬとしても、実質的に二人は愛し合っている、という可能性を読者は否定できない。それはモーラント自身の言葉の中に表れてしまっている。彼はルーハルトとの激しい決闘の最中に、ガリエに対する「愛と誠実」を口にしている。それが仮に決まり文句的な慣用表現であったとしても、彼がガリエとの「愛」の疑惑故に処刑されそうになっているという際どい状況において敢えて発すべき言葉ではない。しかし、思わず口をついて出てしまうのである。

（……）ただモーラントは相手と違い、勇敢に自分自身の正義を追求し、愛（lieve）と誠実（triuwe）のことを想った。そして彼の奉仕する貴婦人ガリエ殿は、彼に恐れることなく戦うようにと真剣に頼んだのだ。それでそのことに彼は集中して、戦意が強まったのだ。

（『モーラントとガリエ』四三二〇—四三二八行）

決闘の直前、カールはモーラントに、ガリエに対する不適切な気持ちを抱かなかったということを誓うように命じ、モーラントも非難されているような気持はガリエに抱かなかった、と誓うのであるが、その気持ちがどのようなものであるのかということについてはいっさい具体的な表現がない。この決闘裁判を前にした大切な誓いにおいて、彼がガリエにどのような気持ちを抱いた（もしくは抱かなかった）のかが意図的にぼかされているように思われる。

カールは言う。

「（……）貴殿が貴殿の命を長らえたいのならば、キリスト教徒としての誠実をもって余にしかと言うがよい、貴殿は決してこれまで、考えたこともなかったと。貴殿の仕える主人ガリエに対して、ここで貴殿が非難を受けていて、余の恥辱ともなるような感情を抱こうことなど。それがために我らが主なる神は貴殿と戦わんとする者にお味方される次第なのであるから（……）」。

（『モーラントとガリエ』三九二八―三九四〇行）

それに対する返答の中でモーラントは次のように言っている。

「（……）それに私はこれまで一度も、言葉の上でもまた考えの中でも、我が主人のガリエ様に対して、非難されているような想いを抱いたことはございません。我が御主君とわが御妃様のお心をわずらわせているとすれば、それは恥ずかしく、心苦しく存じます。（……）」

（『モーラントとガリエ』三九六八―三九七五行）

このようなやり取りからは、モーラントが自分のガリエに対するいかなる感情を否定しているのか、具体的にはさっぱり分からず、抜け穴だらけの誓いに過ぎないのである。

「愛」の有無の問題　――ガリエの隠れた色気？――

ガリエという女性を考える上で、彼女が文化的に華やかなイメージを持たれていたイスラム圏から嫁してきた女性である、ということは、やはり重要ではないか。たとえば『アラビアン・ナイト』は、女性たちの不貞に嫌気を起こした君主の、国中の処女を召し出しては一晩交わって翌朝殺させるという蛮行を止めさせるために、博覧強記の娘が王に毎晩夜伽の話を聞かせていくのがきっかけで語られる。[20] それを思い出してみても、中世におけるイスラム圏の貴婦人たちの艶やかさは、どうも今日のイメージと少々異なっていたかもしれない。少なくとも『モーラントとガリエ』の原作が描かれたとされる十三世紀前半にあって、イスラム圏は文化的先進地であり、ドイツ語圏の文学にもイスラム圏から運ばれた豪華な調度品や宝石が宮廷を華やかに飾り立てる品々として描かれる。イスラムの王の娘であるガリエについても、そのような華やかで、そして艶やかなイメージを中世ドイツの読者・聴衆が抱いた可能性は否定できまい。

中高ドイツ文学に登場する貴婦人たちが、「淫ら」とは無縁の一途さを有していることは疑いえない。しかし、本人たちが意識していないとしても、これらの貴婦人たちが結果としてエロチックな印象を周囲の男性に抱かせてしまっている例が実際にある。

たとえば内実は貞潔でありながら、その色気がにじみ出てしまう存在として、ハルトマン・フォン・アウエ（Hartmann von Aue）の『エーレク』（*Erec*）[21] に描かれるエーニーテが思い出されよう。彼女の夫となるエーレクと出会ったとき、エーニーテは穴だらけの服を着て、それゆえに美しい肌が服の破れ目を通して見えてしまう（三二三―三四一行）。また結婚したのちは、夫エーレクが彼女の体に夢中になって昼間から寝室に入り浸りになる。そしてそれ故に名誉を失ったと自覚した彼は、理不尽にも彼女を冒険の旅に同行させ、一切彼に話しかけることを禁ずる。ところが、彼女の美しい肢体を狙って、悪い伯爵が邪念を抱いて彼女に迫る。彼女は夫の命と自分の操を守るため、機知を働かせて、あたかも伯爵の意をかなえるかのように一時的に期待を持たせながら（三七五二―三九四八行）、彼を眠らせて時間を稼いでいるうちに夫とともに逃げる。やがて追って来た伯爵はエーレクによって槍で突き倒され、瀕死の重傷を負う。彼女はあくまで夫への変わらぬ誠実さから、敢えて伯爵を甘言により騙して危機を回避する。その行為自体に非難すべきところはないのだが、しかし貞婦の鑑のごときエーニーテが、いとも簡単に男を手玉に取るこの場面は、彼女の隠れた本能的素質を暗示してはいないだろうか。

『モーラントとガリエ』との比較において、一見するとあまり関連がなさそうに見えるこのエーニーテについてここで言及するのは、その貞淑で素朴であるかのような性格の奥に、隠しても隠しきれない色気が漂ってしまうという点で、どうもガリエと似ているような気がするからである。

ガリエについても、モーラントとの関係を罪のない友情のそれと認識しているのだとしても、あまりに無防備に親密さを表に出してしまうのであり、コケティッシュな面を否定できないように思えてならない（決闘の末に「真実」が明らかになって、夫である王カールが彼女に許しを請うてきたとき、ガリエは、自分にも罪があったのだ、ということを明言している。ところが、それがどのような罪であるのか、については全く具体的に述べていない）。

余談ながら、自らの身が放つ女性的魅力を意識的に利用して男性を虜にし、自らの秘密から目を逸らすように仕向けたり、あるいは彼を利用してしまう貴婦人の姿も、中高ドイツ語の宮廷文学には描かれているのだということを忘れてはならないだろう。本邦においてあまり言及されることがないように思われるので、この機会に触れておこう。

亡き夫や恋人への誠実を貫きながらも、さしあたり目の前の権力者に抱かれて、そのひとを虜にしながら、本当に好きな人の仇討ちを実現しようと待ち続けるクリエムヒルト。彼女は亡き夫ジーフリトの仇であるハゲネやグンテル王ら自分の一族を討つために、再婚相手のエッツェル王を床の中で篭絡して彼らを呼び寄せてもらおうとする。あるいは恋人であるトリスタンとの仲を発覚させないようにするために、夫マルケ王に抱かれながら巧みに本心とは逆のお願いをして彼を騙そうとするイゾルデなど、少なくとも「体のレベル」においてはその貞潔に首をかしげざるを得ないような描写が散見される。

ある夜、彼女（クリエムヒルト）がエッツェル王と共に横になっていたとき、王はいつもこの高貴な貴婦人を愛する際にしていたように彼女を両腕に抱いていた。彼女は王にとって自分の命のごとき存在であった。そのときこのあっぱれなる女性は自分の敵たちのことを考えていた。彼女は王に言った。「ねえ陛下、お願いがありますの。もし恩寵に浴せますなら、こんなことお願いしていいのなら、陛下が私の親類たちに心から親しみを感じていらっしゃるか、見せてくださらないかしら。」

（『ニーベルンゲンの歌』一四〇〇―一四〇一詩節）

夜になり王妃（イゾルデ）が再び夫のところに夜伽に参ったとき、彼女は王を腕の中に抱いた。二人は抱きしめ合い、口を吸い、そして彼女は王を自分の柔らかな乳房にぎゅっと抱き寄せて、改めて誘導尋問を始めた。「陛下」と彼女は言った、「お願いだから私におっしゃってくださいませ。私に仕えているトリスタン殿のこと、陛下が前に私におっしゃった通り、私の望み通りにあの者を、自分の領国へ帰らせるようにと、ちゃんと取り計らってくださいましたか？　それをはっきりとお聞かせくださいましたら、もう私は陛下に、今晩だって、いえ、これからいつだって、いっぱいお礼をしてあげましてよ。陛下を信じておりますわ、そうして良いと思っていますし、そうしなければならないとわかっています。でもね、やっぱり心配ですの、陛下が私の反応をお試しになっているだけなんじゃないかしらって。陛下が私におっしゃって下さった通りに、私の嫌いなものを私から遠ざけてくださるっていうことを、私が信じて良いのでしたら、陛下が私のことをお好きでいらっしゃるってことが確認できますでしょうに。今までだって、このお願いをずっと陛下にしたいと思っていたのでございますけど、それは控えるべきかと思っておりましたものですから。でもね、あのトリスタン殿とさらに長くやり取りがございましては、彼のせいで私に何が起こるか、それはもう私にはよくわかりすぎていますから。

……」

（『トリスタン』一四一五六―一四一九〇行）

彼女たちは形の上では夫である王を愛しているようだが、本心では別の男性を依然として愛している。ここに「愛」の多層性が確かに表れている。可視的な部分では判断できない、抽象的な存在としての「愛」。それは他者が捉えることのできない、当事者のみのものである。しかし、それのみではない。当事者ですらその存在を把握できない、意識下の「愛」の存在も忘れてはならない。それを語り手が明かすことはないのだが、登場人物の描写から、それが読み手に感じ取られてしまうことは少なくないし、語り手がそれを期待している場合もある。例えば前述のように『ニーベルンゲンの歌』のプリュンヒルトとジーフリトの間に、果たされなかった婚約関係が存在したという北欧に伝わった伝説を思いあわせると、テクストには描かれない深いレベルで愛の存在が暗示されているように感じられよう。また『トリスタン』のトリスタンとイゾルデも、出会った最初のうち、本人たちが自覚していないにもかかわらず知らず知らずに愛しているのかもしれない、という予感をいつしか抱かせる描写となっており、それが媚薬を一緒に飲むことによって顕在化していくのだという解釈も成り立つ(22)。モーラントとガリエの間に本人たちすら気づかぬ愛が仮に存在しているのだとしたら、そのような愛は、まさにここに挙げたような意識下に根を張る運命的な愛ということだろう。

おわりに――「奸臣」ルーハルトの描写

ルーハルトの人物像

カールは甥の意見に従い、ルーハルトやフーカルトらとモーラントを決闘させて、どちらが正しいのか、どちらが正しくないのかを決めさせよと命じる。

ルーハルトは巡礼者を殺して、その皮を剥いで自分の顔に貼り付け変装までして、モーラントとガリエの不義と、その背景となったというトレドのイスラムの王の陰謀をもでっち上げてカールに語った。このように見るとき、ルーハルトは恐るべき陰謀家であり、卑怯者に見えるのだが、いざ決闘せよということになると、逃げようとするフーカルトらに対してこのルーハルトは堂々とモーラントと勝負することを主張する。

語り手の立場からするとルーハルトの二人に対する告発は事実に反するということが明白であり、本来、決闘裁判において神の助勢を期待できないはずなのだが、ルーハルトには自信があるようである。この自信の根拠はいったい何なのであろうか？　筆者はこのルーハルトの自信に満ちた態度について三通りの説明が可能なのではないか、と考える。

すなわち、第一の説明としては、ルーハルト自身が嘘をついているという自覚を持っているものの、自分の武人としての技量に自信があって、モーラントと戦って勝てるという確信を抱いている、という解釈。

第二の説明としては、ルーハルトは自分が嘘をついているという自覚を持っているが、『トリスタン』における主人公と恋人のように、神をも騙せるというある種の傲慢さを抱いているという解釈。つまり弁舌とトリックあるいはレトリックによって神を騙すことができるという考えを読み取ることができるのではないか。もし、そうであるとするならば、ルーハルトの悪魔的な性格が一層のこと強調されることになるだろう（そして同じような理由からトリスタンとイゾルデの神明裁判における態度も問題をはらむものであると言えよう）。

第三の説明としては、ルーハルト自身が、本気でモーラントとガリエの間の「愛」の存在を信じているのではないか、という解釈である。彼は自分の目でモーラントとガリエが愛し合っているのを見た、と仲間たちにも主張するのであり、そのことは、語り手自身が二人を弁護しているという事実と矛盾するものである（この場合は、ルーハルトが事実を把握せずに誤解によって動いているか、語り手までも物語世界全体を把握しきれていないか、のどちらかということになるのではないか[23]。

裏切り者の系譜

ルーハルトは自分の妻子を殺した悪党で、王カールの傍に侍り、歓心を買うことに長けている。彼はカールに好まれているモーラントが気に喰わない。そこでモーラントとガリエが不義を働いていると主君に訴える。『トリスタン』のメロートが、実際にトリスタンとイゾルデの密会を目にしてトリスタンを糾弾するのに対して、このルーハルトの証言の信憑性は保証されない。

裏切り者ルーハルトのモデルとしてまず引き合いに出されるのは『ローラントの歌』のゲネルン（Genelun）である。カール大帝を裏切ってイスラム教徒の陣営に加わることになるのだが、その際の変心の過程では、イスラム教徒の敵将と話している際の表面的な言動・行動のみを見るとあくまで主君に対して誠実（triuwe）な人であるように思われてくる。しかし、両者の会話の展開を追っていると、知らぬ間にゲネルンが誠実な態度を向けている相手がカール大帝から異教の王へとすり替わってしまっているのである。

悪魔の誘惑というものが、非常に巧妙に行われるということをこの『ローラントの歌』の描写の仕方そのものが表現しているように思われてくる（この点についてもやはり『オセロー』にあるイアーゴの名文句を引用しておこう。「悪魔の神学講義とはこのことか！悪魔が極悪無慚の罪をそそのかそうというときは、まず最初は天使の姿を借りて誘いをかけるという、今のおれがそれだ。」〔福田恆存訳[24]〕）。まだこのゲネルンについては語り手が否定的な評価をしているのでわかりやすいのだが、倫理的な判断が下しにくい登場人物の行動というものが一一八〇年代から一二〇〇年代初頭の宮廷叙事詩に多く表れてくる。既に述べたトリスタンとイゾルデの「愛」はその代表例である。そして、そのような人物評価についての揺れ幅が、たしかに一二二〇年代の文学においてはかなり小さくなっているとはいえ、依然として微妙な形で残っているようだ。その一例として、既に言及したモーラントとガリエの間の「親密な関係」や、彼らを陥れようとするルーハルトの行動を挙げることができるのだろう。いや、もっと正確に言うのであれば、モーラントとガリエの関係が完全には「シロ」と言いきれないという可能性を暗示するために、作者はルーハルトへの肯定的評価の余地を残しているのだ、とも理解しうる。

最終的に、巡礼者に変装したルーハルトはモーラントとの決闘で顔につけた髭をはぎ取られて正体を暴露され、やがて死刑となる。モーラントに耳を切られ、髭をはがされて正体を見せてしまったルーハルトは降参するのだが、その際にモーラントは彼がしばしば人々を騙してきたことを償うように迫る。ルーハルトは自分がそれまでの人生で行ってきた人殺しなどの罪を告白する。しかしながら彼の告白には自分が嘘をついてきた、という言葉はないのである。

「それはまことにもっともなこと。今回の行い（dieser dede）と数々の悪業（maniger boser rede）も自分の罪と認めよう。なにしろ、私はこれまでの人生で、男女を幾人も斬り殺したのだから。その数がどれほどかも分からない。その報いをいま受けるのであろう。貧しき者も富める者もお構いなく襲ったのだ。いくつもの立派な大聖堂に侵入し、祭壇を暴き、聖人たち（の像）を裸にしてきた。そこで見つけたものは全てユダヤ人に渡した（筆者注――換金した）。司祭、修道僧、それに尼が喜ぼうが嫌がろうが、私が奪うことができたものは、もうどのみち最初から失われていたのだ[25]。そのように長いこと、私がお仕えする悪魔は私を虜にしてきたのだ。」

（『モーラントとガリエ』四六三九―四六六一行）

物語の最後は、モーラントとガリエの名誉が回復され、ガリエの親友の女性とモーラントが結婚して「ハッピーエンド」となる。再三にわたり語り手がルーハルトらの悪辣ぶりを強調しているのであるから、このような終わり方は当然であるように見えるかもしれない。しかし、そのような語り手の主導する筋とは裏腹に、モーラントとガリエの関係には疑念が残るし、それを暴こうとしたルーハルトが本当に嘘をついているのか、という点は依然としてオープンなままであるように筆者には思われるのである。つまりルーハルトは自分が悪魔にとりつかれて悪行を重ねてきたことを赤裸々に述べており、それはむしろ彼の開き直った正直さすらも副産物として読者に印象付ける。けれどその中でも彼は結局、モーラントとガリエの件について自分が嘘をついたことを明確には白状してはいないように筆者は思う。彼はモーラントに罪を告白した際に、自分は地獄に落ちるだろうと語る。モーラントとガリエが本当に愛していなかったと明言するより前に彼は処刑されていなくなってしまう。モーラントとガリエの間に愛はなかったと、それは嘘であったと、証言することなく彼は馬に引きずられて死ぬのである。

（1）『トリスタン』についての言及・引用は以下に依る。Gottfried von Straßburg: *Tristan*, Band 1-3, nach dem Text von Friedrich Ranke neu herausgegeben, ins Neuhochdeutsche übersetzt, mit einem Stellenkommentar und einem Nachwort von Rüdiger Krohn, Stuttgart 1980 (Reclam). なお中世ヨーロッパの「トリスタン物語」については、佐佐木茂美『「トリスタン物語」―変容するトリスタン像とその「物語」』中央大学人文科学研究所、二〇一三年、人文研ブックレット三〇）、イゾルデ（フランス語名イズー）については、渡邉浩司「西欧中世の韻文《トリスタン物語》におけるイズー像とその原型をめぐって」（佐藤清編『フランス―経済・社会・文化の位相』中央大学出版部、二〇〇五年、九七―一一二頁）を参照。

（2）以下を参照。八木雄二『中世哲学への招待』、平凡社新書、二〇〇〇年。また、リチャード・E・ルーベンスタイン『中世の覚醒』、小澤千重子訳、紀伊國屋書店、二〇〇八年。

（3）Vgl. Helmut de Boor：Die Grundauffassung von Gottfrieds Tristan. In：Deutsche Vierteljahresschrift für Literaturwissenschaft und Gesitesgeschichte 18, Halle 1940, S.271ff. および Vgl. Friedrich Maurer：Leid, dritte Auflage, Bern 1964, (erste Auflage 1951), S. 208ff.

（4）Vgl. Thomas Thomasek：Gottfried von Straßburg, Stuttgart 2007, S. 25.

（5）『モーラントとガリエ』についての言及・引用は以下に依る。Morant und Galie, herausgegeben von Theodor Frings und Elisabeth Linke, Berlin 1976. また以下も参照した。Morant und Galie nach der Cölner Handschrift, Bonn 1921. このテクストの理解に際して、以下の現代ドイツ語訳を参照した。Morant und Galie ― Karlmeinet, Teil II, aus dem Mittelhochdeutschen übersetzt von Dagmar Helm, Göppingen 2009.

（6）Nadine Krolla：Erzählen in der Bewährungsprobe – Studien zur Interpretation und Kontextualisierung der Karlsdichtung „Morant und Galie", Berlin 2012, S. 20.

（7）Das Rolandslied des Pfaffen Konrad (Reclam), hrsg. von Dieter Kartschoke, Stuttgart 1993, S. 790f. なお、本論における『ローラントの歌』についての言及・引用はこのテクストに依る。

（8）菊池良生『神聖ローマ帝国』（講談社現代新書）二〇〇三年　一〇五―一一〇頁。

（9）以下を参照。渡邊徳明「ハインリヒ・フォン・デム・テュールリーン（Heinrich von dem Türlin）の『王冠』（*Diu Crône*）について」、*The Round Table*（慶大英文学高宮利行研究会）第二三号（二〇〇八年）一一〇―一二三頁。

（10）『ニーベルンゲンの歌』についての言及・引用は以下に依る。Das Nibelungenlied. Nach dem Text von Karl Bartsch und Helmut de Boor ins Neuhochdeutsche übersetzt und kommentiert von Siegfried Grosse, Stuttgart 1997.

（11）Vgl, Krolla, S. 153ff.

（12）Verfasserlexikon·Literatur des Mittelalters, Band 4, Lfg. 4, Sp. 1012-1028.

（13）Vgl. Helm, S. 8. また、以下も参照。土肥由美「ローラント ― 十二世紀ドイツの英雄像」（中央大学人文科学研究所研究叢書三四『剣と愛と―中世ロマニア文学』、二〇〇四年）一六九―一七〇頁。
（14）菊池良生　前掲書、九六―九八頁、八塚春児『十字軍という聖戦』（NHKブックス）、二〇〇八年、一六二頁。
（15）『ローラントの歌』の作者とされる僧コンラートはフリードリヒ一世のライバルとされるヴェルフェン家のハインリヒ獅子公の依頼でこの作品を書いたとされる。Vgl. Kartschoke, S. 789ff.
（16）菊池良生　前掲書、一〇九―一一二頁。
（17）Vgl.Wolfram von Eschenbach : „Parzival", hrsg. von Karl Lachmann, Übersetzung von Peter Knecht, Einführung zum Text von Bernd Schirok, 1998 Berlin / New York, S. XVIIf.
（18）Vgl. Krolla, S. 157ff.
（19）一二五〇年ごろにノルウェー王の宮廷で成立したとされる『ティードレクス・サガ』でジグルド（＝ジーフリト）はブリュンヒルト（＝ブリュンヒルト）の城を訪ねて、彼女の男性たりうる人物として歓待される。石川栄作編訳『ジークフリート伝説集』（同学社）、二〇一四年、五〇―五一頁。Vgl. Hermann Reichert (hrsg.) : Das Nibelungenlied, Berlin 2005, S. 464.
（20）大塚正史訳『バートン版　千夜一夜物語Ⅰ』、ちくま文庫、二〇〇三年。
（21）『エーレク』についての言及・引用は以下に依る。Hartmann von Aue : „Erec", Mittelhochdeutscher Text und Übersetzung von Thomas Cramer, Frankfurt am Main 1995.
（22）Vgl. Helmut de Boor : Geschichte der deutschen Literatur 2, München 1953. S. 137f.
（23）Vgl. Krolla, S. 52. Krolla はルーハルトが仲間たちも騙していると暗に示唆する。
（24）シェイクスピア『オセロー』福田恆存訳、新潮文庫、一九七三年、八五頁。
（25）「私が狙ったが最後、奪われる運命だった」という意か？

研究活動記録

二〇一二年四月に第二期を迎えた研究会チーム「英雄詩とは何か」は、この五年間で公開研究会や公開講演会を数回開催した。今回は主として古代メソポタミア関連の専門家の皆さんから、最新の研究成果をご披露いただいた（肩書きは当時のもの）。講師の皆さんに改めて感謝申し上げたい。なおここでは、『英雄詩とは何か』（中央大学出版部、二〇一一年）の巻末に記載できなかった第一期の最終年度（二〇一一年度）第三回と第四回の情報も併せて記した。通算回数の表示は、第一期からのものである。

（唐橋・渡邉）

二〇一一年度

第三回（通算一七回）［公開研究会］　十月十五日（土）～十六日（日）

第三一回日本ケルト学会研究大会の共催

フォーラム・オン「聖人伝研究の現在」の司会を渡邉浩司研究員が担当。

第四回（通算一八回）［公開研究会］　十二月十七日（土）

国際アーサー王学会日本支部二〇一一年度年次大会の共催

大会責任者を故福井千春研究員と渡邉浩司研究員が担当。

二〇一二年度

第一回（通算一九回）［公開研究会］　二〇一三年二月二十七日（水）

講師　下釜和也氏（古代オリエント博物館研究員）

テーマ　アナトリア高原東部の新石器時代とその人類史的意義

講師　津本英利氏（古代オリエント博物館研究員）

テーマ　ヒッタイト考古学の新知見

二〇一三年度

第一回（通算二〇回）［公開講演会］　六月二十四日（月）

講師　フランシス・ジョアンネス氏（パリ第一大学教授）

テーマ　紀元前一千年紀バビロニアにおける神殿で働く女性達

講師　松島英子氏（法政大学教授）

テーマ　メソポタミア社会における女性の役割の一側面―主人公の傍らの女性

二〇一四年度

第一回（通算二一回）［公開講演会］　五月二十六日（月）

講師　ブリジット・リヨン氏（リール第三大学教授）

テーマ　ヌジにおける女性と不動産

第二回（通算二二回）［公開研究会］　五月二十七日（火）

講師　松島英子氏（法政大学客員教授）
テーマ　エラム王碑文にみる女性たち

二〇一六年度
第一回（通算二三回）［公開研究会］　五月二十一日（土）
講師　松原文氏（東京大学大学院博士課程）
テーマ　ヴォルフラム・フォン・エッシェンバッハ『パルチヴァール』における「名誉」と「誠実」

Studies on Heroic Poetry II

Contents

執筆者紹介（執筆順）

松《まつ》島《しま》英《えい》子《こ》　元法政大学教授

唐《から》橋《はし》　文《ふみ》　研究員　中央大学文学部教授

小《お》川《がわ》正《まさ》廣《ひろ》　客員研究員　名古屋大学大学院文学研究科教授

原《はら》田《だ》英《ひで》子《こ》　客員研究員　明治大学兼任講師

唐《から》澤《さわ》一《かず》友《とも》　客員研究員　駒澤大学文学部教授

沖《おき》田《た》瑞《みず》穂《ほ》　客員研究員　中央大学兼任講師

渡《わた》邉《なべ》浩《こう》司《じ》　研究員　中央大学経済学部教授

渡《わた》邊《なべ》徳《のり》明《あき》　客員研究員　日本大学松戸歯学部専任講師

続　英雄詩とは何か

中央大学人文科学研究所研究叢書　64

2017年3月25日　初版第1刷発行

編　者　中央大学人文科学研究所

発行者　中央大学出版部

代表者　神﨑茂治

〒192-0393　東京都八王子市東中野742-1

発行所　中央大学出版部

電話 042(674)2351　FAX042(674)2354

http://www2.chuo-u.ac.jp/up/

ISBN978-4-8057-5348-4　　㈱千秋社

中央大学人文科学研究所研究叢書

1　五・四運動史像の再検討

A5判　五六四頁
（品切）

2　希望と幻滅の軌跡　反ファシズム文化運動

様々な軌跡を描き、歴史の壁に刻み込まれた抵抗運動の中から新たな抵抗と創造の可能性を探る。

A5判　四三四頁
三五〇〇円

3　英国十八世紀の詩人と文化

A5判　三六八頁
（品切）

4　イギリス・ルネサンスの諸相　演劇・文化・思想の展開

A5判　五一四頁
（品切）

5　民衆文化の構成と展開　遠野物語から民衆的イベントへ

全国にわたって民衆社会のイベントを分析し、その源流を辿って遠野に至る。巻末に子息が語る柳田國男像を紹介。

A5判　四三四頁
三五〇〇円

6　二〇世紀後半のヨーロッパ文学

第二次大戦直後から八〇年代に至る現代ヨーロッパ文学の個別作家と作品を論考しつつ、その全体像を探り今後の動向をも展望する。

A5判　四七八頁
三八〇〇円

中央大学人文科学研究所研究叢書

中央大学人文科学研究所研究叢書

13
風習喜劇の変容　王政復古期からジェイン・オースティンまで
王政復古期のイギリス風習喜劇の発生から、一八世紀感傷喜劇との相克を経て、ジェイン・オースティンの小説に一つの集約を見る、もう一つのイギリス文学史。
A5判　二六八頁
二七〇〇円

14
演劇の「近代」　近代劇の成立と展開
イプセンから始まる近代劇は世界各国でどのように受容展開されていったか、イプセン、チェーホフの近代性を論じ、仏、独、英米、中国、日本の近代劇を検討する。
A5判　五三六頁
五四〇〇円

15
現代ヨーロッパ文学の動向　中心と周縁
際だって変貌しようとする二〇世紀末ヨーロッパ文学は、中心と周縁という視座を据えることで、特色が鮮明に浮かび上がってくる。
A5判　三九六頁
四〇〇〇円

16
ケルト　生と死の変容
ケルトの死生観を、アイルランド古代／中世の航海・冒険譚や修道院文化、またウェールズの『マビノーギ』などから浮かび上がらせる。
A5判　三六八頁
三七〇〇円

17
ヴィジョンと現実　十九世紀英国の詩と批評
ロマン派詩人たちによって創出された生のヴィジョンはヴィクトリア時代の文化の中で多様な変貌を遂げる、英国十九世紀文学精神の全体像に迫る試み。
A5判　六八八頁
六八〇〇円

18
英国ルネサンスの演劇と文化
演劇を中心とする英国ルネサンスの豊饒な文化を、当時の思想・宗教・政治・市民生活その他の諸相において多角的に捉えた論文集。
A5判　四六六頁
五〇〇〇円

中央大学人文科学研究所研究叢書

19 ツェラーン研究の現在　詩集『息の転回』第一部注釈

二〇世紀ヨーロッパを代表する詩人の一人パウル・ツェラーンの詩の、最新の研究成果に基づいた注釈の試み、研究史、研究・書簡紹介、年譜を含む。

A5判　四四八頁
四七〇〇円

20 近代ヨーロッパ芸術思潮

価値転換の荒波にさらされた近代ヨーロッパの社会現象を文化・芸術面から読み解き、その内的構造を様々なカテゴリーへのアプローチを通して、解明する。

A5判　三四四頁
三八〇〇円

21 民国前期中国と東アジアの変動

近代国家形成への様々な模索が展開された中華民国前期（一九一二～二八）を、日・中・台・韓の専門家が、未発掘の資料を駆使し検討した国際共同研究の成果。

A5判　五九二頁
六六〇〇円

22 ウィーン　その知られざる諸相

もうひとつのオーストリア

二〇世紀全般に亙るウィーン文化に、文学、哲学、民俗音楽、映画、歴史など多彩な面から新たな光を照射し、世紀末ウィーンと全く異質の文化世界を開示する。

A5判　四二四頁
四八〇〇円

23 アジア史における法と国家

中国・朝鮮・チベット・インド・イスラム等における古代から近代に至る政治・法律・軍事などの諸制度を多角的に分析し、「国家」システムを検証解明する。

A5判　四四四頁
五一〇〇円

24 イデオロギーとアメリカン・テクスト

アメリカン・イデオロギーないしその方法を剔抉、検証、批判することによって、多様なアメリカン・テクストに新しい読みを与える試み。

A5判　三二〇頁
三七〇〇円

中央大学人文科学研究所研究叢書

25 ケルト復興

一九世紀後半から二〇世紀前半にかけての「ケルト復興」に社会史的観点と文学史的観点の双方からメスを入れ、複雑多様な実相と歴史的な意味を考察する。

A5判 五七六頁 六六〇〇円

26 近代劇の変貌 「モダン」から「ポストモダン」へ

ポストモダンの演劇とは？ その関心と表現法は？ 英米、ドイツ、ロシア、中国の近代劇の成立を論じた論者たちが、再度、近代劇以降の演劇状況を鋭く論じる。

A5判 四二四頁 四七〇〇円

27 喪失と覚醒 19世紀後半から20世紀への英文学

伝統的価値の喪失を真摯に受けとめ、新たな価値の創造に目覚めた、文学活動の軌跡を探る。

A5判 四八〇頁 五三〇〇円

28 民族問題とアイデンティティ

冷戦の終結、ソ連社会主義体制の解体後に、再び歴史の表舞台に登場した民族の問題を、歴史・理論・現象等さまざまな側面から考察する。

A5判 三四八頁 四二〇〇円

29 ツァロートの道 ユダヤ歴史・文化研究

一八世紀ユダヤ解放令以降、ユダヤ人社会は西欧への同化と伝統の保持の間で動揺する。その葛藤の諸相を思想や歴史、文学や芸術の中に追求する。

A5判 四九六頁 五七〇〇円

30 埋もれた風景たちの発見 ヴィクトリア朝の文芸と文化

ヴィクトリア朝の時代に大きな役割と影響力をもちながら、その後顧みられることの少なくなった文学作品と芸術思潮を掘り起こし、新たな照明を当てる。

A5判 六五六頁 七三〇〇円

31 近代作家論

鴎外・茂吉・『荒地』等、近代日本文学を代表する作家や詩人、文学集団といった多彩な対象を懇到に検証、その実相に迫る。

A5判　四三二頁　四七〇〇円

32 ハプスブルク帝国のビーダーマイヤー

ハプスブルク神話の核であるビーダーマイヤー文化を多方面からあぶり出し、そこに生きたウィーン市民の日常生活を通して、彼らのしたたかな生き様に迫る。

A5判　四四八頁　五〇〇〇円

33 芸術のイノヴェーション　モード、アイロニー、パロディ

技術革新が芸術におよぼす影響を、産業革命時代から現代まで、文学、絵画、音楽など、さまざまな角度から研究・追求している。

A5判　五二八頁　五八〇〇円

34 剣と愛と　中世ロマニアの文学

一二世紀、南仏に叙情詩、十字軍から叙事詩、ケルトの森からロマンスが誕生。ヨーロッパ文学の揺籃期をロマニアという視点から再構築する。

A5判　二八八頁　三一〇〇円

35 民国後期中国国民党政権の研究

中華民国後期（一九二八～四九）に中国を統治した国民党政権の支配構造、統治理念、国民統合、地域社会の対応、対外関係・辺疆問題を実証的に解明する。

A5判　六四〇頁　七〇〇〇円

36 現代中国文化の軌跡

文学や語学といった単一の領域にとどまらず、時間的にも領域的にも相互に隣接する複数の視点から、変貌著しい現代中国文化の混沌とした諸相を捉える。

A5判　三四四頁　三八〇〇円

中央大学人文科学研究所研究叢書

37 アジア史における社会と国家

国家とは何か？　社会とは何か？　人間の活動を「国家」と「社会」という形で表現させてゆく史的システムの構造を、アジアを対象に分析する。

A5判　三五二頁　三八〇〇円

38 ケルト　口承文化の水脈

アイルランド、ウェールズ、ブルターニュの中世に源流を持つケルト口承文化――その持続的にして豊穣な水脈を追う共同研究の成果。

A5判　五二八頁　五八〇〇円

39 ツェラーンを読むということ

詩集『誰でもない者の薔薇』研究と注釈

現代ヨーロッパの代表的詩人の代表的詩集全篇に注釈を施し、詩集全体を論じた日本で最初の試み。

A5判　五六八頁　六〇〇〇円

40 続　剣と愛と　中世ロマニアの文学

聖杯、アーサー王、武勲詩、中世ヨーロッパ文学を、ロマニアという共通の文学空間に解放する。

A5判　四八八頁　五三〇〇円

41 モダニズム時代再考

ジョイス、ウルフなどにより、一九二〇年代に頂点に達した英国モダニズムとその周辺を再検討する。

A5判　二八〇頁　三〇〇〇円

42 アルス・イノヴァティーヴァ

レッシングからミュージック・ヴィデォまで

科学技術や社会体制の変化がどのようなイノヴェーションを芸術に発生させてきたのかを近代以降の芸術の歴史において検証、近現代の芸術状況を再考する試み。

A5判　二五六頁　二八〇〇円

43 メルヴィル後期を読む

複雑・難解であることが知られる後期メルヴィルに新旧二世代の論者六人が取り組んだもので、得がたいユニークな論集となっている。

A5判 二四八頁 二七〇〇円

44 カトリックと文化 出会い・受容・変容

インカルチュレーションの諸相を、多様なジャンル、文化圏から通時的に剔抉、学際的協力により可能となった変奏曲（カトリシズム（普遍性））の総合的研究。

A5判 五二〇頁 五七〇〇円

45 「語り」の諸相 演劇・小説・文化とナラティヴ

「語り」「ナラティヴ」をキイワードに演劇、小説、祭儀、教育の専門家が取り組んだ先駆的な研究成果を集大成した力作。

A5判 二五六頁 二八〇〇円

46 档案の世界

近年新出の貴重史料を綿密に読み解き、埋もれた歴史を掘り起こし、新たな地平の可能性を予示する最新の成果を収載した論集。

A5判 二七二頁 二九〇〇円

47 伝統と変革 一七世紀英国の詩泉をさぐる

一七世紀英国詩人の注目すべき作品を詳細に分析し、詩人がいかに伝統を継承しつつ独自の世界観を提示しているかを解明する。

A5判 六八〇頁 七五〇〇円

48 中華民国の模索と苦境 1928～1949

二〇世紀前半の中国において試みられた憲政の確立は、戦争、外交、革命といった困難な内外環境によって挫折を余儀なくされた。

A5判 四二〇頁 四六〇〇円

49 現代中国文化の光芒

文字学、文法学、方言学、詩、小説、茶文化、俗信、演劇、音楽、写真などを切り口に現代中国の文化状況を分析した論考を多数収録する。

A5判　三八八頁　四三〇〇円

50 アフロ・ユーラシア大陸の都市と宗教

アフロ・ユーラシア大陸の都市と宗教の歴史が明らかにする、地域の固有性と世界の普遍性。都市と宗教の時代の新しい歴史学の試み。

A5判　二九八頁　三三〇〇円

51 映像表現の地平

無声映画から最新の公開作まで様々な作品を分析しながら、未知の快楽に溢れる映像表現の果てしない地平へ人々を誘う気鋭の映像論集。

A5判　三三六頁　三六〇〇円

52 情報の歴史学

「個人情報」「情報漏洩」等々、情報に関わる用語がマスメディアをにぎわす今、情報のもつ意義を前近代の歴史から学ぶ。

A5判　三四八頁　三八〇〇円

53 フランス十七世紀の劇作家たち

フランス十七世紀の三大作家コルネイユ、モリエール、ラシーヌの陰に隠れて忘れられた劇作家たちの生涯と作品について論じる。

A5判　四七二頁　五二〇〇円

54 文法記述の諸相

中央大学人文科学研究所・「文法記述の諸相」研究チーム十一名による、日本語・中国語・英語を対象に考察した言語研究論集。

A5判　三六八頁　四〇〇〇円

中央大学人文科学研究所研究叢書

55

英雄詩とは何か

古来、いかなる文明であれ、例外なくその揺籃期に、英雄詩という文学形式を擁す。『ギルガメシュ叙事詩』から『ベーオウルフ』まで。

A5判　二六四頁
二九〇〇円

56

第二次世界大戦後のイギリス小説

ベケットからウインターソンまで

一二人の傑出した小説家たちを俎上に載せ、第二次世界大戦後のイギリスの小説の豊穣な多様性を解き明かす論文集。

A5判　三八〇頁
四二〇〇円

57

愛の技法

クィア・リーディングとは何か

批評とは、生き延びるために切実に必要な「技法」であったのだ。時代と社会が強制する性愛の規範を切り崩す、知的刺激に満ちた論集。

A5判　二三六頁
二六〇〇円

58

アップデートされる芸術

映画・オペラ・文学

映画やオペラ、「百科事典」やギター音楽、さまざまな形態の芸術作品を「いま」の批評的視点からアップデートする論考集。

A5判　二五二頁
二八〇〇円

59

アフロ・ユーラシア大陸の都市と国家

アフロ・ユーラシア大陸の歴史を、都市と国家の関連を軸に解明する最新の成果。各地域の多様な歴史が世界史の構造をつくりだす。

A5判　五八八頁
六五〇〇円

60

混沌と秩序

フランス十七世紀演劇の諸相

フランス十七世紀演劇は「古典主義演劇」と呼ばれることが多いが、こうした範疇では捉えきれない演劇史上の諸問題を採り上げている。

A5判　四三八頁
四九〇〇円

中央大学人文科学研究所研究叢書

61

島と港の歴史学

「島国日本」における島と港のもつ多様な歴史的意義、とくに物流の拠点、情報の発信・受信の場に注目し、共同研究を進めた成果。

A5判　二四四頁

二七〇〇円

62

アーサー王物語研究

中世ウェールズの『マビノギオン』からトールキンの未完物語『アーサーの顚落』まで、「アーサー王物語」の誕生と展開に迫った論文集。

A5判　四二四頁

四六〇〇円

63

文法記述の諸相Ⅱ

中央大学人文科学研究所「文法記述の諸相」研究チーム十名による、九本を収めた言語研究論集。本叢書54の続編を成す。

A5判　三三二頁

三六〇〇円

定価は本体価格です。別途消費税がかかります。